grafit

Die finnische Originalausgabe »Raid ja legioonalainen« erschien 2002 bei
Werner Söderström Oy, Helsinki

Chemnitzer Str. 31, D-44139 Dortmund
Internet: http://www.grafit.de
E-Mail: info@grafit.de

Umschlagillustration: Peter Bucker
Druck und Bindearbeiten: Clausen & Bosse, Leck
ISBN 3-89425-535-8
1. 2. 3. 4. 5. / 2006 2005 2004

Harri Nykänen

Raid und der Legionär

Kriminalroman

Aus dem Finnischen von
Regine Pirschel

grafit

Der Autor

Harri Nykänen, geb. 1953, arbeitete viele Jahre lang als Polizeireporter bei *Helsingin Sanomat,* der größten finnischen Tageszeitung. Heute lebt der Schöpfer der *Raid*-Romane als freier Schriftsteller in Helsinki. Eine 12-teilige Fernsehserie zu den Krimis avancierte in Finnland zur erfolgreichsten Serie aller Zeiten, außerdem wurde *Raid* für das Kino auf Zelluloid gebannt.

Raid ja mustempi lammas (*Schwärzer als ein schwarzes Schaf,* Grafit 2002) wurde als bester finnischer Krimi 2002 ausgezeichnet, *Raid ja pelkääjät* (*Raid und der Brandstifter,* Grafit 2003) wurde für den ›Nordischen Krimipreis‹ 2003 nominiert.

Mit *Raid und der Legionär* liegt die dritte Übersetzung der *Raid*-Serie vor.

Prolog

Name des Toten: Lauri Krister Lehtinen (070936-117E)
Sektionsnummer 2256/2000S

Zusammenfassung der wichtigsten Sektionsbefunde:
Bei der Untersuchung wurden an der linken Schläfe und über dem Knöchel des rechten Daumengrundgelenkes oberflächliche Quetschwunden und im unteren Teil der rechten Wange eine verkrustete Oberhautläsion festgestellt. Auf der Stirn und in der Umgebung der Quetschwunde an der linken Schläfe, an der Kinnspitze und in der rechten vorderen Kinnregion, im oberen Halsbereich, an den Ellenbogen und an den Knien blaue Flecke und Schürfwunden, die infolge des eingetretenen Todes bereits eingetrocknet waren. Zusätzlich links unter dem seitlichen Schädeldach ein dünnschichtiger Bluterguss unter der harten Hirnhaut sowie ein ganz winziges Hämatom am linken Teil des Hinterkopfes. Gesamtmenge ca. 26 ml, sodass es zu keiner relevanten Raumforderung gekommen ist. Serienbruch der 4.–9. Rippe rechtsseitig, keine Verschiebungen der Bruchenden zueinander, keine daraus resultierenden Verletzungen am Rippenfell oder an den inneren Organen der Brusthöhle. Am Brustbein und im linken Knie-Waden-Bereich frische Wunden einer Bypassoperation bzw. der Entnahme von Venentransplantaten, Wunden teilweise offen bzw. hinter dem Brustbein im Mediastinum entzündet. Die rechte Lunge entzündungsbedingt nicht mehr belüftet, ebenfalls in der linken Lunge Entzündungsherde. Die Atemwege angefüllt mit Entzündungssekreten und in der Ausgangsöffnung der Speiseröhre, an der schmalen Stelle dicht vor dem Magen, der Kronkorken einer Bierflasche und dadurch verursachte Hämatome.
Todesursächlich relevant ist die Lungenentzündung. Weitere Erkrankungen eine starke Verkalkung der Herzkranzarterien, behandelt durch eine Bypassoperation. Die Bypässe waren offen.

Das Herz stark erweitert, und am Herzmuskel eine Farb- und Konsistenzveränderung, die auf einen Infarkt hindeutet. Verkalkungen in der Aorta und den großen abgehenden Arterienstämmen, die linke und rechte Halsschlagader ebenfalls stark verkalkt, starker sklerotisch bedingter Hirnabbau, außerdem eine chronische Erweiterung der Hirnkammer, ferner sklerotisch bedingte Schrumpfung der Nieren als Folge eines Bluthochdruckes und eines Diabetes.

Die Prostata durch Operation verkleinert und im Zusammenhang damit ein Hoden entfernt. Alter Narbenzustand nach Darmoperation und nach Entfernung der Gallenblase. An den Schultern und Unterarmen, auf der linken Stirn und im Leistenbereich ebenfalls alte Narben.

Es werden noch eine gerichtschemische Untersuchung und mikroskopische Untersuchungen an einbehaltenen Organproben durchgeführt, danach abschließende Angaben zur Todesursache.

Seppo Oras
Bezirksgerichtsarzt

1.

Die Anwaltskanzlei *Glad & Herbert* befand sich in einem alten, protzigen Gebäude mitten in der Stadt. Über der Eingangstür thronte ein kleines Dach, das von zwei starr blickenden Männern aus Stein gehalten wurde. Rechts davon war die Klingelanlage. Die Herren Glad & Herbert belegten die oberste Etage. Darunter befanden sich das Exportbüro einer Papierfabrik und eine Werbeagentur. Ferner gab es im Haus noch ein Ingenieurbüro, eine zweite Anwaltskanzlei, einen Wirtschaftsprüfer, mehrere Vertretungen ausländischer Firmen und das Konsulat eines fernen Landes.

Es war kurz nach zehn Uhr abends. Das Wetter war windig und kalt, auf der Straße waren nur wenige Passanten unterwegs. Zwei Männer und zwei Frauen strebten in das Restaurant, das sich an der nächsten Straßenecke befand, und ein Stück weiter führte eine alte Frau ihren Hund aus.

Uki tippte den Code ein und riss die Tür auf, als der Summer ertönte. Im Haus gab es einen alten Fahrstuhl mit Gittertür.

»Wir nehmen die Treppe«, sagte Uki.

Er war der Boss des Unternehmens und Raid gehorchte.

Uki trug einen langen, dunklen und etwas altmodischen Übergangsmantel sowie eine englische Schirmmütze. Auch Raid war ordentlich gekleidet. Niemand sah den beiden an, dass sie ihre Sachen für ein paar Zehner auf dem Flohmarkt der Heilsarmee gekauft hatten.

In der fünften Etage machte Uki Halt. Er zog eine Baumwollmütze hervor, wie man sie unter Motorradhelmen trägt, und stülpte sie über den Kopf, sodass nur die Augen sichtbar blieben. Raid tat es ihm gleich. Die Anwaltskanzlei befand sich in der nächsten Etage, über der Tür lauerte eine kleine Überwachungskamera.

Die Tür hatte zwei Schlösser, ein Abloy-Sicherheitsschloss und etwas weiter oben ein Zeiss-Sicherheitsschloss. Sie wirkte ungewöhnlich massiv, unter der Mahagonioberfläche befand sich vermutlich eine Stahltür.

Raid öffnete seine lederne Aktentasche und reichte Uki einen Akkubohrer, auf dem bereits ein Drei-Millimeter-Spiralbohrer eingespannt war. Uki entnahm seiner Tasche einen Körner und einen Hammer und markierte am A von Abloy die Stelle für die Bohrung. Ohne die kleine Delle würde der Bohrer auf der glatten Oberfläche abrutschen und womöglich an der falschen Stelle landen. Die Spitze fraß sich ins Metall, kleine Späne fielen zu Boden. Raid spritzte etwas Öl ins Bohrloch und Uki arbeitete weiter. Innerhalb von drei Minuten war das Loch fertig.

Jetzt zog Uki ein längliches Lederetui aus der Tasche und entnahm ihm einen Dietrich, der aus Stahldraht gebogen war. Vorsichtig bewegte er ihn im Bohrloch, dabei konzentrierte er sich so stark, dass er alles um sich herum vergaß. Vor seinem inneren Auge sah er, wie der Widerhaken die Schließfallen umdrehte und in die gewünschte Position brachte. Wenn sich die Kerben der Schließfallen hintereinander befänden, würde die Zuhaltung sperren.

Uki hielt den Atem an und widmete sich der letzten Schließfalle. Er ertastete eine kleine Schwelle, also war auch die letzte Platte an Ort und Stelle. Er richtete sich auf, ergriff den Schraubenzieher und steckte ihn in die Deckplatte. Eine Drehung und das Abloy-Schloss war geknackt.

Uki kannte noch viele andere Methoden, ein Schloss dieses Typs schnell und sauber zu öffnen.

Er hätte das Schlüsselloch zum Beispiel auch mit einer Bohrmaschine ganz aufbohren können.

Oder er hätte die Kanten des Schlüssellochs Stück für Stück mit einer scharfen Feile abraspeln können.

Die Verwendung von Akkubohrer und Dietrich war seiner Meinung nach jedoch die eleganteste Methode.

Die beiden Männer lauschten eine Weile, aber es geschah nichts Alarmierendes. Draußen ratterte eine Straßenbahn vorbei und an der Decke surrte die Klimaanlage.

»Schloss Nummer zwei«, sagte Uki leise.

Er spannte einen größeren Bohrer ein und durchbohrte das Schlüsselloch des Zeiss-Schlosses.

Die Spitze des Bohrers verursachte ein schrilles und kreischendes Geräusch. Uki unterbrach die Arbeit.

»Öl!«

Raid spritzte Öl ins Loch. Uki vollendete die Bohrung, stocherte dann mit dem Schraubenzieher in der Öffnung, leuchtete mit einer am Schlüsselanhänger befestigten Lampe hinein, stocherte noch eine Weile weiter, wobei er durch leichte Hammerschläge nachhalf, bis schließlich alle Hindernisse beseitigt waren.

Die Tür war offen.

In der Kanzlei schlossen Uki und Raid als Erstes die Jalousien. An den Fenstern befanden sich außerdem noch Verdunklungsrollos, was ihnen die Arbeit erleichterte. Sie ließen die Rollos herunter und machten Licht.

Die Räume waren im englischen Klubstil eingerichtet. Die Herren Glad & Herbert glaubten offenbar, dass Antikleder und dunkles Holz eine Vertrauen erweckende Atmosphäre schufen.

In der Diele und in den Arbeitsräumen standen Öfen mit dunkelgrünen Keramikkacheln. Die große moderne Grafik und die aus rostfreiem Stahl gefertigte Skulptur in der Diele lockerten die ansonsten eher düstere Einrichtung ein wenig auf.

Uki wusste, wonach er suchte und rüttelte an der Tür des Büros, das zur Straße gelegen war. Die Tür war verschlossen.

»Misstrauische Leute«, sagte er.

Die Tür hatte ein altmodisches Abloy-Schloss.

Uki hatte genug vom Gefummel. Er nahm das Brecheisen aus der Tasche, setzte es zwischen Tür und Pfosten auf und stemmte sich dagegen. Der Pfosten splitterte und die Tür ging auf.

Der Raum war sparsam eingerichtet. Das größte Möbel war eine vom Boden bis zur Decke reichende Schrankwand mit gewöhnlichen Schrankschlössern. Uki öffnete eine der Türen mit dem Brecheisen. Dahinter stand ein etwa anderthalb Meter großer Tresor mit holzfarbener Oberfläche, zusätzliche Details waren ein schön vernickeltes Schloss mit ebensolchem Griff. Ein Geldschrank mit reichlich Patina. Oben an der Tür war ein kleines Metallschild mit der Aufschrift *Heteka* befestigt.

Uki strich zufrieden über die glatte Oberfläche.

»Diese alte Dame und ich sind stets gut miteinander ausgekommen.«

Raid entnahm seiner Tasche zwei dünne Baumwolloveralls, einen reichte er Uki, den anderen zog er selbst an. Dann öffnete er die geräumige Reisetasche und holte einen kleinen Schneidbrenner nebst Zubehör heraus. Die Sauerstoff- und Azetylenflasche waren nur etwa vierzig bis fünfzig Zentimeter hoch.

Uki kommandierte: »Der Rauchmelder, auch in der Diele und im anderen Zimmer.«

Raid nahm einen Bürostuhl, löste die Kappe des an der Decke befestigten Rauchmelders und durchtrennte die Zufuhrleitung. Er schaltete auch die beiden anderen Rauchmelder aus, lauschte eine Weile an der Außentür und kehrte dann zu Uki zurück.

Der stand vor dem Tresor und inspizierte ihn.

»Riegel rechts, außerdem feste Riegel an der Haspe.«

Er klopfte an das Gehäuse, das dumpf dröhnte. Anschließend setzte er die Schweißbrille auf und öffnete den Azetylenhahn, Raid schlug Feuer. Von der Azetylenflamme stieg eine Rußwolke auf, aber als Uki Sauerstoff hinzufügte, färbte sich die Flamme klarblau. Uki erprobte den Sauerstoffzünder, das Gerät stieß ein zischendes Geräusch aus.

Jetzt beugte Uki sich vor und brannte in den unteren Teil der Tür ein Loch von etwa fünf Zentimetern Durchmesser, das Ganze dauerte nur zwei Minuten. Dann löschte er die Flamme, ergriff einen Gummihammer und beklopfte die Tür rings um das Loch. Aus dem Schrank rieselte graues Mehl.

Raid hatte ihn schon früher bei solchen Anlässen begleitet und wusste, was es mit dem Loch auf sich hatte. Alte Tresore hatten in der Tür oft eine Zwischenschicht aus Kieselerde. Das erschwerte das Schneidbrennen, es führte leicht dazu, dass die Flamme erlosch. Die beste Gegenmaßnahme war, vorher so viel von dem Material herauszulassen, dass die entsprechende Stelle davon frei war.

Kieselerde war ein scheußliches feinpulveriges Zeug, das sich überall festsetzte, ähnlich wie Kartoffelmehl. Als eine genügende Menge herausgerieselt war, fegte Raid das Pulver zusammen und schüttete es in den Papierkorb. Uki hasste Unordnung und Dreck.

Uki griff wieder zum Schneidbrenner und richtete ihn jetzt auf eine Stelle links am Schloss. Funkelnde Metallbällchen spritzten nach allen Seiten, während das Gerät eine rechteckige Öffnung von fünf mal zehn Zentimetern in die Tür brannte. Der ganze Vorgang dauerte fünf Minuten. Ab und zu kontrollierte Uki die Öffnung mit seiner kleinen Lampe. Dahinter wurde ein vier Zentimeter breiter Verschlussriegel sichtbar. Uki durchtrennte ihn an zwei Stellen. In die linke Hälfte schnitt er ein Loch.

Nach getaner Arbeit nahm Raid das Gerät entgegen, wickelte die Schläuche um die Flaschen und verstaute alles wieder in der Reisetasche. Uki kühlte die geschnittene Öffnung mit einem feuchten Tuch.

Raid öffnete das Lüftungsfenster und beide Männer atmeten eine Weile die frische Frühjahrsluft ein. Anschließend schwang sich Uki in den Schreibtischsessel und rollte damit ausgelassen zum Tresor, um das Ergebnis seiner Arbeit zu betrachten.

Um die richtige Stelle für das Schneidbrennen zu finden, brauchte man Sachkenntnis. Wer den Tresor nicht kannte, schnitt unter Umständen erst mehrmals vergeblich.

Im Allgemeinen war das jedoch kein Problem und diese Tatsache verdankte die finnische Unterwelt den längst dahingeschiedenen Vertriebsleuten der Firma *Heteka AG.* Der detaillierte Verkaufsprospekt, der noch aus Vorkriegszeiten stammte, hatte ein Röntgenbild des Tresors enthalten, auf dem genau zu sehen gewesen war, wo sich die Riegel des Schlosses befanden. Mithilfe dieser Aufnahme hatten die gewieftesten Geldschrankknacker der Fünfzigerjahre eine effektive Öffnungsmethode entwickelt. Die Informationen waren jeweils vom Meister an den Lehrling weitergegeben worden. Die Methode ließ sich auch auf andere Geldschranktypen anwenden.

Uki hatte die geheimen Informationen von seinem Lehrmeister Kosti Isomäki geerbt, sie waren bei ihm auf fruchtbaren Boden gefallen. Er hatte sich von klein auf für Technik interessiert. In einer Berufsschule für die Metallbranche hatte er den Umgang mit sämtlichen Metall verarbeitenden Maschinen gelernt. Grundkenntnisse über Schlösser hatte er sich selbst angeeignet, indem er jedes Schloss, das ihm in die Finger kam, zerlegte und studierte. Im Jugendgefängnis hatte er die ersten professionellen Einbruchstricks gelernt, aber zum richtigen Profi war er erst bei Kosti Isomäki geworden.

Im Laufe der Jahre hatte er die Schwachstellen der verschiedenen Tresor- und Schlössertypen herausgefunden, hatte gelernt, welches Gerät jeweils einzusetzen war, der Schneidbrenner, der Trennschleifer, der Bohrer oder Stahlkeile. Viele alte Geldschränke ließen sich sogar mit Axt und Vorschlaghammer öffnen.

Er hatte ebenfalls gelernt, die verschiedenen Alarmanlagen auszuschalten. Vor jedem Einbruch, den er plante, sah er sich zunächst die Alarmanlage an, und wenn sie ihm unbekannt war, verschaffte er sich sämtliche verfügbaren Informationen darüber. Um als Geldschrankknacker zu bestehen, musste man sich ständig neue technische Kenntnisse aneignen.

Trotzdem hatte Uki eines Tages gemerkt, dass er einer aussterbenden Gattung angehörte. Ein Profi seines Schlages war nur noch dann gefragt, wenn der fragliche Geldschrank so betagt war wie er selbst. *Heteka* und er waren etwa gleichaltrig.

Die neueren Tresore waren für Einbrecher zu harte Brocken. Sie ließen sich zwar knacken, aber es dauerte unendlich lange, und die Zeit hatte man in der Regel nicht, es sei denn, der Tresor ließ sich abtransportieren.

Uki hatte auch das einmal getan. Da der Tresor nicht im Fußboden verbolzt war, hatte er ihn auf einen Pumpkarren gekippt und dann mit dem Gabelstapler in einen Lieferwagen gehievt. Er hatte drei Tage an dem Ding herumgebastelt. Unter der drei Millimeter starken Stahlumhüllung war Spezialbeton gewesen. Als Nächstes war ein dicker Aluminiumpanzer gefolgt, in dem Aluminiumoxydkristalle von der Größe einer Daumenspitze versenkt worden waren. Da sie fast so hart wie Diamanten waren, war der Bohrer darauf abgebrochen. Der Trennschleifer oder der Schneidbrenner hatten, auf dem Aluminium nichts ausrichten können.

Der Aluminiumpanzer hätte sich leicht mit einem Plasmaschweißgerät durchtrennen lassen. Doch da in dem Schrank Geld war, ließ sich diese Methode nicht anwenden. Beim Plasmaschweißen steigt die Temperatur im Inneren des Schrankes schnell auf tausend Grad.

Das letzte Hindernis vor der inneren Stahlplatte war gehärtetes Glas gewesen, das bei Gewaltanwendung zerbrach und Zusatzriegel einschnappen ließ, die die Tür endgültig verbarrikadierten.

Schließlich hatte Uki zunächst mit dem Schneidbrenner ein Stück von der Türkante herausgetrennt. Dann hatte er mit einem schweren Vorschlaghammer nacheinander zwei

Stahlkeile in die Öffnung getrieben. Als der Spalt in der Tür groß genug gewesen war, hatte er eine extrem starke hydraulische Presse hineingeschoben und die Tür durch Pumpen gewaltsam geöffnet.

Die Arbeit hatte drei Tage gedauert, der Stundenlohn war dennoch fürstlich gewesen. Im Tresor hatte fast eine halbe Million Mark gelegen.

Das Modell *Heteka* war unter all der äußeren Pracht eine müde alte Dame, Uki würde die Arbeit notfalls mit geschlossenen Augen schaffen.

Er nahm ein selbst gefertigtes Gerät zur Hand und schob es in das Loch, das er in den Riegel geschnitten hatte. Eine kräftige Drehung, und der Riegel riss die an einer Querstange befestigten Sicherungsriegel mit sich. Sie wurden aus ihrer Verankerung gelöst und die Tür ließ sich problemlos mit dem Griff öffnen.

»Ich hab ja gesagt, dass ich mit dieser Dame bestens klarkomme.«

»Genau.«

Raid sammelte die Geräte ein und verstaute sie in den mitgebrachten Taschen, dann stellte er sich neben Uki. Der starrte auf den Tresor, öffnete ihn aber noch nicht.

»Petri Heil, hoffentlich geht uns ein dicker Fisch an die Angel.«

»Los, mach schon«, sagte Raid.

Uki zog langsam die Tür auf.

Im Schrank lagen ein großer Aktenkoffer und mehrere Mappen. Uki nahm zunächst eine der Mappen heraus und stellte fest, dass sie Papiere enthielt. Dann konzentrierte er sich auf den Aktenkoffer. Dieser bestand aus schwarzem Leder und hatte ein Zahlenschloss. Uki machte sich daran, einen großen Schraubenzieher mithilfe des Hammers unter das Schloss zu treiben.

Wegen des Lärms, der dabei entstand, schloss Raid das Fenster und vergewisserte sich an der Außentür, ob alles in

Ordnung war. Als er zurückkehrte, zerrte Uki mit verschwitztem Gesicht an den beiden Hälften des Aktenkoffers.

»Verflucht zäh, das Ding. Dabei kommt es mir manchmal so vor, dass sich ein Tresor leichter öffnen lässt als der Reißverschluss einer Hose.«

Schließlich gab das lädierte Schloss nach.

»Oho«, sagte Uki.

Der Aktenkoffer war bis obenhin mit Geld voll gestopft, die Bündel lagen dich an dicht, sodass keine Lücke blieb.

»Ein dicker Fisch!«

Uki blätterte ein paar Bündel durch. Es waren nur große Scheine.

»Bestimmt mehrere Millionen ..., manchmal belohnt einen das Leben wirklich.«

Die beiden Männer zogen ihre Schutzoveralls aus und verstauten sie ordentlich in die Reisetasche. Dann verließen sie das Büro und gingen die Treppe hinunter, ohne Licht zu machen. Unten blieb Uki mit dem Geldkoffer ein wenig zurück, während Raid auf die Straße spähte.

»Okay.«

Draußen wandte sich Raid nach links, Uki nach rechts. Sie hatten vereinbart, sich erst wieder zu treffen, wenn sie Kleidung und Schuhe gewechselt und das Einbruchswerkzeug beseitigt hätten.

Raid fuhr auf die Brücke nach Lauttasaari, wo er die Tasche mit dem Werkzeug ins Meer entleerte. Dann öffnete er die andere Tasche und warf den Schneidbrenner hinterher. Anschließend fuhr er ein Stück weiter, füllte die Taschen mit Steinen, die im Kofferraum seines Wagens bereitlagen, und warf sie ebenfalls hinunter. Selbst wenn sie gefunden würden, könnte die Polizei nichts mit ihnen anfangen.

In diesem Zusammenhang fiel ihm eine Geschichte ein. Ein Polizist hatte bei einem bekannten Einbrecher eine

Hausdurchsuchung gemacht. Er hatte auch den Kellerverschlag des Mannes durchstöbert und dort dessen Einbruchswerkzeug gefunden. Dabei war er auf die schlaue Idee verfallen, die Stücke mit einem Farbstoff zu markieren, das nur unter UV-Licht sichtbar wurde. Da war der Dieb in Erklärungsnot geraten, als die markierten Gegenstände bei einem späteren Einbruch am Tatort gefunden wurden.

Raid hatte lange überlegt, ehe er Uki zu dem Einbruch begleitet hatte. Er hatte Aktivitäten dieser Art eigentlich aufgegeben und es fiel ihm schwer, gegen eigene Vorsätze zu verstoßen. Doch er hatte Uki einen letzten Dienst erweisen wollen. Kein anderer hätte ihn zur Mitarbeit überreden können. Uki war ein Profi und machte so leicht keinen Fehler.

»Eine solche Gelegenheit kommt nie wieder«, hatte Uki zu Beginn seiner Überredungsoffensive gesagt. Er hatte erzählt, dass in dem Tresor das Geld eines Wirtschaftsverbrechers lag, der sich ins Ausland abgesetzt hatte. Sein Anwalt hatte die Finanzen geregelt und das Geld sollte zunächst auf ein Konto in der Schweiz und dann an eine Firma auf den Caymaninseln überweisen werden.

»Sie können den Einbruch nicht bei der Polizei melden, weil es sich um Schwarzgeld handelt«, hatte Uki versichert.

Als Raid zur Nachttankstelle von Söörnäinen fuhr, um Uki zu treffen, war es bereits kurz nach Mitternacht.

Uki hatte einen Becher Kaffee und ein belegtes Brötchen vor sich. Er trug Jeans und einen dicken weißen Seemannspullover. Auf dem Tisch lag eine blaue Schiffermütze. Raid holte sich ein Glas Orangensaft.

»Es waren genau drei Millionen.«

»Ziemlich viel.«

»Dabei war es eine leichte Beute, viel leichter, als ich dachte. Und kein Hahn kräht danach, sofern Lares Informationen stimmen.«

Raid sagte: »Eine Sache macht mir zu schaffen.«

»Welche?«

»Lare hatte zu gute Informationen.«

»Was soll das heißen?«

»Er muss einen Informanten mit Insiderwissen gehabt haben. Eines Tages wird sich jemand dafür interessieren, wer von der Sache wusste und wer gesungen hat.«

»Lare hat versichert, dass der Informant hundertprozentig zuverlässig ist.«

»Hundertprozentige Zuverlässigkeit gibt es nicht.«

»Stimmt, aber Lare war sicher, dass die Spur nicht zu ihm führen kann. Ich glaube ihm. Lare hätte den Bruch selber gemacht, wenn er nicht die Bypassoperation gehabt hätte.«

Uki hob den Kaffeebecher feierlich wie ein Sektglas.

»Der allerletzte Rentencoup. Ab jetzt gehe ich keine Risiken mehr ein, werde nicht mal mehr mit überhöhter Geschwindigkeit fahren. Bist du das Werkzeug losgeworden?«

»Es ist von der Brücke ins Meer gesegelt.«

»Ich werde Sehnsucht danach kriegen, aber zum Glück habe ich jetzt etwas, das mich tröstet.«

Er wurde ernst und sah Raid an.

»Eine Mille für dich, eine für mich und eine für Lare. Was sagst du dazu?«

»Klingt anständig.«

»Und ich kümmere mich darum, dass Lare seinen Anteil bekommt. Du hast deine Arbeit getan.«

Uki nahm einen Schluck Kaffee und lächelte.

»Hätten wir nicht allen Grund zum Feiern?«

»Erst möchte ich ein paarmal auf freiem Fuß aufwachen.«

»Bedeutet dir eine Million Mark gar nichts?«

»Doch.«

»Und was?«

»Eine Million Mark.«

»Ich wünschte, du hättest mehr Freude daran. Deshalb wollte ich gerade dich dabeihaben, aber jetzt lächelt der Kerl nicht einmal.«

»Ich lächle innerlich.«
»Was mache ich damit?«
»Pass gut darauf auf.«
»Ich bezahle keine Zinsen.«
»Das habe ich auch nicht erwartet. Gute Nacht.«
»Nacht. Wir sehen uns auf Sundmans Hochzeit.«
»Bis morgen.«

Raid stieg ins Auto, startete den Motor und blickte noch einmal zurück. Uki saß da wie ein Denkmal und starrte vor sich hin. Er hatte den Kaffeebecher erhoben, trank aber nicht.

Außerdem war der Becher garantiert bereits leer.

2.

Huusko fror, obwohl sein Schlafsack angeblich fast arktischen Bedingungen standhalten sollte. Als er das Ding gekauft hatte, hatte die Verkäuferin versprochen, dass er es darin noch bei zehn Grad Frost aushalten würde. Jetzt betrug die Temperatur ein paar Grad über null und es zeigte sich, dass die Verkäuferin weit übertrieben hatte.

Huusko kroch tiefer in den Schlafsack, drehte sich auf die linke Seite und rollte sich wie ein Embryo zusammen. Er lag mit dem Gesicht so dicht an der Wand, dass er die feuchte Tapete riechen konnte. Die ganze Hütte war nach dem Winter feucht und stickig, obwohl er länger als eine Stunde gelüftet hatte.

Noch nie während seines einmonatigen Zigeunerlebens hatte sich Huusko so sehr nach seiner früheren Wohnung gesehnt.

Er war aufgrund eines unglücklichen Zufalls und ganz ohne eigenes Verschulden hinausgeworfen worden. Der Vorstandsvorsitzende der Wohnungsgesellschaft war gerade beim Nachbarn zu Besuch gewesen, als in Huuskos Wohnung eine Fete zur Verabschiedung eines Kollegen stattgefunden hatte. Einer der Gäste, der als Hobby Gewichtheben betrieb, war im Treppenhaus mit dem Vorstandsvorsitzenden in Streit geraten und hatte ihn auf ausgestreckten Armen auf die Straße getragen. Der Mann hatte das so übel genommen, dass er Huusko zwei Wochen Zeit gegeben hatte, seine Sachen zu packen.

Huusko hatte gefunden, dass der Rausschmiss ungesetzlich war, aber er hatte es sich nicht leisten können, Rabatz zu machen. Der Vorstandsvorsitzende war mit dem Polizeichef befreundet und hatte durch seine Beziehungen bereits vielen Polizisten Wohnungen besorgt. Man durfte ihn nicht verärgern.

Danach war Huusko für ein paar Nächte bei einem Kollegen untergekommen, hatte zwischen dem Superheldenspielzeug und den Plüschtieren von dessen sechsjährigem Sohn gehaust. Er hatte sich jedoch nicht gegen Buzz Lightyear durchsetzen können, der aus seinem Reich vertriebene Bengel hatte erfolgreich gegen die Einquartierung prostestiert.

Als Nächstes hatte ihn eine frühere Freundin aufgenommen, allerdings nur bis ihr Mann von einer Auslandsreise zurückkehrte. Eine zweite frühere Freundin hatte zwar keinen Mann, aber ein hitziges Temperament, und nach einer Woche hatte sie Huusko den Stuhl vor die Tür gesetzt. Er hatte eine Nacht im Obdachlosenasyl und zwei Nächte in seinem Büro verbracht.

Momentan schlief er bereits die dritte Nacht im Gartenhaus eines Kollegen. Oder eigentlich war es noch Abend. Er hatte zwei Stunden vor einem alten tragbaren Schwarz-Weiß-Fernseher verbracht und dann beschlossen, zeitig zu Bett zu gehen. Er versuchte bereits seit über einer Stunde, einzuschlafen, aber die feuchte Kälte hielt ihn wach.

Durch die undichte Tür zog es, Huusko musste niesen. Er zerrte eine Weile am Reißverschluss des Schlafsackes, bekam ihn glücklich auf und kroch heraus wie eine Larve aus ihrer Puppe. Er holte den Zweiplattenherd aus der Kochnische, stellte ihn direkt neben dem Bett auf den Fußboden, drehte beide Platten voll auf und kroch wieder in seinen Schlafsack.

Die Kochplatten erhitzten sich knackend. Die Schnellplatte war nach wenigen Augenblicken glühend rot, und Huusko spürte, wie ihm die Wärme ins Gesicht strahlte.

Sein Handy klingelte. Ehe er sich wieder mühsam aus seinem Schlafsack geschält hatte, hatte der Anrufer aufgelegt.

Huusko fand die Nummer auf der Liste der unbeantworteten Anrufe. Es war Jansson gewesen. Huusko rief zurück, die Nummer war ihm nur zu vertraut.

»Sorry, ich kam nicht so schnell ran.«

»Wo bist du?«

»Zu Hau…, in Kolehmainens Hütte.«

»Ist es dort nicht ein bisschen zu kalt?«

Jansson klang ehrlich besorgt, Huusko wusste das zu würdigen.

»Nicht, wenn du einen Eskimo fragst … Okay, zugegeben, ich bin ein bisschen enttäuscht, denn eine Villa, wie Kolehmainen es dargestellt hatte, ist dies nicht.«

»Hast du dort gerade etwas Wichtiges vor?«

»Falls du wissen willst, ob ich allein bin, so muss ich bejahen.«

»Leimu und Harju haben Bereitschaftsdienst und sie haben so viel zu tun, dass sie nicht alles schaffen können. Gleich zu Beginn des Abends wurden sie in zwei Wohnungen gerufen, dann gab es eine Wasserleiche und vorhin wurde ein Fall von schwerer Körperverletzung aus dem Stadtteil Punavuori gemeldet. Leimu glaubt, dass das Opfer stirbt. Die Besatzung des Krankenwagens hat berichtet, dass der Mann einen Hammer im Schädel hat. Sie haben nicht gewagt, das Ding rauszuziehen, und ihn in die chirurgische Klinik gebracht. Ich dachte, dass dich die Sache vielleicht interessiert, denn wir haben einen Hinweis bekommen, dass Eki Eeerola hinter der Hammerattacke steckt.«

»Der Legionär?«

Huusko stieß den Schlafsack beiseite und angelte sich seine Jeans von der Sitzbank. Er stieg hinein, während er weiter am Handy sprach.

»Wer ist das Opfer?«

»Ari Tammela, ebenfalls ein alter Bekannter. Der Zwischenfall ereignete sich anscheinend in seiner Wohnung.«

»Selbstverständlich interessiert mich die Sache.«

»Der Hinweis besagt, dass Eki durchgedreht ist und Amok läuft.«

»Ich bin mit Eki immer klargekommen.«

»Ein Tiger wird nie so zahm, dass man aufhören kann, vorsichtig zu sein.«

Huusko schloss den Gürtel mit einer Hand und suchte nach seinen Turnschuhen.

»Ich mach mich auf den Weg ..., die Metro fährt wahrscheinlich noch ...«

»Der Transport ist geregelt. Ich fahre nämlich selbst hin, bin jetzt am *Itäkeskus.* In fünf Minuten bin ich bei dir.«

»Du findest die Stelle nicht. Komm zur Fußgängerunterführung auf der Kulosaaren Puistotie, dort warte ich.«

»Gut. Fünf Minuten. Ich versuche inzwischen, jemanden zu kriegen, der in die Klinik fährt, für den Fall, dass Tammela im Stande ist zu reden.«

»Wird nach Eki gefahndet?«

»Ja.«

Huusko zog noch einen warmen Wollpullover und eine kurze Lederjacke an. Er war schon im Begriff, die Hütte zu verlassen, als ihm der Elektrokocher einfiel. Beide Platten waren glühend rot und die Luft roch verbrannt. Huusko zog den Stecker heraus. Dann schloss er die Tür ab, steckte die Hände in die Taschen und ging zum vereinbarten Treffpunkt.

Gleichzeitig mit ihm traf Jansson ein, er blinkte und hielt am Straßenrand. Huusko stieg zu ihm in den Wagen.

»Hoffentlich habe ich dir nicht einen gemütlichen Abend verdorben«, sagte Jansson.

»Ich habe versucht, ausnahmsweise mal zeitig ins Bett zu gehen, aber es war so verdammt kalt, dass ich nicht schlafen konnte. Du anscheinend auch nicht.«

»Ein alter Mann braucht nicht viel Schlaf.«

»Seit wann bist du alt?«

»Es war ein schleichender Prozess.«

Vor Tammelas Wohnhaus parkten ein Streifenwagen der Polizei und ein blau-weißer Ford Mondeo. Unweit davon standen mehrere Hausbewohner beisammen und schlachteten das nicht mehr ganz taufrische Drama genüsslich aus. Der Schatten des Todes hatte das Haus gestreift, so etwas brachte auf merkwürdige Weise selbst kühle Nachbarn einander näher und veranlasste zerstrittene Ehepartner, wieder miteinander zu reden.

Huusko klopfte ans Fenster des Mondeo. Der Beamte, der hinter dem Lenkrad saß, erkannte ihn und ließ die Scheibe herunter.

»'n Abend«, wünschte Huusko.

»Grüß dich. Du wirst schon erwartet.«

»Ist es in der Wohnung passiert?«

Huusko blickte zu den heimelig erleuchteten Fenstern des Hauses. Hier und dort sah er hinter den Gardinen neugierige Gesichter. Der Tatort war leicht zu erkennen, denn die Lampen, die die Leute von der Spurensicherung aufgestellt hatten, tauchten die Wohnung in helles Licht.

»Dort oben beginnt zumindest die Blutspur, und der Nachbar hat den passenden Lärm dazu gehört. Danach kam der Mieter mit dem Hammer im Schädel auf die Straße und brach dort zusammen.«

Der Polizist zeigte auf die Blutlache, die im Licht schimmerte.

»Ein Autofahrer hat den Notruf gewählt, ein Krankenwagen hat den Verletzten abgeholt.«

»Sind die Nachbarn befragt worden?«, wollte Jansson wissen.

»Das macht gerade die Streife. Koski und ich haben sicherheitshalber mit den neugierigen Elstern gesprochen.«

Der Polizist nickte in die Richtung der diskutierenden Gruppe.

»Der Mann im Pullover ist der direkte Nachbar, vorläufig der Einzige, der etwas gesehen und gehört hat. Die anderen kamen erst hinzu, als der Krankenwagen eintraf.«

Huusko trat zu den Leuten und stellte sich vor. Der Mann im Pullover war vielleicht sechzig Jahre alt, klein und untersetzt. Er hatte sich offenbar in aller Eile angezogen und die erstbesten Stücke gegriffen, um draußen nur ja nichts zu verpassen. Zu dem grauen Rollkragenpullover trug er eine Trainingshose und halbhohe Gummistiefel.

»Ich hätte ein paar Fragen. Kommen Sie, erledigen wir es rasch, dann können Sie schlafen gehen«, sagte Huusko und nickte in Richtung des Polizeiautos.

Der Mann, der wegen seines Wissens gerade im Mittelpunkt des Interesses stand, folgte der Aufforderung nur widerwillig.

Jansson trat zu Huusko. »Komm dann nach, ich gehe schon hoch«, sagte er.

Huusko folgte dem Mann zum Auto und holte Notizblock und Kugelschreiber aus der Tasche. Er schlug eine neue Seite auf und notierte oben in der Ecke Datum und Uhrzeit.

»Soll ich damit anfangen, wie der Besucher kam?«

»Das ist ein guter Anfang.«

»Es war ungefähr neun Uhr, die Sportnachrichten waren fast zu Ende. Ich hörte, wie jemand beim Nachbarn an der Tür klingelte. Die Klingel ist ein altes Modell und macht einen höllischen Lärm. Der Besucher klingelte Sturm und Tammela, der Nachbar also, war wütend, als er aufmachte. Ich hörte, wie er fluchte ..., es begann fast sofort, als der Gast drinnen war ..., sie schrieen sich an, irgendwann geriet der andere Mann völlig in Rage ...«

»Haben Sie einzelne Worte oder sonst etwas verstanden?«

»Ich hörte, wie Tammela laut sagte: ›Quatsch, Mann, das war ich nicht!‹ Dann sagte der Besucher etwas von ›Spitzel der Bullen‹ ..., anschließend müssen sie wie zwei Kampfhähne aufeinander losgegangen sein, denn ich hörte, wie der Tisch im Flur umkippte, außerdem muss ein Bild von der Wand gefallen sein, weil nämlich Glas klirrte ...«

Ein junger Wachtmeister mit Dienstmütze klopfte schüchtern ans Fenster der hinteren Tür.

»Könnte ich bitte den Beutel haben ..., den dort mit der Thermosflasche ...«

Huusko reichte ihm das Gewünschte. Der Polizist bedankte sich und schlug die Tür zu.

»Sie hörten Glas splittern«, half Huusko nach.

»Ja, dann schrie Tammela: ›Verflucht nochmal, Eki, wir waren Kumpels, weißt du das nicht mehr!‹ Darauf schrie der Besucher: ›Ich werde nie vergessen, dass du Lare an den Kerl verpfiffen hast ...‹, und Tammela versuchte, ihn zu beruhigen, aber es half anscheinend nichts. Ich hörte ein Dröhnen und dann einen lauten Schrei, das war Tammela ... Ich sagte mir, dass die Sache zu bunt wird, und wollte zum Telefonhörer greifen ...«

Die hintere Wagentür wurde geöffnet und derselbe schüchterne Wachtmeister schaute herein.

»Entschuldigung, könnte ich noch das Stullenpaket haben, das auf der Bank liegt ..., genau das, danke.«

»Bist du sicher, dass du nichts vergessen hast, Schokoriegel, Kartoffelchips, Kekse oder Mutters selbst gebackenen Butterkuchen?«, fragte Huusko spöttisch.

»Sonst nichts, danke und Entschuldigung.«

»Und den Donald-Duck-Becher?«

»Kann ich weitermachen?«, fragte der Mann im Pullover. Der Wortwechsel hatte ihn irritiert.

Huusko nickte.

»Dann hörte ich, wie die Tür geöffnet wurde und wie jemand wegrannte …, ich lugte durch den Spion und sah eine grüne Tarnjacke …, gleich danach hörte ich ein qualvolles Stöhnen. Ich wusste, dass etwas passiert war, aber ich hatte keine Ahnung, wie schlimm es war. Ich überlegte kurz, was ich machen sollte. Dann hörte ich, wie jemand laut brüllend in den Flur kam, und ich sah wieder durch den Spion. Es war Tammela. Er brüllte wie ein Tier, hielt sich den Kopf und wankte die Treppe runter. Ich konnte erkennen, dass Blut durch seine Finger lief.«

»Sie waren es, der den Krankenwagen rief?«

»Noch nicht gleich. Ich konnte ja nicht wissen, ob er ernsthaft verletzt war oder nur einen Schlag auf die Nase gekriegt hatte. Aus der Nase kann verdammt viel Blut kommen, einmal, als …«

»Ich möchte erst den Rest hören.«

»Ich ging ihm hinterher, aber Tammela lief verdammt schnell, trotz allem, was ihm passiert war. Er kam bis vors Haus und fiel dann um wie vom Blitz getroffen. Erst da sah ich, dass ihm ein Kugelkopfhammer mitten im Schädel steckte, oder genauer gesagt am Haaransatz …, ich habe zum Glück einen Erste-Hilfe-Kurs gemacht und so wusste ich, dass es besser war, ihn nicht zu bewegen. Ich rannte nach oben und rief einen Krankenwagen.«

»Und der andere, der Besucher?«

»War schon weg. Ich habe nicht mal mehr seinen Schatten gesehen.«

»Konnten Sie sein Gesicht erkennen, als er die Wohnung verließ?«

Der Mann schüttelte den Kopf.

»Ich habe ihn nur schräg von hinten gesehen, als er die Treppe runterrannte. Er trug eine grüne Tarnjacke, blaue Jeans und hatte Stoppelhaar …, ein ziemlich großer Kerl, mindestens eins neunzig. Er machte große Sätze, nahm fünf Stufen auf einmal … Ich dachte, dass eure Leute wissen, wer er ist …«

»Und Sie haben ihn nie zuvor gesehen?«

»Nie.«

Auf dem Hof blitzte es und Huusko schaute hinaus. Ein Mann, der eine schwer wirkende Kameratasche schleppte, fotografierte die Blutlache.

»Was mache ich, wenn mich Journalisten ausfragen?«, wollte der Mann im Pullover wissen.

»Sie sagen zumindest nicht, dass Sie den Mann gesehen und einen Namen gehört haben.«

»Ich erzähle denen gar nichts«, verkündete der Mann entschlossen.

»Sie werden später noch einmal offiziell befragt, aber falls Ihnen inzwischen etwas einfällt …«

Huusko holte aus der Gesäßtasche eine Visitenkarte, die unter seinem Hintern verbeult war, und reichte sie dem Mann.

»Ich melde mich bestimmt …, manchmal passiert es, dass sich irgendeine kleine, aber wichtige Sache hinten im Gehirn festsetzt und auf einmal, flupp, herausspringt, wenn man gar nicht damit rechnet.«

»Rufen Sie mich gleich an, wenn es flupp macht.«

Tammela bewohnte eine mit Alkoven und Kochnische ausgestattete, gut zwanzig Quadratmeter große Einzimmerwohnung. Sie befand sich in der dritten Etage, das Fenster lag zur Straße. Vor der Tür stand eine junge Beamtin von der Streife.

Huusko stellte sich vor und sie öffnete die Tür.

Jansson saß am Couchtisch und stöberte in einem Pappkarton, der anscheinend Fotos und Papiere enthielt.

»Sieh dich vor, in der Kochnische liegt ein Messer auf dem Fußboden.«

Huusko erkundete das Terrain.

Tammela war offensichtlich kein Materialist. In der Kochnische gab es zwei Töpfe, eine Pfanne, ein paar Gläser, Messer und Gabel. Auf dem Fußboden lag ein Küchenmesser mit langer Klinge.

»Tammela hat anscheinend versucht, sich mit dem Messer zu verteidigen. An der Schneide klebt Blut, Eki ist also verletzt.«

Huusko sah in den Kühlschrank. Das tat er jedes Mal, wenn er sich an einem Tatort befand. Der Inhalt des Kühlschrankes sagte viel über das Leben und die Wertvorstellungen des Menschen aus. Wenn der Kühlschrank leerer als Huuskos eigener war, ging es der betreffenden Person wirklich schlecht. In Tammelas Kühlschrank befanden sich die Hälfte einer billigen Ringwurst, ein Topf Margarine, ein trockenes Stück Käse, eine halb verbrauchte Tube Senf und eine fast volle Flasche mit Klarem.

Huusko prüfte auch den Mülleimer, aber darin lagen nur ein vertrocknetes Stück Brot, eine Bananenschale, eine leere Milchtüte und anderer harmloser Abfall.

Das Mobiliar der Wohnung bestand lediglich aus einem Bett, einem kleinen Tisch, zwei Stühlen und einem wackeligen Spanplattenregal, auf dem ein alter Kofferfernseher stand. Tammela war um seine Lebensweise und seinen Lebensstandard wahrlich nicht zu beneiden.

Huusko öffnete den Flurschrank. Die Fächer waren voll gestopft mit muffig riechenden Kleidungsstücken.

»Die habe ich mir schon angesehen, komm und hilf mir bei den Papieren.«

Jansson hatte zwei Pappkartons vor sich, Huusko griff sich einen davon. Der Karton enthielt Einkaufsquittungen, mehrere Rechnungen und Garantiescheine sowie einen braunen Briefumschlag mit Arbeitszeugnissen. Huusko studierte die Zeugnisse. Von Januar 1974 bis Mai 1975 war Tammela in der Klempnerwerkstatt von Lauri (Lare) Lehtinen beschäftigt gewesen.

Das nächste Zeugnis verriet, dass er über das Frühjahr, den Sommer und den Herbst 1976 bei der Hauptpost als Gabelstaplerfahrer gearbeitet hatte. Angeheftet war eine Fahrerlaubnis, die ihn berechtigte, Kleinlaster zu fahren.

Der zweite Karton war interessanter. Huusko wühlte in alten Fotos, die die sattsam bekannte, aber immer wieder traurige Geschichte erzählten, wie aus einem kleinen Jungen mit blanken Augen ein trüb dreinblickender Knastologe geworden war.

Doch anscheinend hatte es in Tammelas Leben auch Lichtpunkte gegeben. Auf einem der Fotos hatte er ein etwa zweijähriges Mädchen mit Pferdeschwanz auf dem Arm. Das Kind war fein herausgeputzt, es trug eine weiße Bluse, einen roten Wollrock und schwarze Lackschuhe. Hinter Tammela stand ein dunkelgrauer Volvo Amazon. Huusko vermutete, dass dieses Bild des glücklichen Vaters und Autobesitzers vom Ende der Sechzigerjahre stammte.

In einem gesonderten Umschlag steckte ein Schwarz-Weiß-Foto, das Tammela während seines Wehrdienstes zeigte, es war auf einer Festungsinsel im Finnischen Meerbusen aufgenommen. Tammela und zwei weitere Rekruten in grauer Uniform posierten neben einem großen Küstengeschütz. Huusko erkannte die beiden anderen, es waren Lare Lehtinen und Eki Eerola.

Huusko beobachtete Janssons systematisches Arbeiten, daneben wirkte sein eigenes Vorgehen planlos.

»Hast du etwas Interessantes gefunden?«

»Tammela hat eine Art Tagebuch geführt, aber die letzten Eintragungen sind zwei Wochen alt. Nimm dir das als Hausaufgabe mit.«

Jansson überreichte ihm einen Stapel blauer Hefte. Auf dem Deckel war die jeweilige Zeitspanne notiert.

Jansson richtete den umgekippten Telefontisch im Flur auf und öffnete die Schublade. Sie enthielt Rechnungen und Mahnungen.

»Wo ist das Telefon?«, wunderte er sich.

Huusko sah sich um.

»Keins da, der Kerl benutzt wahrscheinlich ein Handy.«

Jansson prüfte die Rechnungen genauer, darunter waren

auch zwei für den GSM-Anschluss. Die letzte, mit einem weit zurückliegenden Datum, war offenbar noch nicht beglichen, denn inzwischen war eine Mahnung gekommen.

»Scheint zu stimmen. Das Handy hat er wahrscheinlich bei sich.«

Huusko trat ebenfalls in den Flur und entdeckte neben der Tür, unter der Garderobe, einen etwa zwanzig Zentimeter hohen Zeitungsstapel. Zuoberst lagen eine kostenlose Zeitung und der Katalog einer Möbelfirma.

Die zehn Zentimeter darunter bestanden ebenfalls aus Gratisheften, sie wirkten ungelesen, anscheinend hatte Tammela nicht einmal darin geblättert. Unter dem farbigen Prospekt eines Heimwerkerladens lag jedoch eine Überraschung: eine Ansichtskarte aus Torremolino. Huusko drehte sie um und las die mit Kugelschreiber geschriebene kurze Botschaft: *Wenn ich wieder zurück bin, grabe ich in der Vergangenheit. Bilde dir nicht ein, dass ich dich vergessen hätte.*

Die Unterschrift fehlte und das Datum des Poststempels lag zwei Monate zurück.

Huusko zeigte Jansson die Karte, der sie vorsichtig am Rand anfasste.

»Irgendjemand hat etwas gegen Tammela.«

»Eine eindeutige Drohung.«

»Nimm das Ding mit.«

Huusko riss eine Zeitungsseite ab und schlug die Karte darin ein, um sie nicht zu beschädigen.

Sie durchsuchten die Wohnung noch zehn Minuten lang, dann befand Jansson, dass es genug war.

»Hier gibt es wohl nichts mehr zu tun. Würdest du noch ins Krankenhaus fahren? Ich konnte in der Eile niemand anderen auftreiben. Schauen wir mal, was aus der Sache wird, Körperverletzung, Totschlag oder sogar Mord.«

»Geht klar.«

»Ich bitte die Jungs von der Streife, dich hinzufahren.«

»Einer davon war ein Mädchen.«

Die Besatzung des Mondeo fuhr Huusko zum Krankenhaus. Die beiden Beamten waren mit ihrer Arbeit fertig und fuhren, nachdem sie Huusko abgesetzt hatten, zu einem Drive-in-Restaurant, um etwas zu essen.

Als Huusko in der Klinik eintraf, wurde Tammela gerade operiert. Nach Auskunft der Stationsschwester dauerte die Operation schon fast eine Stunde und würde vielleicht noch eine weitere beanspruchen. Der Hammer hatte in den grauen Zellen des Mannes eine böse Spur hinterlassen.

»Wo sind die Sachen des Patienten?«, fragte Huusko.

Die Schwester ging nachsehen, kam mit einem Wäschebeutel aus Stoff zurück und führte Huusko in einen freien Behandlungsraum. Er kippte den Inhalt des Beutels über der mit Kunstleder bezogenen Pritsche aus.

Es waren Tammelas Schuhe und Strümpfe, seine Hose, sein T-Shirt und ein blaues Jeanshemd, alles blutbeschmiert. In der Hosentasche steckte eine Einkaufsquittung vom Supermarkt, demnach hatte Tammela am Tag zuvor einen halben Liter Milch, eine Ringwurst, Brot, Margarine und eine Banane gekauft. Huusko tastete über die Brustaschen des Jeanshemds und spürte in beiden etwas Hartes unter den Fingern.

In der einen Tasche steckte eine braune Lederbörse, in der anderen das Handy.

Die Geldbörse enthielt eine Zehnerkarte für die Straßenbahn, auf der noch drei übrig waren, dazu einiges Geld, das Foto eines jungen Mädchens mit Studentenmütze und ein zweifach gefaltetes Blatt Papier, das aus einem karierten Heft stammte und etwa zwanzig Telefonnummern enthielt. Vor der Nummer standen jeweils die Initialen, der Vor- oder der Rufname des Besitzers. Huusko steckte die Liste ein.

Die Nachtschwester kam herein und verteilte Medikamente in Plastikbecher, die sie auf einen stählernen Servierwagen stellte.

»Wo kann ich telefonieren?«

Die Schwester zeigte auf den Ecktisch, auf dem ein Telefon stand.

Huusko begann bei seiner besten Informationsquelle. Der Mann schlief noch nicht, sondern befand sich, aus den Hintergrundgeräuschen zu schließen, in einer Gaststätte.

»Geh in eine ruhige Ecke, damit du reden kannst.«

Nach einer Weile ebbte der Lärm ab.

»Nun? Der Augenblick ist nicht günstig. Ich bin in Gesellschaft, mache Geschäfte.«

»Es dauert nicht lange. Freundschaft ist wichtiger als Geschäfte.«

»Und was wünscht der Freund?«

»Wo finde ich Eki Eerola?«

»Warum willst du ihn finden?«

»Wenn du nicht viel Zeit hast, dann stell keine überflüssigen Fragen.«

»Ich hätte schon ganz gern die Koordinaten.«

»Es sollte dir reichen, dass dein Freund den Mann sucht.«

»Gestern war er noch im Männerwohnheim in Kumpula. Dort ist er abgehauen, hatte es verdammt eilig, wie man hört.«

»Und heute?«

»Keine Ahnung.«

»Rate.«

»Versuch es bei seinen Freunden. Vielleicht hat ihn einer bei sich aufgenommen.«

»Namen und Adressen.«

»Du bist verdammt unhöflich. Wo brennt es?«

»Die Sache eilt.«

»Tenhu wohnt in der Aleksis-Kivi-Straße. Die andere Möglichkeit ist Haverinen. Er ist Hausmeister im Gewerbegebiet von Pitäjänmäki und hat dort eine Werkswohnung. Im Erdgeschoss des Hauses befindet sich eine Buchdruckerei.«

»Welche Straße?«

»In dem Namen kommt irgendein Instrument vor.«

»Flöte, Trompete, Fagott ...?«

»Sieh auf dem Stadtplan im Telefonbuch nach. Die Straße beginnt neben dem Autohaus und verläuft parallel zur Pitäjänmäentie in Richtung Konala. Sonst noch was?«

»Ja. Welche Probleme gibt es zwischen Eki und Tammela?«

»Irgendeine uralte Geschichte. Eki wundert sich, dass Tammela nie in den Knast wandert, wohl aber alle anderen.«

»Und das bedeutet?«

»Tammela hat für Lare das Zeug von dem Bruch beim Juwelier auf der Fredrikinkatu verscherbelt, aber eure Leute haben sich nicht dafür interessiert.«

»Denkt Eki, dass Tammela Spitzeldienste macht und dadurch seinen Kopf aus der Schlinge zieht?«

»So ungefähr.«

»Das ist schon eine alte Geschichte.«

»Wenn der Stein lange im Schuh scheuert, entsteht schließlich eine Wunde.«

»Treffend gesagt. Ist etwas passiert, was die Sache aktuell macht?«

»Du willst Informationen, keine Gerüchte.«

»Auch Gerüchte sind mir willkommen.«

»Man munkelt, dass Lare eine Retourkutsche starten will. Er ist so krank, dass es ihm egal ist, was anderen passiert ..., und er weiß viel. So was beunruhigt die Leute.«

»Wer munkelt?«

»Alle und niemand. Ich muss wieder an den Tisch zurück, sonst geht mir ein großes Geschäft durch die Lappen.«

»Okay ... und danke.«

Huusko griff sich das Telefonbuch und suchte nach den Seiten mit dem Stadtplan. Er blätterte eine Weile und fand dann die Adresse. Kornettstraße.

Er rief den Diensthabenden an und fragte, ob es etwas Neues von Eki gebe. Keine Streife hatte auch nur eine Spur von ihm gesehen.

»Ruft sicherheitshalber auch die Krankenhäuser an, Eki hat wahrscheinlich Messerstiche abbekommen. Ich habe hier ein paar Adressen, die abgeklappert werden müssten. Kannst du eine Streife damit beauftragen? Und sag ihnen, sie sollen vorsichtig sein.«

Es war zwanzig vor eins und Huusko hätte gern das Krankenhaus verlassen, aber vorher musste er in Erfahrung bringen, ob Tammela ansprechbar war. Kein Mensch mochte Krankenhäuser, aber Huusko hatte einen regelrechten Widerwillen dagegen. Und es lag nicht nur daran, dass er fast drei Monate dort gelegen hatte, nachdem ihn ein Drogenkrimineller angeschossen und schwer verletzt hatte.

Der sterile Klinikgeruch kitzelte seine Nasenschleimhäute. Außerdem witterte er hinter der Sterilität den Tod. Er hatte das Gefühl, als sollte der Geruch faulenden Fleisches mit Parfüm überdeckt werden.

Huusko verließ das Zimmer und setzte sich draußen in die Besucherecke. Er griff sich eine alte Illustrierte vom Tisch und wollte gerade darin blättern, als die Zwischentür am Ende des Ganges geöffnet wurde und ein Arzt in blassgrünem Kittel hereinkam, begleitet von einer ebenso gekleideten Krankenschwester. Huusko stand auf und ging ihnen entgegen. Der Arzt nahm die Schutzhaube vom Kopf.

»Kripo«, sagte Huusko und zeigte seine Dienstmarke. »Ich bin wegen des Mannes hier, der den Hammer auf den Kopf bekommen hat. Wann kann man mit ihm sprechen?«

Der Arzt wechselte einen Blick mit der Krankenschwester.

»Keine Chance.«

»Es ist wichtig.«

»Keine Chance, er ist während der Operation gestorben.«

3.

Die weiße Nelke, die Sundman am Revers seines Hochzeitsanzugs trug, war von den Umarmungen der Gratulanten verrutscht und er rückte sie zurecht. Seine Miene war konzentriert.

»Wie sieht es aus?«

»Gut«, sagte Raid. »Was willst du von dem Legionär?«

»Ich muss ihn sprechen.«

»Du selber oder stecken andere dahinter?«

»Sowohl als auch.«

»Warum?«

»Ich mache mir Sorgen um ihn und meine Freunde tun es auch. Ich kenne ihn seit über dreißig Jahren und er war immer unberechenbar, aber jetzt ist er entweder durchgedreht oder er hat eine falsche Information bekommen. Du könntest herausfinden, was davon zutrifft, ehe er etwas tut, was nicht wieder gutzumachen ist.«

»Was zum Beispiel?«

»Wenn er rotsieht, ist er gewalttätig und verdammt gefährlich.«

»Ich habe anderes zu tun.«

»Für Uki, stimmt's? Der sollte eigentlich auch hier sein, aber er lässt sich nicht blicken. Ich bin verdammt beleidigt, wenn er nicht kommt.«

»Das tut er bestimmt.«

Sundman füllte zwei Gläser mit Sekt und reichte Raid eines davon.

»Ich bitte dich um einen Freundschaftsdienst, es wäre mein schönstes Hochzeitsgeschenk.«

Die Nelke saß immer noch nicht zu seiner Zufriedenheit und er fingerte erneut daran herum. Schließlich hatte er sie so hingerückt, wie es ihm gefiel, und er tätschelte sie noch einmal, als wäre sie ein lebendes Wesen. Die Nelke nahm sich sehr gut an seinem dunkelblauen Nadelstreifenanzug aus.

Zu dem Anzug, der teuer wirkte, trug Sundman eine weinrote Krawatte und Lackschuhe. Raid sah, dass er auch beim Friseur und bei der Maniküre gewesen war. Die Nagelhaut hatte nicht den kleinsten Riss und die Nägel glänzten so gleichmäßig, dass sie fast künstlich wirkten.

»Nimmst du seine Drohungen ernst?«, fragte Raid.

»Das muss ich, da es sich um Eki handelt. Er kann einen Mann auf hundert verschiedene Arten töten.«

»Und du weißt nicht, was ihn so aufgebracht hat?«

»Ich habe keine Ahnung. Wir hatten nie Streit. Er hat sogar Jobs für mich erledigt, allerlei kleine Sachen, die Muskelkraft erforderten. Er war in jungen Jahren wie Tarzan, ein Johnny Weissmuller, wie er leibt und lebt. Er sah ihm sogar ähnlich, jedenfalls damals, als er noch lange Haare hatte. Der Kerl hätte im Zirkus auftreten können, machte die tollsten Tricks ...«

»Hat er eine Waffe?«

»Manchmal ja, manchmal nein. Normalerweise kommt er mit bloßen Händen aus, aber er ist nicht mehr der Alte. Jemand hat erzählt, dass er neuerdings einen Hammer mit sich rumträgt.«

Die Schwingtür flog auf und eine geschäftige Kellnerin kam in die Küche, ein großes Metalltablett mit leeren Gläsern in den Händen. Nachdem sie es rasch gegen eines mit vollen Gläsern ausgetauscht hatte, griff sie mit der anderen Hand noch zwei Flaschen Sekt und stürzte sich wieder ins Getümmel. Als sie die Tür zum Saal öffnete, waren Stimmengewirr, Gelächter und die ersten Takte der Musikband zu hören.

»Wahrscheinlich hat ihm einer meiner Feinde etwas Negatives über mich gesagt, anders kann ich es mir nicht erklären.«

»Negativ in welchem Zusammenhang?«

»Du kennst diese Geschichten. Wenn man Zwietracht säen will, behauptet man, der andere hat gespitzelt. So was könnte bei Eki hängen bleiben, der argwöhnt immer alles Mögliche. Er hatte sich sogar auf Jahre mit Lare Lehtinen überworfen, obwohl sie seit Kindertagen Freunde waren.«

»Und, hast du gespitzelt?«

Sundman schrie fast: »Herrgott nochmal, nein! So etwas wagst du mich an meinem Hochzeitstag zu fragen? Wenn du den Kerl siehst, frag ihn doch danach, und lass dir auch gleich erzählen, wer ihm den Bären aufgebunden hat.«

»Es geht also um Spitzelei?«

Sundman merkte, dass er sich verplappert hatte.

»So was in der Art hat er gequatscht. Er war besoffen und ich hab nicht ganz kapiert, was er meinte. Er hat alles durcheinander geschmissen. Erst quasselte er von dem Einbruch im Postamt auf der Topeliuksenkatu, dann von anderen Dingen und schließlich von Lare Lehtinen. Er sagte, dass er wegen solcher Verräter sechs Jahre im Knast geschmort hat. Dann brach das Gespräch ab.«

»Was hattest du mit der Sache im Postamt zu tun?«

»Jemand musste ja die Schecks und das alles unter die Leute bringen. Ich hab alles tipptopp hingekriegt und keiner hatte was anzumerken, jedenfalls damals nicht.«

»Wo findet man ihn?«

»Frag als Erstes mal seine Exfrau, ich habe irgendwo ihre Adresse …, oder am besten du suchst sie in irgendeiner Eckkneipe.«

Die Band steigerte das Volumen und die Klänge brachten Sundman in die Gegenwart zurück.

»Jetzt wird alles Unangenehme vergessen und gefeiert. Ein Mann heiratet nur einmal im Leben zum dritten Mal.«

»Beim dritten Mal wird es ernst.«

Die Band intonierte ein bekanntes Musikstück, die Tür öffnete sich und eine weiß gekleidete junge Frau kam in die Küche.

»Habt ihr euch die Geheimnisse inzwischen erzählt? Drüben spielen sie jetzt gleich für uns beide.«

Sie sah Raid neugierig an und reichte ihm dann die Hand.

»Heli.«

Raid nickte und drückte ihre Hand.

Die Frau war nach seiner Schätzung knapp über dreißig. Ihr blondiertes langes Haar war unter einen kleinen schachtelförmigen Hut gekämmt, der weiße Rock war kurz und eng. Trotz ihrer hohen Absätze war sie mehr als einen halben Kopf kleiner als Sundman. Sie strahlte die Vitalität aus, die ein Mann von über fünfzig als Motor brauchte, um in Schwung zu bleiben.

Sundman hatte erzählt, wie er sie kennen gelernt hatte. Sie arbeitete als Schiffsstewardess bei einer Firma, die Vergnügungsfahrten organisierte. Sundman hatte das Schiff für seine Geburtstagsfeier gemietet. Am Abend, nach Ende der Fahrt, war die Frau mit der übrigen Gesellschaft zum Weiterfeiern in sein Restaurant mitgekommen, später hatte sie ihn in seine Wohnung begleitet. Seit der ersten gemeinsamen Nacht waren erst drei Monate vergangen. Sundman hatte keinen Grund gesehen, die Hochzeit länger hinauszuschieben, die Frau ebenfalls nicht.

»Alles Gute dem jungen Paar.«

Raid hob das Glas und nippte an dem Sekt.

»Der Bräutigam ist ein alter und müder Knochen, aber die Braut ist fast noch ein junges Mädchen«, sagte Sundman.

»Ich habe mich für dich aufbewahrt«, kicherte sie.

»Jetzt wird nichts mehr aufbewahrt, jetzt kommt das Schiff voll in Fahrt«, dichtete Sundman, und seine Frau hatte noch mehr Grund zum Kichern.

»Der alte Knochen muss jetzt mit dem jungen Mädchen tanzen.«

Die frisch gebackene Ehefrau zog ihren Mann in den Saal. Sundman griff sich noch rasch die offene Sektflasche.

Als die Musiker das Ehepaar kommen sahen, spielten sie

die ersten Takte von Elvis' *Love me tender.* Sundman war bekannt als Elvis-Verehrer. Die Gäste, etwa fünfzig an der Zahl, lachten und klatschten rhythmisch. Sundman nahm einen Schluck aus der Sektflasche und drückte sie dann dem Nächststehenden in die Hand.

Raid ließ die Blicke schweifen und sah Uki mit seiner Frau Raili hereinkommen. Die beiden blieben in der Nähe der Tür stehen und beobachteten den Hochzeitstanz der Frischvermählten.

Sundman tanzte geschmeidig und seine Frau folgte ihm mühelos. Mitten im Stück wechselten die Musiker den Takt und spielten *Rock around the clock.* Die Gäste verstanden das als Aufforderung und gesellten sich zum Hochzeitspaar aufs Parkett. Obwohl das Durchschnittsalter der Anwesenden bei fünfzig lag, wurde flott getanzt.

Während Raid auf Uki zuging, musterte er die Gäste. Er entdeckte ein paar Bekannte, die ihm zunickten oder wegschauten. Er vermutete, dass die meisten Angestellte oder Freunde von Sundman waren. Die Freunde der Frau hoben sich dadurch ab, dass sie deutlich jünger waren. Raid nahm zwei Gläser Sekt vom Tisch, schlängelte sich damit zu Uki und Raili durch und reichte ihnen die Gläser.

Uki beobachtete fasziniert den tanzenden Sundman.

»Ein richtiger Parkettlöwe.«

»Höre ich da ein wenig Neid heraus?«, fragte seine Frau.

»Bestimmt nicht.«

Die Band drosselte die Lautstärke und der Solist verkündete: »Und jetzt auf Wunsch des Publikums ...«

Er hielt Sundman das Mikrofon hin. Sundman blieb stehen und tat so, als verstehe er nicht, worum es ging. Die Tanzenden hielten inne und riefen: »Bräutigam auf die Bühne, Bräutigam auf die Bühne ...«

Sundman spielte den Überraschten und stieg dann, begleitet vom Klatschen des Publikums, nach oben. Er griff nach dem Mikrofon, die Band spielte wieder lauter. Sundman stellte sich in Positur, schaukelte mit den Hüften und lächelte seine Frau hingebungsvoll an: »Love me tender, love me sweet …«

Das Publikum applaudierte, obwohl Sundmans Stimme höchstens das Karaokeniveau der nächsten Eckkneipe hatte.

»Du solltest als Nächster nach oben gehen, Uki«, sagte Raili amüsiert, und dann, an Raid gewandt: »Du wirst es nicht glauben, aber er hat eine schöne Singstimme.«

Uki schien peinlich berührt über Sundman. Er mochte es nicht, wenn sich jemand produzierte und in den Vordergrund drängte.

»Lieber erschieße ich mich.«

Seine Frau sagte zu Raid: »Da siehst du es, ein großer Held, wagt aber nicht mal, ein kleines Lied zu singen.« Und zu ihrem Mann: »Du solltest dir ein Beispiel an Sundman nehmen. Der versteht es, seiner Frau den Hof zu machen.«

Uki schnaubte nur und gab Raid mit einem Kopfnicken zu verstehen, dass er ihm folgen sollte. Seiner Frau erklärte er: »Wir pudern uns nur rasch die Nase.«

Vor der Tür blieb Uki stehen und zündete sich eine Zigarette an.

»Nun?«, fragte Raid.

Uki blies den Rauch aus und schaute grimmig drein.

»Ich kann Lare nicht erreichen. Er nimmt nicht ab, antwortet auch nicht auf meine Nachrichten.«

Sundmans Hochzeitsauto stand vor der Tür. Die lange schwarze Limousine war mit Schleifen und Pailletten geschmückt, sie wirkte prunkvoll wie die Ballschuhe einer Frau.

»Vielleicht ist er noch im Krankenhaus.«

»Ich habe dort angerufen, er ist schon vorgestern entlassen worden.«

»Willst du, dass ich morgen hingehe und nachsehe?«

»Es ist wohl das Beste. Ich ahne Schlimmes.«

Uki zerdrückte die Kippe an der Hauswand und schleuderte sie weg.

»Und zu allem Überfluss habe ich gehört, dass Eki den Tammela umgebracht hat. Er hat mit dem Hammer auf seinen Schädel eingeschlagen, und der Mann ist im Krankenhaus gestorben. Ein Nachbar hatte Lärm gehört und noch gesehen, wie Eki aus der Wohnung abhaute.«

»Weißt du, worum es dabei ging?«

»Alte Streitigkeiten.«

»Sundman erzählte, dass Eki auch ihm wegen irgendwelcher alten Sachen gedroht hat.«

»Sieh zu, dass du ihn aufgabelst, bevor die Polizei ihn findet.«

»Warum?«

»Als ich mit Lare den Bruch vereinbarte, wollte er, dass ich Eki die Hälfte seines Anteils gebe, und wenn ihm bei der Operation oder anderweitig etwas zustieße, sollte Eki alles haben ..., verfluchter Eki! Vermasselt alles, gerade wenn das große Geld winkt.«

Sie gingen wieder in den Saal. Sundman sang, wohl auf Wunsch des Publikums, einen weiteren Titel. Er benahm sich, als wäre er in einer Show und nicht auf seiner eigenen Hochzeit.

Das Mikrofon machte seine Stimme metallisch hart: *»Don't cry mama ...«*

Uki blickte griesgrämig drein.

»Jetzt muss der auch noch seine Mutter mit reinziehen.«

Raid hörte, wie er vor sich hin murmelte: »Erst die Hochzeit und dann das Begräbnis.«

4.

Huusko trank von seinem Bier und beobachtete die Paare, die übers Parkett schlichen. Geschäftsmänner aus der Provinz, die in den umliegenden Hotels wohnten und für den Abend eine Frau aufreißen wollten, allein erziehende Krankenschwestern, die, außer Romantik, verständnisvolle, zärtliche Männer suchten, und schließlich Leute wie Huusko selbst, die sich eine kostenlose Übernachtung erhofften.

Echtes Interesse bestand zwischen den Paaren kaum oder sie wollten es nicht zeigen. Das Durchschnittsalter der Tanzenden lag um die fünfzig und in diesem Alter beherrschte man die Kunst, seine Karten nicht vorzeitig aufzudecken.

»Schöne Maid, hast du heut für mich Zeit, heija he …«

Das rhythmische Dröhnen wurde erträglicher, als sich Huusko in die Toilette flüchtete. Er stellte sich vor das hinterste Pissoir, zog den Reißverschluss auf und pinkelte. Jemand kam herein, aber Huusko starrte auf die geflieste Wand vor sich. Er sah aus den Augenwinkeln, dass der andere mitten im Raum stehen blieb, sein Interesse schien sich mehr auf Huusko denn auf die Verrichtung seiner Notdurft zu richten. Ein Homo, ein Bekannter oder einfach ein Besoffener, vermutete Huusko, ohne sich die Mühe zu machen, den Kopf zu wenden.

»Ist die Leitung zu voll?«

Huusko erstarrte, als er die Stimme erkannte. Es kostete ihn Mühe, den Hahn zu schließen. Die linke Hand war beschäftigt, aber die rechte tastete nach der Dienstwaffe, die hinten am Gürtel befestigt war. Der Strahl versiegte und Huusko zerrte mühsam mit der linken Hand den Reißverschluss hoch, wobei er abrupte Bewegungen vermied. Langsam und steif drehte er sich um.

Er hatte sich nicht verhört, obwohl er den anderen zunächst nur mit Mühe wiedererkannte. Der Mann war noch keine fünfzig und untersetzt, fast dick. Das dunkle, gewellte Haar war nach hinten gekämmt. Schnauzer und Backenbart sahen wie früher aus, waren höchstens ein wenig grau geworden. Hinter der Leichtbügelbrille blitzten die dunkelbraunen Augen. Der Bauch wölbte sich unter einem violetten Seidenhemd und einer gelben Krawatte. Vervollständigt wurde die ganze Pracht durch ein dunkelbraunes Jackett.

Huusko und der Mann sahen einander an.

Es war mehr als acht Jahre her.

Damals war Huusko dem Mann in Kannelmäki begegnet. Es war tiefster Winter gewesen und es hatte leicht geschneit. Sogar die graue Betonsiedlung hatte schön und sauber ausgesehen. Huusko hatte mit seinem Partner einen blauen Bus verfolgt, der aus dem Stadtzentrum kam. Der Bus hatte geblinkt und angehalten. Das Gelände an der Haltestelle war von den Bremsspuren der Busse spiegelglatt gewesen, trotzdem hatte Huusko das Auto unmittelbar vor der Stoßstange des Busses zum Stehen bringen können.

»Ich folge ihm zu seiner Wohnung, komm du mir mit dem Auto entgegen.«

Huusko war ausgestiegen und hatte sich umgesehen. Der Mann, der den Bus verlassen hatte, war hinter dem Schneewall verschwunden, den der Pflug zwischen Fahrbahn und Gehsteig aufgehäuft hatte. Huusko hatte den Gehsteig betreten und den Mann in gut zehn Metern Entfernung entdeckt, er war gerade im Begriff gewesen, zu einem Etagenhaus abzubiegen. Plötzlich war der Mann stehen geblieben und hatte sich umgedreht. Huusko war ebenfalls stehen geblieben und beinah ausgeglitten, er war geschwankt, hatte sich aber aufrecht halten können. Der Mann hatte Huusko angesehen. Seine Miene, von einer Straßenlampe beleuchtet, war völlig leer gewesen. Plötzlich hatte sich der Mann bewegt und eine Hand erhoben. Huusko hatte einen Blitz gesehen und einen lauten Knall gehört, gleich darauf einen Schlag gegen die Brust verspürt. Oder vielleicht hatte er erst den Schlag verspürt und anschließend den Knall gehört. Das Nächste, an das er sich erinnerte, war, dass sein Partner ihn rüttelte und immer wieder schrie: »Er hat dich in die Brust getroffen, verdammt, er hat dich getroffen ...«

Jetzt stand jener Mann neben ihm in der Herrentoilette eines Tanzrestaurants, lächelte ihn an und reichte ihm die Hand.

»Jäppinen!«, sagte Huusko leise. Seine rechte Hand war schon fast am Halfter, er spürte die Lederoberfläche unter den Fingerspitzen.

»Höchstpersönlich ..., aber ich heiße jetzt Loimukoski.«

»Schöner Name.«

»Ich war damals ... Du ahnst nicht, wie sehr ich die Sache bereut habe, ich hatte ja gar nichts gegen dich ... Ich habe dir aus dem Gefängnis Karten ins Krankenhaus geschickt ..., besuchen durfte ich dich nicht ..., ich bin fast verrückt geworden deswegen ...«

Der Mann hielt immer noch die Hand ausgestreckt, an deren Zeigefinger ein dicker Goldring glänzte. Huusko hatte inzwischen Berührung mit dem Lauf der Glock.

»Ich möchte dich um Verzeihung bitten. Ich bin jetzt clean und das verdanke ich dir. Ich habe einen Job, eine Familie und einen einjährigen Sohn, so groß.«

Er zeigte mit der Hand die Höhe über dem Fußboden an.

»Verzeihst du mir?«

Huusko sah in die scheuen und bittenden Augen des Mannes. Er strich noch einmal über den Lauf seiner Waffe, aber dann streckte sich seine Hand ganz von allein aus. Der andere ergriff sie und schüttelte sie glücklich.

»Ich habe jeden Tag darauf gehofft und mich gleichzeitig höllisch davor gefürchtet, dass du mir irgendwo über den Weg läufst, aber ich hätte nie gedacht, dass es auf dem Scheißhaus eines Tanzschuppens passiert.«

»Ich auch nicht.«

Der Mann musterte Huusko prüfend.

»Du siehst gut aus ..., du hast dich davon erholt ...?«

»Meine Frau ist mir abgehauen.«

»Sorry.«

»Und wenn man das Bettnässen nicht mitrechnet.«

Der andere sah ihn immer noch ernst an.

Huusko drückte die Hand auf die Brust.

»Hier tut es jedes Mal weh, wenn ich lachen muss.«

Der Mann drehte an seinem Ring.

»Und ich leide immer noch unter Fußschweiß«, ergänzte Huusko.

Der Mann lächelte.

»Das ist jedenfalls nicht meine Schuld.« Sein Lächeln gefror. »Ich habe immer noch Albträume davon ...«

»Ich auch«, bekannte Huusko.

»In den Träumen zwingt mich ein Wesen in meinem Inneren zu schießen, obwohl ich es gar nicht will ...«

»Vergiss es«, sagte Huusko.

»Das versuche ich seit acht Jahren, aber ohne Erfolg.«

»Konzentrier dich auf deine Frau und dein Kind.«

»Ein guter Rat. Komm, ich will dich wenigstens zu einem Bier einladen. Ich bin allerdings mit meiner Frau hier ..., zum ersten Mal seit über einem Jahr sind wir ausgegangen, erst zum Essen, und dann haben wir beschlossen, tanzen zu gehen. Die Schwiegermutter passt auf das Kind auf ...«

»Ich glaube nicht, dass deine Frau einem Polizisten begegnen möchte. Die Romantik könnte darunter leiden.«

»Bestimmt möchte sie es, sie weiß, was ich für ein Arschloch gewesen bin, sie hat keine Illusionen. Sie hat mich oft aufgefordert, mit dir Kontakt aufzunehmen.«

»Na gut, ein Glas.«

Loimukoskis Frau war um die vierzig und wirkte freundlich. Nach Huuskos Klassifizierung verkörperte sie den Typ einer Sozialsekretärin. Loimukoski machte sie eifrig miteinander bekannt. Huusko sah, dass die beiden nur Orangensaft vor sich stehen hatten.

»Ich habe heute Morgen zu Timo gesagt, dass etwas Besonderes passieren würde ..., etwas Gutes. Glaubst du jetzt an meine Vorahnungen?«

»Meine Frau ist zu zehn Prozent eine Seherin«, sagte Loimukoski. »Ich habe sie gebeten, mir die richtigen Lottozahlen vorauszusagen, aber sie will mir armem Kerl einfach nicht helfen.«

»Habt ihr euch hier kennen gelernt?«, fragte Huusko.

Die Frau lachte.

»Weniger romantisch. Ich habe eine Reinigungsfirma und Timo wurde dort eingestellt ...«

Sie kramte in ihrer Handtasche, fand eine Visitenkarte und reichte sie Huusko.

Huusko warf einen Blick darauf: *Putz-Liisa,* Geschäftsführerin Liisa Helenius-Loimukoski.

»Ich kannte seinen Hintergrund und erwartete einen finsteren Mörder ... Den Moment, als er zur Tür hereinkam, werde ich nie vergessen. Timo hatte eine so schöne Aura, gelb und purpurfarben. Ich wusste sofort, dass er ein guter Mann ist, obwohl er falsche Dinge getan hat.«

Sie streichelte die Hand ihres Mannes.

Huusko musterte Loimukoski, konnte aber keinen Schimmer von Purpur oder Gelb entdecken, abgesehen von der Krawatte.

»Die Aura ist eine Art Kraftfeld des Menschen. Meine Frau behauptet, dass sie die Aura eines Menschen sehen kann. Ich glaube nicht hundertprozentig an diesen spiritistischen Kram, aber ich will es auch nicht gänzlich von der Hand weisen. Ich habe meiner Frau vorgeschlagen, zum Augenarzt zu gehen, vielleicht verschwinden dann die Auren. Aber sie weigert sich.«

»Der eine sieht sie, der andere nicht«, sagte seine Frau, offensichtlich befriedigt, dass sie zu den Sehern gehörte.

»Noch im selben Frühjahr heirateten wir und im Sommer darauf wurde Kari geboren.«

»Alles ist eine Fügung, das Schicksal hat uns zusammengeführt.«

»Ob Fügung oder nicht, jedenfalls ist alles gut gegangen«, bestätigte Loimukoski. »Liisa ist das Beste, was mir je widerfahren ist. Und du, immer noch bei den Bullen?«

»Einmal Bulle, immer Bulle.«

»Hanski ist ein guter Polizist.«

Huusko sagte sich, dass Loimukoski entschieden etwas von einem Verräter an sich hatte. Er war allzu locker zum Gebrauch des Vornamens übergegangen und hatte ihn sogar nach eigenem Belieben zurechtgebogen.

»Ich darf dich doch Hanski nennen?«, fragte Loimukoski immerhin.

»Man hat mir schon hässlichere Namen gegeben.«

Eine wohlhabende Unternehmerin und ein Exknacki, dachte Huusko. Vielleicht war die Läuterung nur Loimukoskis Masche, um mithilfe der Frau auf einen grünen Zweig zu kommen.

»Und immer noch bei den Gewaltdelikten?«

»Genau dort.«

Huusko registrierte, wie die Frau die Hand ihres Mannes ergriff und die Stirn runzelte.

»Timo hat gestern gehört, dass sein alter Kumpel getötet worden ist.«

Loimukoski schien nicht erfreut über die Wendung, die das Gespräch genommen hatte.

»Wie heißt er? Möglicherweise bearbeite ich den Fall.«

»Wie hieß er noch gleich, war es nicht so ein ganz gängiger Name?«, fragte die Frau.

»Tammela.«

»Ja, das ist mein Fall«, sagte Huusko.

»Kanntest du nicht auch den Mörder, Eki soundso, diesen Legionär ...«, fuhr die Frau fort.

»Das ist lange her ...«

»Ist der Mann schon gefasst worden?«, wollte sie von Huusko wissen.

»Nein.«

Sie umschloss die Hand ihres Mannes mit beiden Händen.

»Du bist jetzt ein neuer Mensch, ein neuer Timo, du hast ein neues, gutes Leben. Es ist nicht nötig, dass du Dinge, die mit deinem alten Leben zusammenhängen, verheimlichst.«

»Es sind keine schönen Erinnerungen.«

»Dir ist durch eine Fügung Gelegenheit gegeben, bei Hannu Huusko etwas wieder gutzumachen.«

Sie wandte sich an Huusko. »Ich gehe auf die Toilette. Ihr habt sicher einiges zu besprechen, nicht wahr, Timo?«

Loimukoski wirkte nicht begeistert, nickte aber.

Im Gehen drehte sie sich noch einmal um und sah ihren Mann aufmunternd an. Dann verschwand sie in Richtung Toilette.

»Worum handelt es sich?«, fragte Huusko.

»Meine Frau meint Tammela und Eki, ich kannte beide.«

Huusko sah ihn erwartungsvoll an.

»Als ich las, dass Eki den Tammela getötet hat, fielen mir ein paar alte Geschichten ein. Tammela kannte ich seit zwanzig Jahren. Auch Eki kannte ich ein bisschen, aber richtig näher gekommen sind wir uns erst im Gefängnis, wir saßen in derselben Abteilung. Eki und Tammela waren ebenfalls alte Bekannte, hatten als junge Burschen einige Dinger zusammen gedreht ..., der Dritte im Bunde war Lare Lehtinen gewesen.«

Eine Frau in einem schimmernden Kleid trat an den Tisch und forderte Huusko zum Tanzen auf. Er versprach, darauf zurückzukommen, sowie er eine dringende geschäftliche Angelegenheit geklärt hätte. Die Frau zog sich zurück.

»Red weiter.«

»Eki hat Tammela Verrat vorgeworfen und behauptet, Tammela habe dafür gesorgt, dass Lares Einbruchswerkzeug an einem Ort lagerte, wo die Bullen es finden mussten, sodass Lare in den Knast wanderte. Und für den Einbruch beim Juwelier kriegte man die beiden mithilfe eines Junkies ran, den man dazu gebracht hatte auszusagen, dass er sie am Tatort gesehen hat.«

»Hat Eki das so erzählt?«

»Ja, er hat gesagt, dass es beide Male derselbe Bulle gewesen ist, der das gedeichselt hat. Und er hat auch gesagt, dass er und Lare Sachen wissen, die den Bullen richtig in die

Scheiße reiten können. Soweit ich verstanden habe, hat sich dieser Kerl irgendwelches beschlagnahmtes Geld unter den Nagel gerissen. Genaueres hat Eki nicht erzählt.«

»Hat er den Namen des Polizisten genannt?«

»Nein, aber den wusste ich auch so. Er meinte den Typen, der jetzt Reichstagsabgeordneter ist, Alaniemi.«

»Was sonst noch?«

»Einmal, als ich Freigang hatte, bat Eki mich, Tammela eine Nachricht zu überbringen.«

»Und welche?«

»Dass er zwei Möglichkeiten hat: Entweder er gibt zu, dass er sich von Alaniemi hat kaufen lassen oder er stirbt.«

»Hast du es Tammela erzählt?«

»Nicht mit diesen Worten, aber doch so, dass er es kapiert hat. Wir waren ja mal Kumpels gewesen ...«

»Wie hat Tammela es aufgenommen?«

»Er hat natürlich Angst gekriegt. Eki und Lare machen nicht bloß leere Worte.«

»Glaubst du, dass es stimmte, was Eki über Tammela und Alaniemi gesagt hat?«

»Es schien so. Warum hätte er sonst so verdammt wütend sein sollen? Im Knast hatte er schließlich schon früher gesessen. Es ging ihm einfach gegen den Strich, dass ein Polizist unlautere Mittel anwendet.«

»Und Eki hat nicht angedeutet, welche Beweise er gegen Alaniemi hat?«

»Nein. Er wirkte nur verdammt zufrieden und selbstsicher.«

»Und euer Gespräch fand vor zwei Jahren statt?«

»Ungefähr.«

»Aber die Drohung war ein Blindgänger, nichts ist passiert. Weißt du, warum?«

»Er und Lare haben Meinungsverschiedenheiten über den Einsatz ihrer Beweise gekriegt, darüber, wann und wo sie sie benutzen wollen.«

»Hast du Eki oder Tammela danach getroffen?«

»Eki nicht, Tammela zweimal auf der Straße. Wir haben zusammen Kaffee getrunken und Tammela hat sich beide Male nach Eki erkundigt und mich gefragt, ob ich weiß, was er vorhat und ob es ihm ernst ist.«

»Du hast Tammela nicht gefragt, ob es stimmt, was Eki von ihm behauptet?«

»Doch, ein Mal. Er hat nicht geantwortet.«

»Was treibt Lare?«

»Nichts, glaube ich, es geht ihm gesundheitlich schlecht. Wahrscheinlich ruht er sich aus.«

»Ob er Eki zu Tammela geschickt hat?«

»Lare hätte das anders geregelt, hätte ihn nicht töten lassen.«

»Das ist alles?«

»Ja ..., ich halte mich von den alten Knastkumpels möglichst fern. Wenn mir einer auf der Straße entgegenkommt, gehe ich auf die andere Seite. Ich weiß nichts mehr von dem ganzen Kram und ich will auch nichts wissen.«

»Du weißt nicht mal, wo Eki kampiert?«

»Nein.«

Huusko sah ihn scharf an. Der andere gab nach.

»Kennst du einen Typen namens Tirronen, Tero Tapio Tirronen? Man nennt ihn auch Tirronen mit drei T. Du kannst ihn fragen, er war Alaniemis zweiter Spitzel. Ich hab früher mit ihm zu tun gehabt. Einmal, als er zugedröhnt war, hat er mir vorgeheult, dass er sich mit den Bullen auf einen Handel eingelassen hat, weil er gerade geheiratet hatte und seine Frau schwanger war. Die Bullen hatten ein bisschen Stoff bei ihm gefunden und hatten ihn damit in der Hand.«

»Wie reagierte Eki auf Tirronen?«

»Er war natürlich wütend.«

»Weißt du, wo ich Tirronen finde?«

Loimukoski schüttelte den Kopf.

»Als ich zuletzt von ihm hörte, wohnte er in der Provinz …, aber ihr habt ja eure Dateien.«

»Er wird kaum seine Adresse angegeben haben. Kennst du jemanden, der sie wissen könnte?«

Loimukoski wand sich.

»Ich versuche, mich aus den Dingen rauszuhalten. Mir geht es gut, besser, als ich es verdiene. Ich habe Arbeit, eine gute Frau, ich saufe nicht und bin von den Drogen weg.«

»Das kommt von der guten Aura.«

»Ich bin schon lange aus dem Geschäft raus, da kann ich nicht plötzlich rumlaufen und Fragen stellen.«

»Wenn Eki den Tirronen zuerst findet, könnte das dessen Ende sein. Und auch für Eki wäre es nicht gut. Du würdest beiden einen Dienst erweisen.«

»Ich kann ein bisschen rumtelefonieren …«

Huusko schrieb seine eigene Nummer auf die Rückseite der Restaurantquittung.

»Mach das, und anschließend telefonierst du mit mir.«

Loimukoskis Frau kam an den Tisch zurück, sie brachte eine Flasche Bier und ein Glas Saft mit. Die Bierflasche stellte sie vor Huusko und den Saft vor ihrem Mann ab.

»Ist alles geklärt?«

Ihr Mann nickte.

»Es war das Mindeste, was du für Hannu Huusko tun konntest …, und es war auch gut für deine eigene Seele. Mir ist vorhin erst richtig klar geworden, was für ein wunderbarer Zufall es ist, dass wir uns gerade heute begegnet sind.«

Huusko nickte.

Die Frau nippte von ihrem Saft und sah Huusko nachdenklich an.

»Du hast Kummer … und Schwierigkeiten im Leben …, aber verzage nicht, es ist Besserung in Sicht …«

»Meine Aura ist wohl nicht purpurfarben oder gelb?«

»Nein, sie ist dunkel, sehr dunkel.«

5.

Raid hatte die Nacht in einer Wohnung in Punavuori verbracht, die Sundman gehörte. Er war gegen sieben Uhr aufgewacht. Die Fenster führten auf den Innenhof, aber an dem Lichtstreifen, der sich an der Wand des gegenüberliegenden Hauses widerspiegelte, und an dem Stück blauen Himmel, das zu sehen war, erkannte Raid, dass draußen die Frühjahrssonne schien. Das versetzte ihn in gute Stimmung.

Er duschte und packte aus alter Gewohnheit seine sämtlichen Sachen in die grüne Reisetasche aus Segeltuch. Ganz nach unten kam der zusammengefaltete dunkelgraue Anzug, den er auf Sundmans Hochzeit getragen hatte, als Nächstes folgten die dazu gehörenden Schuhe, die in einem Plastikbeutel steckten. Obendrauf packte er die Alltagssachen.

Das ständige Umherziehen zwang ihn, Ordnung zu halten. Alles musste auf kleinsten Raum passen und sofort greifbar sein. Er nahm die Tasche und ging in die nächste Gaststätte, um zu frühstücken. Sundmans Wohnung war karg möbliert und es gab weder eine Kaffeemaschine noch andere Gebrauchsgegenstände. Zuletzt hatten dort estnische Stripperinnen gehaust, die in Sundmans Restaurant gearbeitet hatten. Sie hatten die Wohnung auch für ihre privaten Geschäfte genutzt. Sundman hatte daran keinen Anstoß genommen, im Gegenteil, er selbst hatte ebenfalls die Dienste der Mädchen genossen.

Das Auto hatte Raid über Nacht im Seehafen abgestellt. Die meisten Boote, die dort auf dem Uferstreifen lagerten, waren schon flott für die neue Saison. Viele Besitzer wurden offenbar von dem Ehrgeiz getrieben, ihr Boot noch vor Mai ins Wasser zu lassen.

Unweit von Raids Auto lag ein Boot aus Kiefernholz, vom Typ her ein Fischerboot. Ein zäh aussehender alter

Mann saß daneben auf dem Bock und goss sich Kaffee aus einer Thermosflasche ein. Er warf zwei Zuckerstücke in die Tasse und rührte kurz mit der Scheide seines Messers um, dann trank er seinen Kaffee und bewunderte dabei das Werk seiner Hände. Die Bootswand hatte gerade eine frische Lackschicht bekommen. Es fehlte nur noch das Antifouling am Unterboden, dann konnte das Boot seinem Element übergeben werden.

Raid setzte sich ins Auto und startete den Motor. Dieser brummte so laut, dass sich der Kaffeetrinker umdrehte. Raid hob grüßend die Hand und fuhr ins Zentrum.

Die morgendliche Rushhour in Helsinki war immer länger geworden. Obwohl es schon fast neun Uhr war, war das Zentrum zwischen Erottaja und Bahnhofsgegend völlig verstopft.

Raid hatte Sundmans Fest gegen Mitternacht verlassen, als alle anderen aufgebrochen waren, um in einem Nachtlokal, das Sundman gemietet hatte, weiterzufeiern. Sundman war bereits so betrunken gewesen, dass er Raids Verschwinden nicht einmal bemerkt hatte.

Raid selbst trank wenig, und wenn er einen Auftrag hatte, dann noch weniger.

Lare war ein umtriebiger Zeitgenosse und Leute seines Schlages traf man am sichersten frühmorgens an. Allerdings war es bereits zwanzig nach neun, als Raid bei seiner Wohnung ankam.

Lare wohnte in einem fünfgeschossigen grauen Plattenbau. Falls er bei seinen Einbrüchen Geld gemacht hatte, so war das bei seiner Wohnungswahl jedenfalls nicht zu merken. Selbst wenn man das Haus mit verbundenen Augen betreten hätte, hätte man spätestens im Treppenhaus gewusst, dass es der Stadt gehörte. Die Wände im Eingangsbereich waren voll gesprüht und die Lichtschalter demoliert oder verkohlt. An einigen Wohnungstüren waren die Spuren von Schlägen und Fußtritten zu erkennen.

Lare wohnte in der obersten Etage. Raid musterte die Tür. Es dauerte einen Augenblick, ehe er merkte, was das Besondere daran war. Sie war dicker als die Türen der anderen Wohnungen, auch hatte sie ein zusätzliches Sicherheitsschloss.

Es gab allerdings eine weitere Besonderheit: Die Tür war nur angelehnt.

Raid drückte auf die Klingel und hörte, wie sie anschlug, das war allerdings auch das einzige Geräusch weit und breit. Er klingelte erneut. Keine Reaktion aus der Wohnung. Raid öffnete vorsichtig die Tür und spähte um die Ecke. Innen hatte Lare noch einen Riegel aus dickem Stahl angebracht und das Scharnier noch extra mit Zapfen befestigt. Wie es schien, hatte er sich weniger auf den Besuch von Dieben als viel mehr auf die Erstürmung seiner Wohnung durch die Polizei oder durch seine Feinde eingerichtet. Die stabile Tür würde sich nicht so ohne weiteres aufbrechen lassen.

Raid lauschte eine Weile, trat dann in den Korridor und zog die Tür hinter sich zu. Gleichzeitig steckte er die Hand unter die Jacke und bekam den Kolben der Pistole zu fassen. Im Lauf steckte eine Kugel, er brauchte nur den Hahn zu spannen und abzudrücken. Raid stieg über den Zeitungsstapel hinweg, der auf dem Fußboden lag, und näherte sich dem Wohnzimmer. Dort sah er Lare, der nackt und in Embryostellung mitten im Raum lag.

Raid sah auf den ersten Blick, dass der Mann tot war, hätte er geatmet, wäre das zu sehen und zu hören gewesen.

Er trat zu ihm, beugte sich über den Toten und drückte den Finger auf seinen Hals. Die Haut fühlte sich kalt und schlaff an.

Raid untersuchte die Leiche und entdeckte auf der linken Seite eine lange und ganz frische Operationswunde, die sich geöffnet und ein wenig geblutet hatte. Im Umkreis der Wunde waren zahlreiche blaue Flecke zu erkennen. Auch an der linken Schläfe gab es einen blauen Fleck, der bereits gelb geworden war. An der rechten Schläfe, teilweise am Haaransatz, befand sich eine gut zehn Zentimeter lange Narbe. Auf dem Rücken sah Raid mindestens drei alte Narben, eine davon schien von einem Einschuss zu stammen. In der Leistengegend waren ebenfalls Narben. Raid fasste die Leiche bei der Schulter und drehte sie ein wenig. Ein Hoden fehlte und am rechten Bein befand sich eine frische Operationswunde.

Lare war anscheinend bis zu seinem Tod ein Mann von Schmerzen und Krankheiten gewesen. Seinen Ruf als harter Kerl hatte er nicht umsonst bekommen.

Lares Kleidungsstücke entdeckte Raid auf dem Bett im Alkoven, sie waren ordentlich zusammengefaltet. Die Unterhose lag zusammengeknüllt vor dem Bett.

Raid untersuchte die Hosentaschen, fand aber nur ein zerknittertes Stofftaschentuch. Auf dem Tisch in der Kochnische stand ein Wasserglas mit Lares Gebiss, daneben lagen ausgefüllte Wettscheine. Als Profi verließ sich Lare nicht nur auf sein Glück, sondern spielte auch Fußballtoto und Lotto.

Auf dem Fußboden standen drei leere Bierflaschen und eine halb volle Flasche Schnaps.

Raid spähte durchs Fenster und sah auf dem Innenhof bei der Schaukel zwei junge Mütter mit ihren Kindern.

Als er die Wohnung verließ, wischte er den Türgriff und die Klingel ab. Er trat auf die Straße und zu seinem Auto, ohne dass ihm jemand begegnete.

Uki war in der Industriehalle in Söörnäinen bei seinem Boot. Dieses Boot besaß er, solange Raid denken konnte, und immer hatte er daran herumgebastelt. Natürlich war er auch damit gefahren, aber dennoch schien es, als sei der eigentliche Lebenszweck des Bootes, repariert und überholt zu werden.

Uki hörte sich Raids Bericht mit ausdrucksloser Miene an.

Er vergrub für einen Moment das Gesicht in den Händen und schüttelte den Kopf. Dann war er wieder der Alte.

»Lare hatte befürchtet, dass er bei der Operation stirbt, dass es aber so kommen würde, hat er nicht geahnt. Er wollte, dass Eki seinen Anteil bekommt, warum, geht uns nichts an ... Eki ist jetzt ein reicher Mann.«

Nach kurzem Nachdenken fragte er: »Du meinst, Lare ist verprügelt worden?«

»So schien es.«

»Du musst es natürlich wissen.«

»Genau.«

Uki schwieg eine Weile. Raid vermutete, dass sie beide denselben Gedanken hatten.

»Lass uns die Alternativen durchspielen.«

Raid stieg ins Boot und Uki machte ihm Platz auf der Bank.

»Nummer eins. Es war eine Folge seiner Krankheit. Lare war ja gerade erst nach seiner Bypassoperation aus der Klinik entlassen worden. So was nimmt schließlich jeden mit und Lare war nicht der Typ, der sich schont. Vielleicht hat er gleich angefangen zu saufen und sein Körper hat nicht mitgespielt.«

»Neben der Leiche standen ein paar leere Bierflaschen und eine halb volle mit Schnaps«, erinnerte sich Raid.

»Nummer zwei. Einer seiner Kumpane ist zu ihm zum Saufen gekommen und im Laufe des Abends haben sie Streit gekriegt. Lare war nicht in der körperlichen Verfassung, sich seiner Haut zu wehren. Er hat Tritte und Prügel bezogen, war erst bewusstlos, dann tot.«

»Nummer drei. Irgendjemand hat das Gerücht für voll genommen, dass Lare Gold und Diamanten versteckt hat, und wollte rauskriegen, wo.«

»Nummer vier. Irgendeiner von Lares Feinden hat beschlossen, die Gelegenheit zu nutzen und ihn kaltzumachen.«

Uki sah Raid fragend an.

»Hast du noch andere Theorien?«

»Ja, die fünfte.«

Uki nahm den Hut ab, legte ihn neben sich auf die Bank und stützte die Hände auf die Knie.

»Tja, das ist aus unserer Sicht die schlimmste. Die meinst du doch, oder?«

»Genau.«

»Nummer fünf. Jemand wusste, dass Lare den Bruch in der Anwaltskanzlei organisiert hat, und wollte rauskriegen, wer ihn gemacht hat. Meinst du das?«

»Exakt. Was schlägst du vor?«

»Ich glaube nicht, dass Lare geredet hat. Er gehörte zu der Sorte, die umso härter wurden, je härter man sie anfasste. Und in einer Plattenbauwohnung kannst du nicht so ohne weiteres jemanden foltern. Wenn er nicht geredet hat, bleibt den Typen keine andere Möglichkeit, als zu raten ..., andererseits gibt es nicht sehr viele, die infrage kommen.«

»Sie können nicht an dich rankommen, du bist außerhalb ihres Reviers.«

»Sie können fragen. Anwälte kennen Ganoven und die Ganoven kennen mich.«

»Weiß ich über den Bruch alles, was Lare dir gesagt hat?«, fragte Raid.

»Im Großen und Ganzen.«

»Dann erzähl mir doch gleich den Rest.«

»Lare hat wegen der Information einen Deal mit einem Insider gemacht und ..., vielleicht muss der noch was an andere abgeben ...?«

»Hat Lare dem Insider von dem kleinen Hindernis erzählt, das ihm in den Weg kam?«

»Glaub ich nicht.«

»Als wir ins Spiel kamen, waren es zwei Personen mehr, die die Hand aufhielten. Vielleicht hat dem Insider das nicht gepasst, genau wie die Tatsache, dass die Information weitergegeben wurde.«

»Vielleicht, aber eine halbe Million hätte eigentlich eine beruhigende Wirkung auf ihn haben müssen.«

»Vielleicht hat er sich ausgerechnet, dass er anderthalb kriegen könnte. Für eine halbe Million gibt es noch keinen neuen Ferrari.«

»Wart mal einen Moment.«

Uki starrte auf den Boden und machte mit dem Zeigefinger seltsame Bewegungen, so als würde er in die Luft zeichnen. Plötzlich fiel ihm etwas ein. »Vielleicht hat Lare Eki etwas erzählt ..., den müssen wir sowieso suchen, wenn wir Lares letzten Wunsch erfüllen wollen.«

Die Freuden der Hochzeitsnacht hatten an Sundman gezehrt. Er hatte große dunkle Ringe unter den tränenden Augen. Raid konnte die Schnapsfahne riechen. Die gequälte Miene und die zitternden Hände verrieten, dass der Mann unter einem schweren Kater litt.

Aufgrund all der Störfaktoren dauerte es eine Weile, ehe Sundman die überraschende Nachricht verdaut hatte.

»Ist Lare getötet worden?«

»Danach sah es aus.«

Sundman griff nach dem Glas mit dem perlenden Vichywasser und nahm einen großen Schluck.

»Vielleicht war es ein Anfall. Er hatte gerade eine Bypassoperation hinter sich und sein Herz und seine Gesundheit waren sowieso schwach.«

»Mein Eindruck war ein anderer. Die Leiche lag nackt mitten im Wohnzimmer und wies Spuren von Misshandlungen auf. Außerdem stand die Wohnungstür offen. Vielleicht war sein Tod nicht beabsichtigt gewesen, aber es ist auf jeden Fall dazu gekommen.«

Sundman hätte eindeutig lieber an die Krankheitstheorie geglaubt, alle anderen bedeuteten Schwierigkeiten.

»Kann es Eki gewesen sein?«

»Es kann jeder gewesen sein, außer mir.«

Sundman drückte die Hände auf die Tischplatte, um zu verhindern, dass sie unruhig umherirrten.

»Und ich war es auch nicht. Wenn ich gewollt hätte, dass Lare stirbt, hätte ich ihm kein Geld für die Operation geborgt. Außerdem hatte ich Besseres zu tun. Liebe ist etwas Wunderbares, geht einem alten Mann aber an die Kräfte.«

»Lare war mindestens schon seit zwei Tagen tot.«

»Aber er ist erst Dienstag aus der Klinik gekommen ..., er rief mich an und erzählte, dass er wieder auf den Beinen sei. Ich lud ihn gleich zur Hochzeit ein ...«

»Wann genau hat er angerufen?«

»Am Dienstagnachmittag. Er war zwei Stunden vorher entlassen worden.«

»Und er hat nichts von Eki gesagt?«

»Wenn er etwas gesagt hätte, hätte ich es dir erzählt. Ich habe dich gebeten, Eki zu suchen, weil ich Angst hatte, dass er irgendwas Verrücktes tut. Jetzt ist es offenbar passiert. Wenn die Leiche gefunden wird, ist die Polizei hinter ihm her, aber vorher kann er noch einen Haufen schlimmer Dinge anstellen.«

»Du redest, als würde er einen Serienmord planen.«

»Als er mich neulich anrief, hatte ich den Eindruck, dass er eine gefährliche fixe Idee hat. Ich habe mich mit Lare darüber unterhalten und er war derselben Meinung. Eki glaubt, dass er verraten worden ist und dass er mit allen abrechnen muss, die er des Verrats verdächtigt. Wenn er schon Lare für schuldig hielt, was ist dann erst mit den anderen? Lare war immerhin sein bester Kumpel.«

»Was hätte Eki auf einmal so aus dem Gleichgewicht bringen sollen?«

»Der Schnaps. Er hat zu viel gesoffen. So was hält auf Dauer keiner durch. Er war schon mal wegen seiner Bauchspeicheldrüse in der Klinik, und wer wüsste besser als ich, dass das die Folge von starkem Trinken ist. Aber er hat sich nichts daraus gemacht.«

Sundman öffnete mit zitternden Händen die Schreibtischschublade und kramte zwei Schmerztabletten aus einer Schachtel. Er warf sie in den Mund und trank Vichywasser hinterher. Dann murmelte er wie in Gedanken: »Liebe ist etwas Wunderbares.«

6.

Das kalte Stethoskop glitt über Janssons Brustkorb. Ab und zu hielt es inne, um zu horchen, ob hinter dem schweren Fleisch Leben war. Und in der Tat, Jansson spürte, dass sein Herz nach besten Kräften schlug, gleichmäßig und ruhig.

Der Arzt nahm das Stethoskop an sich und drückte unprofessionell auf die sichtbarsten Speckwülste auf Janssons Bauch. Er merkte selbst, dass das keinerlei medizinische Bedeutung hatte, und zog die Hand zurück. Die Maßnahme verlangte jedoch nach einer Erklärung.

»Fast vierzig Kilo zu viel. Ein Übergewicht diesen Ausmaßes belastet nicht nur das Herz und die Blutgefäße, sondern auch die Gelenke und den Rücken. Auch das Risiko eines Diabetes steigt und Übergewicht führt fast immer zu erhöhtem Blutdruck.«

»Ist mir bekannt«, sagte Jansson.

Der Arzt entfernte sich und an seiner Stelle erschienen zwei Krankenschwestern. Sie befestigten zehn Elektroden auf Janssons Brust, auf seinen Armen und Beinen. Jansson kam sich vor wie Frankensteins Monster. Es fehlten nur noch ein paar tausend Volt und er wäre durchs Haus gerast.

Eine der Schwestern verschwand, die andere machte sich an dem Gerät zu schaffen, an das Jansson mit seinen Schläuchen angeschlossen war.

Schließlich hatte sie alles zu ihrer Zufriedenheit eingestellt und sagte: »Das Gerät misst, wie das Herz auf die verschiedensten elektrischen Reize reagiert. Krankheitsbedingte

Veränderungen müssten sich somit auf den Kurven abzeichnen, man nennt das Elektrokardiogramm.«

Jansson nickte und blickte zur Decke. Die durchlöcherte Isolierplatte wirkte aus der Ferne betrachtet wie eine helle und formlose Masse.

Jansson war sein ganzes Erwachsenenleben hindurch Fatalist gewesen. Er hatte erkannt, dass dem Menschen abwechselnd Gutes und Unangenehmes widerfährt, in einem Verhältnis, das sich nicht vorausberechnen ließ. Auf dreimal Gutes folgte unter Umständen einmal Schlechtes und auf sechsmal Schlechtes einmal Gutes oder umgekehrt.

Er hatte jedoch erfahren, dass sich das Gute irgendwann ins Schlechte verkehrte, aber als Ausgleich verkehrte sich auch das Schlechte stets in positive Richtung.

Der Tod war allerdings in Janssons Denkmodell nicht berücksichtigt, auch war völlig offen, ob sich danach alles zum Guten oder zum Schlechten wenden würde. Der Tod stand irgendwo außerhalb, vor allem außerhalb jenes Mechanismus, der Janssons eigenes Leben lenkte.

Jansson hatte jedoch festgestellt, dass sich der Fatalismus in wirklich kritischen Situationen zu verflüchtigen pflegte. Er war keine Hilfe gewesen, als das jüngste der Kinder an Lungenentzündung erkrankte oder als bei seiner Frau Schilddrüsenkrebs festgestellt worden war.

Fatalismus war vielleicht bei kleinen Problemen eine gute Lösung, bei den großen jedoch wirkte er nicht.

Der Arzt kam zurück. Er sah sich das Blatt an, das der Apparat ausgedruckt hatte, und nickte wissend. Die Krankenschwester befreite Jansson von den Saugnäpfen, sortierte und reinigte sie.

»Wie fühlen Sie sich?«, fragte der Arzt.

»Es hat nicht wehgetan.«

»Gut. Sie können sich anziehen.«

Der Arzt setzte sich an seinen Schreibtisch und füllte mit fahriger Schrift irgendwelche Formulare aus. Als er damit fertig war, trat er zu Jansson, der noch dabei war, sich anzuziehen.

»Das Übergewicht sollten Sie nicht bagatellisieren. Stellen Sie sich vor, Sie wären normalgewichtig und würden ständig einen Rucksack von vierzig Kilo Gewicht mit sich herumtragen. Nicht mal das komplette Sturmgepäck inklusive Waffe bei der Armee wiegt so viel.«

Jansson hatte denselben Vergleich bereits früher gehört und verzichtete darauf, sich das vorzustellen. Er nickte jedoch, damit der Arzt nicht das Gefühl hatte, dass seine klugen Worte ungehört verhallten.

»Herzrhythmusstörungen sind an sich nichts Ungewöhnliches und treten auch bei jungen und gesunden Menschen auf, aber in Ihrem Alter muss man sie ernst nehmen.«

»Deshalb bin ich hier.«

»Zumal wenn dabei starke Schmerzen in der Brust auftreten«, fuhr der Arzt fort.

Jansson zog die Strümpfe an und nahm sein Hemd vom Hocker.

»Die Schmerzen in der Brust sind immer ein ernstes Symptom, obwohl sie nicht zwangsläufig vom Herzen herrühren müssen.«

Die Herzrhythmusstörungen waren ganz plötzlich aufgetreten, als Jansson einen ruhigen Abend zu Hause verbracht hatte. Er war allein gewesen und hatte die Abendnachrichten im Fernsehen verfolgt. Er, der über zwanzig Jahre lang als Ermittler für Gewaltdelikte gearbeitet hatte, wusste nur zu gut, dass ein finnischer Mann mittleren Alters, der übergewichtig war, sich ungesund ernährte und wenig bewegte, gute Chancen hatte, mitten während der Abendnachrichten an einem Infarkt zu sterben. Genau wie alle anderen finnischen Männer verdrängte er diesen Gedanken gern.

Zuerst hatte ihn ein starker Schmerz gepackt, der wie ein Reifen den Brustkorb umspannt hatte. Das Atmen war ihm schwer gefallen. Er hatte sich flach aufs Sofa gelegt und tief und ruhig geatmet. Nach einer Weile war das Herz auf einmal gestolpert und hatte immer wieder ein paar Schläge ausgesetzt.

Der Anfall hatte fünfzehn Minuten gedauert. Dann hatte das Herz seinen alten Takt wiedergefunden und der Schmerz hatte nachgelassen, aber die Angst nicht. Als Janssons Frau eine Stunde später nach Hause gekommen war, hatte sie einen stillen Mann vorgefunden.

»Gleich morgen gehst du zu einem Spezialisten und lässt alle nur möglichen Tests machen. In deinem Alter ist mit dem Herzen nicht zu spaßen«, hatte sie gesagt.

Der Arzt sah Jansson ernst an.

»Wir machen noch einen Belastungstest mit Ihnen, außerdem natürlich die üblichen Laboruntersuchungen wie Cholesterin- und Blutzuckermessung«, sagte er. »Und in den nächsten Tagen werden Sie für vierundzwanzig Stunden mit einem Holtergerät ausgestattet. Das ist ein tragbares EKG und registriert die Herztätigkeit unter Alltagsbedingungen.«

Jansson musste gleich anschließend den Belastungstest absolvieren. Wieder an Elektroden angeschlossen, strampelte er sich eine Weile auf dem Fahrradergometer ab. Sein Herz hämmerte und in seinen Ohren sauste es. Schweißperlen rannen ihm von der Stirn auf die Wangen und von dort auf den Hals. Schließlich gelangte er ins Ziel und wurde von den Elektroden befreit.

Der Arzt prüfte die Aufzeichnungen und zeigte sie Jansson.

»So viel kann ich schon jetzt sagen, Sie haben, zumindest auf den ersten Blick, nichts Ernstes, außer einer wirklich schlechten Kondition. Möglicherweise hat Stress den Anfall ausgelöst. Ich kann mir gut vorstellen, dass Ihre Arbeit manchmal außerordentlich belastend ist …«

Jansson versuchte, gleichmäßig zu atmen.

»Wenn ich Stress hätte, würde ich es bestimmt merken.«

»Sie haben erzählt, dass Ihr Vorgesetzter eine Bypassoperation hatte. Vielleicht haben Sie, ohne sich dessen bewusst zu sein, die Sache sehr schwer genommen. Menschen neigen manchmal dazu, ihre Gefühle sogar vor sich selbst zu verbergen.«

»Kann sein.«

Jansson hatte keine Lust, über die möglichen Gründe für den Anfall zu rätseln. Es war passiert und konnte sich jederzeit wiederholen. Mit dieser Tatsache musste er leben.

»Die Schwester nimmt Ihnen noch Blut ab. Dann warten wir auf die Ergebnisse der Tests und Proben.«

Abschließend wollte der Arzt wissen: »Was sagt Ihr Dienstplan, haben Sie die Möglichkeit, sich eine Weile zu schonen, oder gehören Sie zu den unersetzlichen Leuten?«

»Vermutlich.«

»Trotzdem schreibe ich Sie doch besser für eine Woche krank. Sie sind ein erwachsener Mann und entscheiden selbst, was Sie tun. Ich glaube nicht, dass Ihre Arbeit Sie umbringt, aber wenn Sie mal zwischendurch gänzlich abschalten, und sei es auch nur kurz, fördert das die Regeneration.«

Jansson war erleichtert, als er gegen halb sechs Uhr die Arztpraxis verlassen konnte. Auf der Straße schaltete er sein Handy ein. Huusko hatte eine Bitte um Rückruf hinterlassen.

Jansson meldete sich bei ihm.

»Eero hier, gibt es etwas Besonderes?«

»Noch nicht, aber vielleicht bald …, ich erzähle es dir an Ort und Stelle, wenn es recht ist.«

»Hat sich der Hinweis, den ich bekommen habe, bestätigt?«

»Ja. Lare ist mausetot, liegt nackt mitten in seiner Bude auf dem Fußboden. Es kann natürlich ein Anfall gewesen sein, aber wenn man den Hintergrund des Mannes kennt …«

»Gibt es keine Anzeichen von Gewalt?«

»Ein paar blaue Flecke. Kannst du herkommen? Ich habe

das Gefühl, dass ich mich in dieser Sache mit jemandem beraten muss, aus vielerlei Gründen.«

Jansson kannte das Gefühl aus seinen Zeiten als Ermittler. Allen Polizisten, auch den erfahrenen, ging es ähnlich, wenn sie an einen Tatort kamen. Immer war da die Angst, dass man etwas Wichtiges übersehen könnte. Gerade wenn man unter großem Druck stand, unterliefen einem manchmal die dümmsten Fehler.

»In ungefähr einer halben Stunde bin ich dort.«

»Gut.«

Jansson beendete das Gespräch und das Handy klingelte sofort wieder. Diesmal war es seine Frau. Jansson wiederholte ihr die beruhigenden Worte des Arztes. Ihre Stimme klang erleichtert, aber energisch. »Du hast hoffentlich nicht die Absicht, heute noch zur Arbeit zu gehen?«

»Ich erledige nur eine Kleinigkeit.«

»Ja sicher, nur eine Kleinigkeit.«

Das Haus war so grau und trist, dass Jansson fast Mitleid mit den Bewohnern bekam. Auf dem Hof standen ein Polizeiwagen und Huuskos Zivilauto. Plötzlich hatte Jansson das Gefühl, dass er diese Situation zu oft erlebt hatte. Polizeiwagen und ein Menschenauflauf vor dem Haus, spähende Blicke hinter Fensterscheiben und Türspalten. Ein übel zugerichteter Körper in einer Blutlache auf dem Fußboden und ringsum präzise arbeitende Kriminaltechniker.

Jansson hätte jederzeit ein Durchschnittsopfer in einer Durchschnittswohnung inszenieren können. Billige und schmuddelige Möbel, ein Bücherregal, in dem man vergeblich nach Tolstoi, Steinbeck, Hamsun oder Gogol suchte. Wenn es überhaupt Bücher gab, dann höchstens Taschenbücher oder Groschenromane.

Auf dem Tisch leere Schnapsflaschen, Bierdosen und überquellende Aschenbecher. Das Spülbecken in der Küche voller schmutzigem Geschirr und auf dem Tisch Essenreste.

Im Kühlschrank eine Tube Senf, saure Milch und eingetrockneter, fertig gekaufter Leberauflauf. Staubige Fenster, ein Stapel nicht entsorgter kostenloser Zeitungen, schmutzige Kleidungsstücke.

Als wäre es jenen Menschen von oben bestimmt worden, in welcher Umgebung sie ihre irdische Wanderung beenden sollten.

Obwohl Lare Lehtinen einer der Großen im kriminellen Milieu gewesen war, entsprach seine Wohnung nahezu vollkommen Janssons Vorstellungen. Mochte der Mann früher mit seinen Verbrechen auch reichlich Geld gemacht haben, in seinem Interieur spiegelte sich das jedenfalls nicht wider. Die einzige Abweichung vom Üblichen war, dass nirgendwo Blut oder Spuren von Gewaltanwendung zu sehen waren. Lare lag nackt mitten im Wohnzimmer auf dem Fußboden, das rechte Bein angewinkelt wie ein Brustschwimmer. Der Leichnam wies bereits dunkle Flecken auf.

Neben Lare lagen ein paar leere Bierflaschen. Der Gerichtsmediziner war dabei, den Leichnam zu untersuchen, Huusko wiederum untersuchte dessen Hinterlassenschaft.

»Der Nachbar erzählte, dass Lare am Dienstag aus der Klinik entlassen worden ist. Er hatte eine Bypassoperation. Er soll frisch und erholt gewirkt haben, hat sofort einen Spaziergang gemacht, um auszuprobieren, ob das neue Herz funktioniert.«

Der Gerichtsmediziner sah zu Jansson auf.

»Nach einem so schweren Eingriff sollte man sich nicht gleich anstrengen oder Alkohol trinken. Möglicherweise sind Komplikationen eingetreten.«

Auf dem Nachtschrank lagen mindestens zehn verschiedene Tablettenschachteln und Pillendosen. Jansson wies den Arzt darauf hin.

»Primaspan, Persatin, Renitec, Seloken …«

»Hab' ich schon gesehen. Die sind für oder gegen alles Mögliche: Schmerzen, das Herz, Blutdruck, Diabetes …«

Der Arzt griff nach dem linken Arm des Leichnams und hob den Oberkörper ein wenig an.

»Was sagst du dazu?«

An der linken Seite war eine riesige Operationsnarbe zu sehen. Zu beiden Seiten befanden sich Abschürfungen.

»Sieht aus, als wäre er geschlagen oder getreten worden«, sagte Huusko.

Er nahm eine kleine Kamera aus der Tasche und fotografierte die Wunden.

»Oder er hat sich an den Möbeln gestoßen. Vielleicht am Stuhl, der ist jedenfalls umgekippt. Es scheint so, als hätte Lare nach dem Anfall noch längere Zeit gelebt, mindestens einige Stunden.«

»Hat irgendjemand etwas gesehen oder gehört?«, fragte Jansson.

»Nein, deshalb ist der Todeszeitpunkt noch ein großes Fragezeichen. Die Gratiszeitungen lagen unberührt unter dem Briefschlitz. Sie wurden am Dienstagabend verteilt. Ich habe den direkten Nachbarn gefragt, aber auch er hat Lare seit Dienstag nicht mehr gesehen. Lärm aus der Wohnung hat er nicht gehört, aber es kann natürlich sein, dass er zum fraglichen Zeitpunkt gerade nicht da war.«

Huusko machte ein paar Aufnahmen von der Wohnung. Wenn die Leute von der Spurensicherung kämen, würden sie die Leiche und die Räume genau fotografieren, aber zusätzliche Fotos konnten nie schaden.

Zum Abschluss richtete er die Kamera auf Jansson. Der hob instinktiv die Hand vor das Gesicht, aber Huusko war schneller. Das Blitzlicht zuckte.

»Für das Erinnerungsalbum«, sagte Huusko. »Du kanntest doch Lare. Er hatte viele Freunde – aber sicher noch mehr Feinde?«

Jansson hatte den Mann tatsächlich gekannt, wenn auch nicht besonders gut. Er hatte die Ermittlungen geleitet, als Lare auf einen Mann geschossen hatte, den er mit seiner

Frau im Bett erwischt hatte. Zu Lares Glück war der Mann nicht gestorben, obwohl er zwei Kugeln in der Brust gehabt hatte. Lare hatte lediglich zwei Jahre dafür gesessen.

Beim zweiten Mal war es ein Zwischenfall mit einer Schusswaffe in Koskela gewesen. Lare hatte sich über eine Gruppe von Männern aufgeregt, die auf einem Felsen draußen vor seiner Wohnung gezecht hatten. Als sie sich trotz seiner Aufforderung nicht verzogen, hatte er eine Maschinenpistole aus der Wohnung geholt und mehrmals über ihre Köpfe hinweg gefeuert. Dabei hatte er einen der Zecher leicht verletzt.

Jansson hatte gerade Dienst gehabt und den Polizeieinsatz leiten müssen. Das SEK hatte das Haus umstellt. Jansson hatte jedoch eine einfachere Lösung gefunden, er hatte in der Wohnung angerufen und mit Lare geredet. Der war herausgekommen und hatte sich über die Verwirrung gewundert, die er angerichtet hatte.

Lare hatte Waffen geliebt. Er hatte sich sein ganzes Leben lang mit ihnen umgeben. Mit zunehmendem Alter war er ruhiger, fast sanft geworden. Dennoch hatte man bei ihm immer auf der Hut sein müssen, er war ein jähzorniger Mensch gewesen.

»Ich habe ihn nicht gerade gut gekannt, aber ich kann dir versichern, dass er wenig Feinde hatte«, bestätigte Jansson.

Mit Blick auf den Gerichtsarzt sagte Huusko verstohlen zu ihm: »Kommst du mal mit auf den Balkon? Wir müssten etwas besprechen.«

Jansson folgte ihm hinaus. Der Balkon ging zum Innenhof, auf dem sich ein Parkplatz befand.

»Die Hakala hat angerufen, sie hat den Fall an Helenius' Team übergeben. Pekkala kann jeden Moment hier sein.«

»Warum?«

»Weil Pekkala den guten Lare angeblich am besten kennt, genau wie Helenius. Aber ich möchte den Fall behalten, weil ich auch die Sache mit Tammela bearbeite. Tammela und

Lare kannten sich gut und Eki war der Dritte im Bunde. Ich denke, dass zwischen den Fällen ein Zusammenhang besteht.«

»Wieso musste sich die Hakala einschalten?«

»Das wundert mich auch. Ich nehme an, dass Helenius sie vorgeschickt hat.«

»Möchtest du, dass ich versuche, den Fall wieder zurückzuholen?«

»Ja. Dann sehen wir wenigstens, wie stark das Interesse der anderen ist.«

Sie gingen wieder rein und Huusko hockte sich neben die Leiche.

»Die ganze Bypassoperation war für die Katz. So was kostet in einer Privatklinik fast hunderttausend Märker. Selbst der *Ironman* rostet irgendwann.«

Huusko ließ die Blicke schweifen und griff sich das schnurlose Telefon, das auf dem Tisch im Ladegerät lag. Er nahm auch das Ladegerät an sich und steckte es in die Seitentasche der Jacke.

»Zu schade, um es Pekkala zu überlassen.«

Er lächelte Jansson verschwörerisch zu. Dann entdeckte er das Gebiss, das ihm aus dem Wasserglas entgegengrinste.

»Lares Zähne.«

Jansson wirkte abwesend.

»Was ist?«

»Wo?«

»Ist irgendwas nicht in Ordnung?«

Plötzlich hatte Jansson das Bedürfnis, von seinem Problem zu erzählen.

»Ich war heute beim Arzt ..., hatte gestern Abend leichte Herzrhythmusstörungen ..., der Arzt glaubt nicht, dass es etwas Ernstes ist.«

Huusko blickte besorgt.

»Dann solltest du nicht hier sein, sondern dich zu Hause ausruhen.«

»Der Arzt sagt, es kann vom Stress kommen. Ich habe ihn gefragt, von welchem Stress, denn wenn ich welchen hätte, würde ich es wohl selbst spüren.«

»Und das ist nicht der Fall?«

»Es hat zwanzig Jahre gedauert, ehe ich begriff, was Sodbrennen ist. Jetzt habe ich Probleme zu begreifen, inwieweit sich Stress von gewöhnlichem Arbeitsdruck unterscheidet, den wir Polizisten ja immer haben.«

»Zumindest auf der Leitungsebene«, stellte Huusko richtig.

Jansson fühlte sich sofort besser. Er sah auf die Uhr: halb sieben. Wenn er noch länger bliebe, würde seine Frau ihm die Hölle heiß machen.

»Ich spreche gleich morgen früh mit der Hakala.«

Es klingelte an der Wohnungstür und Huusko öffnete. Draußen standen zwei Kriminaltechniker mit ihren Taschen. Huusko wirkte erleichtert.

»Gut, dass ihr gleich kommen konntet.«

»Ich räume das Feld«, sagte Jansson.

Huusko rief ihm telefonisch ein Taxi und begleitete ihn nach unten.

»Sanna war heute Nachmittag zu Besuch in der Abteilung«, erzählte er.

»Wie geht es ihr?«

»Glaub' bloß nicht, dass es ihr nicht gut geht. Ich habe gewettet, dass sie den Kurs als Beste abschließt.«

»Und du, hast du schon eine Wohnung in Aussicht?«

»Nein.«

»Wohnst du noch in dem Gartenhaus?«

»Heute hier, morgen dort. Zum Glück hat man Freunde.«

»Ja, zum Glück«, bestätigte Jansson.

Während Jansson noch auf das Taxi wartete, fuhr ein blauer Ford Focus vor, dem Hauptwachtmeister Pekkala und Kommissar Helenius entstiegen. Als sie Jansson entdeckten, wechselten sie einen Blick.

»Was machst du hier?«, fragte Helenius.

Jansson mochte den Mann nicht. Er war aalglatt und dabei arrogant, das war nach Janssons Meinung eine schlechte Kombination, zumindest für einen Polizisten.

Helenius war groß, dunkelhaarig und hatte einen starken Bartwuchs. Pekkala war ziemlich klein, schlank und blond, er wirkte jünger, als er war. Helenius und Pekkala wurden in der Dienststelle ›der große Wolf‹ und ›das kleine Wölfchen‹ genannt.

»Bin schon weg.«

»Die Leitung der Ermittlungen wurde mir übertragen.«

»Und warum?«

»Das ist durchaus nichts Außergewöhnliches. Pekkala und ich kennen Lare Lehtinen am besten.«

»Hast du den Hinweis wegen Lare bekommen?«, wollte Pekkala von Jansson wissen.

»Ja.«

»Von wem?«

»Von einem anonymen Anrufer.«

»Warum gerade du?«

»Hat er nicht gesagt.«

»Wir checken den Anruf, wenn es recht ist.«

»Natürlich.«

Das Taxi kam und Jansson setzte sich auf die Rückbank. Als der Wagen anfuhr, drehte er sich noch einmal um. Helenius und Pekkala standen immer noch vor dem Haus und unterhielten sich. Helenius wirkte besorgt.

7.

Im Restaurant befanden sich ungefähr zehn Gäste, und alle außer einem Paar am Ecktisch, das sich küsste, bemerkten Raids Eintritt. Die Anwesenden hatten alle dieselbe elende Lebensschule durchlaufen und waren in derselben Klasse sitzen geblieben. Der gemeinsame Hintergrund hatte ihren Instinkt für dieselben Dinge geschärft, zum Beispiel für die Polizei, für schnelles Geld, kostenlosen Schnaps und für Gefahr.

Als Raid eintrat, begannen unruhige Finger warnend zu trommeln. Das Zeichen war so deutlich, dass sogar die beiden Turteltauben aufmerksam wurden und voneinander abließen.

Raid durchquerte den Raum und blieb am Tisch des Paares stehen. Die Frau war über fünfzig und sah verlebt aus, schien aber dennoch so etwas wie Lust in dem gleichaltrigen Mann neben ihr zu wecken. Sie hatte ihre Haare jämmerlich schlecht gefärbt, ihr Lippenstift war verwischt, und unter der dicken Puderschicht zeichnete sich die rote Gesichtsfarbe der Trinkerin ab. Sie trug viel zu jugendliche Jeans und einen schwarz-orange gestreiften Pullover.

Der Mann war stämmig und fast kahl. Unter dem Jackett trug er ein kariertes Flanellhemd. Raid roch seinen Arbeiterschweiß aus zwei Metern Entfernung.

»Bist du Ekis Exfrau?«, fragte Raid.

Sie musterte ihn mit stierem Blick. Anschließend nahm sie einen schmatzenden Schluck aus ihrem Bierglas.

»Wer fragt?«

»Ich bin Ekis Freund. Wo finde ich ihn?«

Die Frau schnaubte nur.

»Ich kenne alle seine Freunde, aber dich nicht. Warum wohl nicht? Wo hast du gesteckt?«

»In Schweden.«

»Aha. Hast wohl Volvos zusammengebaut?«

»So ungefähr.«

»Was willst du von meinem Ex?«

»Ich hatte ihm versprochen, mich zu melden, wenn ich im Land bin. Jetzt bin ich hier.«

Die Frau musterte ihn etwas interessierter.

»Ja, das sieht man.«

Der Mann am Tisch fühlte sich ausgeschlossen und das machte ihn wütend.

»Wir waren beschäftigt. Du verschwindest besser.«

Die Frau tätschelte seinen Kopf:

»Immer langsam, Schatzi«, und wandte sich wieder an Raid. »Hast du auch einen Namen?«

»Ja.«

»Und welchen?«

»Besser, du kennst ihn nicht.«

»Und du willst, dass ich dir helfe, Eki zu finden.«

»Eki wird womöglich böse, wenn du mir nicht hilfst.«

Der Partner der Frau stand wütend auf. »Ich werde gleich böse, wenn du nicht verschwindest.«

Raid zog zwei Waffen unter der Jacke hervor und zielte damit auf beide Augen des Mannes.

»Verzeihung, wenn ich bei einem Schäferstündchen gestört habe. Ich brauche nicht lange.«

Der Mann stammelte etwas und sank auf seinen Stuhl. Raid steckte die Waffen ein. Zwei Gäste, die am Tresen herumgelungert hatten, ließen ihre Getränke stehen und verkrümelten sich eilig. Die anderen rückten mit ihren Stühlen beiseite. Der Barmann versuchte, so zu tun, als hätte er nichts gesehen.

Die Frau schob den Tisch weg, um besser aufstehen zu können.

»Wir könnten draußen ein wenig plaudern. Ich rauche bei der Gelegenheit eine Zigarette.«

Ihr Partner versuchte ebenfalls, aufzustehen, aber sie drückte ihn energisch wieder auf seinen Stuhl.

»Du wartest hier und bestellst uns nochmal dasselbe.«

Raid zog einen großen Schein aus der Tasche und legte ihn auf den Tisch.

»Ich spendiere.«

»Da siehst du es, man muss eben die Ruhe bewahren und sich nicht gleich aufregen. Ich nehme dann lieber einen gespritzten Klaren, wenn dieser Gentleman nun mal spendiert. Einen doppelten! Und eine rote Marlboro.«

Raid folgte ihr nach draußen. Fünf Meter vor der Tür des Restaurants blieb sie stehen, holte die Zigaretten aus ihrer Kunstledertasche und steckte sich eine an.

»Du hast geblufft, du kennst Eki gar nicht. Er hat mir alles erzählt, was er in Schweden gemacht hat.«

»Wir haben uns im Gefängnis kennen gelernt.«

»Ja, sicher.«

»Weißt du, wo er ist?«

»Wenn ich es nicht weiß, die ich zwölf Jahre mit ihm verheiratet war, dann weiß es niemand. Aber ich bin im Moment ziemlich klamm und die Information kostet einiges. Der Kerl schuldet mir außerdem eine Million und für psychisches Leiden nochmal dasselbe.«

Raid zog ein Bündel Scheine aus der Tasche, zählte fünf davon ab und reichte sie der Frau.

»Leg zwei drauf, die Telefonrechnung ist noch nicht bezahlt.«

Raid gab ihr zwei weitere Scheine.

»Und du erzählst ihm nicht, wer dir Bescheid gesagt hat?«

»Niemals.«

»Er wohnt im Männerwohnheim in Kumpula. Ich war vorige Woche dort, ich glaube nicht, dass er inzwischen umgezogen ist.«

»Gibt es andere Möglichkeiten?«

»Manchmal übernachtet er in der Firma eines Kumpels in Tattarisuo. Der Mann hat einen Schrotthandel oder so was. Einmal habe ich fast eine Stunde im Wagen gewartet, während Eki und der Typ über Autos quatschten. Und dann behaupten die Männer noch, dass die Frauen viel reden.«

»Erinnerst du dich an den Namen des Mannes?«

»Nein, aber draußen vor dem Gebäude steht eine Metallsäule mit einem Automotor obendrauf. Das versteht der Kerl unter Kunst.«

»In welchem Zustand war Eki?«

»In miserablem, so wie immer, nein, eigentlich nicht immer, aber ziemlich oft.«

Aus ihrer Stimme klang für einen Moment echtes Gefühl.

»In jungen Jahren war er ein schmucker Kerl und hatte einen tollen Körper ...«

Sie strich sich durch ihr blondiertes Haar.

»Ich sah damals allerdings auch nicht übel aus, hatte große Titten und einen strammen Hintern, auch wenn man das jetzt vielleicht nicht glaubt, wo ich nur noch eine alte Kuh bin. Trotzdem, wenn wir zusammen ausgingen, musste ich dauernd die Frauen verscheuchen. Sie umschwirrten ihn wie brünstige Fliegen ... Man glaubt gar nicht, wie frech Frauen sein können; obwohl ich neben ihm saß, steckten sie die Hand in seinen Hosenstall.«

Sie versank für einen Moment in ihren wehmütig süßen Erinnerungen, kehrte aber bald wieder in die raue Wirklichkeit zurück.

»Ich hatte verdammt viel Pech mit Männern, sie haben mich geschlagen, jedes Mal dasselbe Theater.«

»Hat er irgendwas von Lare gesagt?«

»Von Lare Lehtinen? Von dem hat er dauernd geredet. In ihrer Jugend waren sie wie Pech und Schwefel, leider. Lare könnte ich für vieles verantwortlich machen, er war es, der Eki in all die krummen Sachen mit reingezogen hat. Ich bin sicher, dass Eki sonst anständig geblieben wäre. Du wirst es nicht glauben, aber wir haben uns wirklich richtig geliebt ...«

»Was genau hat Eki erzählt?«

»Wen suchst du, Eki oder Lare?«

»Lare habe ich schon gefunden. Er ist tot.«

Die Frau blickte erschrocken drein.

»Aber ich habe ihn nicht getötet. Vielleicht hat es niemand getan«, sagte Raid.

Sie beruhigte sich.

»Ist er wirklich tot?«

»Ja.«

»Es wurde auch Zeit. Vielleicht hat er einen Herzschlag gekriegt, er war ja gerade aus der Klinik rausgekommen. Seine Pumpe spielte nicht mehr mit. Man dachte immer schon mal, dass er stirbt, er hatte alle möglichen Leiden, aber er war verdammt zäh.«

»Waren Eki und Lare noch zerstritten?«

»Nein, soweit ich weiß, jedenfalls hatte ich nicht den Eindruck. Eki hat mir sogar erzählt, dass Lare operiert wird, er wollte ihn noch am selben Tag im Krankenhaus besuchen. Er hat sich bloß gewundert, woher Lare die Kohle hatte, die Operation war nämlich sauteuer. Lare war total pleite, hatte einen Haufen offener Rechnungen, fürs Telefon und all das. Er kehrte immer den großen Gangster raus und dabei war er arm wie 'ne Kirchenmaus, genau wie unsereiner.«

Plötzlich brach sie in Tränen aus.

»Es ist gemein von mir, so zu reden ... Lare hat mir nie was getan, er war eigentlich fast ein Gentleman ..., er hat sich zwar manchmal aufgeführt, als sei er etwas Besseres, aber dafür hat er Eki an der Kandare gehalten und dafür gesorgt, dass er zu Hause Geld ablieferte ... Manchmal hat mir Eki seine ganze Lohntüte übergeben ..., ich meine damals, als er in Lares Firma gearbeitet hat.«

Sie wischte sich mit dem Ärmel ihres Pullovers die Tränen ab.

»Hatte Lare Feinde?«

Nach den Tränen wollte ihr das Lachen nicht recht gelingen, aber sie versuchte es trotzdem.

»Frag lieber, wie viele.«

Ihr Partner kam heraus, blieb aber in der Nähe der Tür und trat unruhig von einem Bein aufs andere.

»Komm endlich.«

Sie zeigte mit dem Finger auf das Fenster der Gaststätte.

»Rein mit dir, aber schnell. Ich komme gleich.«

Der Mann verschwand nach drinnen.

»Als es Lare später schlecht ging, lieh er sich Geld und machte überall Schulden. Manche verlangten ihre Kohle zurück, aber er konnte ziemlich fuchsig werden ..., und wenn ein Mensch wie Lare schwach wird, sind ein Haufen Arschlöcher da, die ihm ans Bein pinkeln.«

»Eki und Lare haben behauptet, dass sie im Zusammenhang mit dem Einbruch im Postamt verpfiffen worden sind. Was denkst du?«

Raid spürte bei der Frau eine neuartige Vorsicht.

»Sie wurden dauernd verpfiffen, ein Meisterverbrecher kann ja nicht gut zugeben, dass jemand schlauer ist als er, besonders wenn dieser Jemand ein Bulle ist.«

»Warum haben sie sich dann gegenseitig beschuldigt?«

»Jeder hat vom anderen behauptet, dass er das Maul zu weit aufgerissen hat. Aber sie sind nicht deswegen aufgeflogen, sondern wegen der Beweise. Lare hatte es nicht übers Herz gebracht, sein geliebtes Werkzeug verschwinden zu lassen, und die Bullen haben es gefunden ... Du glaubst doch nicht etwa, dass Eki ihn wegen dieser alten Geschichten getötet hat?«

»Wer soll es sonst gewesen sein?«

»Jedenfalls nicht Eki. Im schlimmsten Falle hätte er Lare eins in die Fresse gehauen, aber nicht in dem Zustand, in dem Lare war. Eki hat sich aufgeführt wie eine Glucke, als Lare in der Klinik war. Wenn man jemanden verdächtigen will ...«

Ihr Freund klopfte von drinnen ans Fenster.

»Ich muss wohl reingehen, damit der Familienfrieden gewahrt bleibt.«

»Wer wäre es also, den du verdächtigen würdest?«

»Jemanden, bei dem er Schulden hatte ..., oder einen seiner Saufkumpane. Bei ihm gingen eine Menge windiger Typen ein und aus ...«

Nach ein paar Schritten drehte sie sich noch einmal um.

»Und du bist wirklich Ekis Freund?«

»Bin ich.«

»Obwohl er mir schlimme Dinge angetan hat, wünsche ich ihm nichts Böses. Er ist schon böse genug zu sich selbst.«

Sie holte eine dieser kostenlosen Visitenkarten der Telefongesellschaft aus der Tasche.

»Klingle kurz durch, wenn du ihn findest, ich möchte wissen, wie es ihm geht.«

»Hast du Ekis Nummer?«

»Er hat eine neue und wollte sie mir nicht geben. Vergiss nicht, mich anzurufen.«

»Nein.«

Raid fuhr sein Auto in die Ecke des Parkplatzes, dicht an die Wand der Industriehalle. Dort klebten noch letzte Schneereste, im Winter war der Schnee mit dem Pflug vom Parkplatz in diese Ecke geschoben worden, und im Schatten des Gebäudes schmolz er nicht so schnell.

Der Parkplatz war großzügig gestreut worden, sodass der Asphalt gänzlich mit Kies bedeckt war.

Als Jansson mit seinem Wagen auf den Parkplatz einbog, wirbelte er dünnen Steinstaub auf, der sich aus dem Kies gelöst hatte.

Jansson fuhr dicht an Raids Auto heran. Beide öffneten das Fenster. Jansson streckte die Hand aus und Raid drückte sie.

»Immer noch der gute alte Mercedes«, sagte Jansson.

»Dito.«

Jansson tätschelte sanft die Vordertür seines Wagens, als wäre sie ein Reitpferd.

»Dieser wird ja auch nur zu besonderen Anlässen rausgeholt, aber du fährst deinen alltags wie sonntags.«

Jansson stellte das Radio leiser.

»Ich habe Lare nicht getötet«, sagte Raid.

»Ich weiß. Als du hinkamst, war er schon seit zwei Tagen

tot. Mich würde trotzdem interessieren, was du in seiner Wohnung wolltest.«

»Ich wollte ihn nach seinem Freund Eki Eerola fragen.«

»Dann interessieren wir uns für denselben Mann. Warum suchst du Eki?«

»Eine Arbeitsangelegenheit.«

»Hoffentlich keine, die für uns Arbeit bedeutet.«

»Nein, nichts in der Art. Ekis Freunde machen sich Sorgen um ihn.«

»Das nenne ich wahre Freundschaft. So was stimmt froh wie der Duft frisch gebackenen Kuchens. Soll das heißen, dass Ekis Freunde dich engagiert haben?«

»Gewissermaßen. Jemand ist der Meinung, dass Eki für sich selbst und andere eine Gefahr darstellt und Hilfe braucht.«

»Darin haben die Leute Recht. Er hat bereits einen Mann mit einem Hammer getötet und Lare ist möglicherweise das Opfer Nummer zwei.«

»Wen hat er getötet?«

»Einen seiner Bekannten, auch der Polizei ist der Mann bekannt. Es passierte vorgestern in dessen Wohnung. Der Nachbar hat gesehen, wie Eki die Wohnung verließ. Das Opfer folgte ihm, brach vor dem Haus zusammen und starb später im Krankenhaus. Wie es scheint, kommst du zu spät. Eki könnte kaum in größeren Schwierigkeiten stecken.«

»Ja, scheint so«, gab Raid zu. »Wie heißt der Tote?«

»Tammela.«

»Danke.«

Jansson stellte den verchromten Seitenspiegel seines Wagens ein.

»Hast du Spuren in Lares Wohnung hinterlassen?«

»Nein.«

»Ich möchte dich aus der Geschichte raushalten, aber solltest du doch mit drinstecken, kann ich dir nicht helfen. Der Fall wurde einem anderen Team übertragen. Ich habe den

Kollegen gesagt, dass ich einen anonymen Anruf erhalten habe.«

»Das reicht mir.«

»Wie lange willst du bleiben?«

»Eine Woche reicht, denke ich.«

»Du kommst und gehst. Bist du nicht langsam zu alt dafür? Warum nimmst du dir keine Frau und wirst sesshaft? Ein, zwei Kinder beruhigen ungemein.«

»Hast du eine passende Kandidatin?«

»Ich glaube nicht, dass darin das Problem liegt.«

»Ich auch nicht. Das Problem bin ich selbst.«

Jansson trommelte mit den Fingerspitzen auf die Chromfläche des Seitenspiegels.

»Eines Tages gehst du zu weit und ich muss einschreiten.«

»Das gehört zum Berufsrisiko.«

»Wir stehen auf verschiedenen Seiten, aber ich möchte mir gern die Achtung bewahren, die ich für dich empfinde. Auch der Ausgeglichenste schwankt mal. Ich hoffe, dass du dann woanders bist. Mach es meinetwegen in Schweden.«

»Der Mensch ist nicht immer Herr seiner Taten.«

»Stimmt. Wenn ich in meiner Zeit als Polizist etwas gelernt habe, dann das. Die gute Absicht kann durchaus der Anfang eines Blutbades sein.«

»Ich muss weitersuchen.«

»Mach das, aber ich gebe dir einen Rat. Falls du Eki findest, dann sag auch uns Bescheid.«

»Ich werde es mir überlegen.«

»Lass dich durch mein Äußeres nicht täuschen. Ich kann knallhart sein.«

»Das glaube ich.«

Raid lächelte Jansson an und fuhr davon.

Jansson betrachtete sich im Spiegel und murmelte: »Der schärfste Bulle der Stadt, wenn es darauf ankommt.«

8.

Die Ermittlungen im Falle Tammela waren für eine unruhige Seele wie Huusko frustrierend. Er wusste mit mehr als hundertprozentiger Sicherheit, dass Eki der Täter im ›Hammermord‹ war. Er war nicht nur erkannt worden, sondern es fanden sich auch seine Fingerabdrücke in der Wohnung. Allerdings gelang es Eki weit besser, sich zu verstecken, als Huusko erwartet hatte. Und obwohl er durchgesetzt hatte, dass die Abendzeitungen das Foto des Legionärs auf die Titelseite brachten, ergaben sich keine neuen Anhaltspunkte.

Ekis voriger Wohnsitz war längst ermittelt. Die letzte Adressenänderung war vor zwei Jahren vorgenommen worden und laut Meldeamt wohnte er nach wie vor in Maunula. Nachforschungen ergaben, dass er bereits vor einem halben Jahr dort weggezogen war, ohne jedoch eine neue Adresse anzugeben. Man fand heraus, dass er in ein Männerwohnheim in Kumpula gezogen war, das er jedoch ohne nähere Erklärung genau einen Tag, bevor die Polizei kam, verlassen hatte.

Die Untersuchung seines Zimmers brachte keine neuen Erkenntnisse. Der Mann war einfach verschwunden.

Wenn eine Linie der Ermittlungen in eine Sackgasse führte, begann Huusko eine neue, und die hieß in diesem Falle Tirronen.

Der war jedoch kein leichterer Fall als Eki. Sein letzter Haftaufenthalt, drei Jahre wegen eines schweren Drogendeliktes, hatte vor sechs Jahren geendet, und danach war er von der Bildfläche verschwunden.

Tirronen hatte zuletzt offiziell mit seiner Frau und seiner kleinen Tochter in Kerava gewohnt. Danach hatte die Soko Hinweise auf drei verschiedene Wohnsitze bekommen. Er hatte ein Jahr in Kuusankoski gelebt und als Gabelstaplerfahrer in der dortigen Papierfabrik gearbeitet. Dann war er, wenn die Informationen stimmten, nach Lahti und von dort wieder in die Nähe der Hauptstadt, nach Vantaa, gezogen.

Tirronens Strafregister war lang, wies aber zwischendurch auch Abschnitte auf, in denen er sich nichts hatte zu Schulden kommen lassen. Aber immer wieder war er im Drogenmilieu gelandet oder mit hineingezogen worden. Er nahm selbst ab und zu Haschisch und Amphetamine, galt aber nicht als ausgeprägter Junkie, sondern mehr als Gelegenheitskonsument und Säufer.

Auf sein Konto gingen auch Diebstähle und Hehlerei.

In Vantaa hatte er bei seiner damaligen Freundin gewohnt und im Lager einer Erfrischungsgetränkefabrik gearbeitet. Danach gab es keine Informationen mehr über ihn.

»Es wäre zu einfach, wenn er noch mit derselben Freundin zusammenleben würde«, dachte Huusko.

Er beschaffte sich beim Einwohnermeldeamt die Adresse der Frau. Sie war nach Espoo gezogen und hatte den Eintrag in der Meldeliste sperren lassen. Mithilfe des Namens und der neuen Adresse fand Huusko mühelos ihre neue Telefonnummer, obwohl die ebenfalls geheim war. Er rief dort an, aber es nahm niemand ab.

»Was habe ich gesagt?«, murmelte Huusko.

Er suchte auch unter dem Namen Tero Tirronen im Telefonbuch nach. Es gab zwei Männer, die so hießen, der eine wohnte im Großraum Helsinki, der andere in Ostfinnland. Huusko überprüfte beide im Register. Es waren die falschen Männer.

Nach kurzer Überlegung machte Huusko den nächsten Zug. Tirronens frühere Frau wohnte noch an der alten Adresse, hatte aber ihren Mädchennamen wieder angenommen. Huusko fand die Nummer des Festanschlusses und die des Handys und begann beim Letzteren.

»Vuorio«, antwortete eine Frauenstimme, die ein wenig müde klang.

Huusko stellte sich vor.

»Ich weiß nichts von Tero, und darum geht es doch, denn einen anderen Grund kann die Polizei nicht haben, mich anzurufen ..., es sei denn, Sie verkaufen das Buch *Ein Polizist aus dem Norden erzählt.*«

»Nein, tue ich nicht.«

»Ich habe Tero seit über einem Jahr nicht gesehen. Er hat die Erlaubnis, sein Kind zu sehen, nimmt das aber nicht wahr und zahlt auch keinen Unterhalt, der Mann kann mir also gestohlen bleiben.«

Huusko fragte sich, wie oft er diese Worte schon von den Exfrauen der Kriminellen gehört hatte.

»Und er hat nicht mal angerufen?«

»Nein ..., oder doch, am Heiligabend, da wollte er Sini, seine Tochter, sprechen und war natürlich besoffen.«

»Wissen Sie, von wo er anrief?«

»Aus einer Gaststätte, einer von denen, die jeden Tag geöffnet haben.«

»Und er hat keine Karten oder Briefe geschickt?«

»Nein, aber vor einem halben Jahr hat er mir fünfhundert Mark überwiesen, dafür sollte ich der Kleinen Wintersachen kaufen. Wenigstens mal etwas ... Warum wird er gesucht?«

»Eine Routinesache.«

»Glaub ich nicht.«

Huusko zögerte kurz, fragte dann aber: »Kennen Sie Lare Lehtinen?«

»Nein, aber ich weiß von ihm. Unsere Tochter war damals noch klein, als er uns mit seinen schrecklichen Drohungen belästigte.«

»Welche Drohungen?«

»Er saß im Gefängnis und hat Tero von dort angerufen und ihm Briefe geschickt. Sein Freund, der, den sie Legionär nennen, hat ebenfalls angerufen und angekündigt, dass sie Tero töten wollen.«

»Warum?«

»Wenn Sie Polizist sind, wissen Sie doch sicher Bescheid.«

»Ich vermute, dass ich es weiß. Sie waren noch verheiratet, als Tero in der Sache mit dem Einbruch im Juweliergeschäft gegen Lare ausgesagt hat?«

»Stimmt. Ich erinnere mich noch gut daran, ich war hochschwanger und Tero musste sich ausgerechnet auf so was einlassen. Wir hatten deshalb mehrmals Streit, aber er hat seinen Kopf durchgesetzt und ausgesagt.«

»Warum?«

Die Frau schwieg zunächst, und Huusko spürte, dass sie fieberhaft nachdachte.

»Ich weiß es nicht.«

Aus ihrer Stimme klang Zorn. Huusko hatte das Gefühl, dass er einen wunden Punkt getroffen hatte.

»Nach meinen Informationen hatte er bis dahin nie andere angeschwärzt.«

»Nein, hat er auch nicht.«

»Außer diesem einen Mal. Die Sache war schon fast verjährt, aber mithilfe Ihres Mannes wurde Lare überführt und verurteilt.«

»Ich sagte ja schon, dass wir deshalb Streit hatten und er sich schließlich durchgesetzt hat. Dann fingen die Drohungen an und wir zogen nach Kuusankoski. Eine Weile ging es gut, Tero hatte Arbeit und alles, aber irgendwie haben sie unsere Adresse rausgekriegt und Tero zog nach Lahti. Ich blieb noch ein Jahr und dann kam die Scheidung …«

Trotz ihrer harten Worte waren ihre Gefühle für ihren Mann noch nicht ganz erkaltet. Ihre Stimme brach.

»In Kuusankoski ging es uns richtig gut …, wir hatten eine schöne Wohnung und alles …«

»Und jetzt, was machen Sie jetzt?«

»Ich bin … Geht das die Polizei etwas an?«

»Nein, Entschuldigung.«

»Es ist natürlich auch kein Geheimnis, ich habe ein Blumengeschäft in Vantaa.«

»Dann ist Ihr Leben ja der reinste Tanz auf Rosen.«

Die Frau lachte. Huusko hatte das Gefühl, als hätte er erstmals ein wenig Zugang zu ihr gefunden. Er beschloss, nicht lockerzulassen.

»Können Sie sich vorstellen, warum ich nach Ihrem Exmann frage?«

»Ich weiß aus den Fernsehnachrichten von dem Hammermord, und in der Zeitung stand, dass nach Eki gefahndet wird. Wahrscheinlich hängt es damit zusammen.«

»Ich ermittle in dem Fall und ich versuche, Eki zu finden.«

»Tero hat nichts damit zu tun.«

»Das nehme ich auch nicht an, ich befürchte nur, dass Eki gegen Ihren Exmann etwas im Schilde führt …«

»Glauben Sie, dass er Tero etwas antun will?«

»Einen anderen vermeintlichen Verräter hat er sich schon vorgeknöpft. Deshalb hoffe ich, dass Sie sich melden, wenn Sie etwas über den Aufenthaltsort Ihres Mannes erfahren.«

Die Frau antwortete nicht. Huusko wusste, dass sie nachdachte.

»Jede Kleinigkeit!«

»Bei Ihnen soll ich mich melden?«

»Ja, bei mir, Sie können mich jederzeit anrufen, auch mitten in der Nacht. Ich schlafe nie, höchstens am Arbeitsplatz.«

Die Frau lachte erneut. Huusko fand, dass ihr Lachen weich und sexy klang. Plötzlich wünschte er sich, er könnte sie sehen. Er gab ihr seine Handynummer.

»Ich werde dann extra lange aufbleiben und spät anrufen«, sagte sie und legte auf. Ihre schnurrende Stimme klang noch in Huuskos Ohren nach.

Er hatte sich gerade in bequeme Denkstellung zurechtgesetzt, als Jansson hereinkam, begleitet von einem verspäteten Klopfen. Entgegen seinen sonstigen Gewohnheiten setzte sich Jansson in Huuskos Verhörstuhl. Dieser war hart und unbequem und ein Teil seiner Verhörtaktik.

»Noch nichts Neues von Eki?«, fragte Jansson.

»Ich renne hinter ihm her wie ein wild gewordener Elch, aber der Kerl ist mir immer ein Stück voraus.«

Huusko berichtete kurz von den letzten Ereignissen. Jansson lauschte reglos. Dann fragte er: »Hast du das von Lare gehört?«

»Ja, eine natürliche Todesursache. Danach hat es aber nicht ausgesehen. Aber welche verdammten Gründe hätte Pekkala haben sollen, von weiteren Ermittlungen abzusehen, wenn er ein Verbrechen vermutete?«

»Keine.«

»Andererseits standen Pekkala und sein Chef auf Kriegsfuß mit Lare.«

»Helenius? Warum?«

»Ich habe die Kollegen vom Diebstahldezernat gefragt. Helenius und Pekkala haben beide gleichzeitig dort gearbeitet, und Lare hat einmal gedroht, einen der beiden zu erschießen. Er hat sogar den Ort genannt, zu dem sie kommen sollten. Keiner von beiden hat die Herausforderung angenommen, aber die Sache hat sie zusammengeschweißt. Als Helenius später zu den Gewaltdelikten wechselte, hat er dafür gesorgt, dass Pekkala nachrückte. Vielleicht wollen sie sich jetzt rächen, indem sie keinen Finger krumm machen, um den Tod ihres alten Feindes aufzuklären.«

»Pekkala steht im Ruf, ein guter Ermittler zu sein«, bemerkte Jansson. »Man sollte meinen, dass er über solchen Dingen steht.«

»Die menschliche Natur ist manchmal sonderbar.«

Jansson stand auf.

»Eigentlich bin ich gekommen, um dir zu sagen, dass Lare morgen auf dem Friedhof von Malmi beerdigt wird. Ein Mann hat mich angerufen, der behauptet, Lares großer Bruder zu sein. Er lebt in Kanada und ist sofort nach Finnland gekommen, als er die Todesnachricht erhielt. Er möchte mit der Polizei sprechen. Bei der Gelegenheit könntest du dich umsehen, wer sonst noch zu der Beerdigung kommt.«

»Ist es nicht Pekkalas Fall?«

»Pekkala hat keinen Fall mehr, aber wir haben immer noch Eki. Jedenfalls kann es nicht schaden, wenn du hingehst. Außerdem habe ich es dem Bruder versprochen.«

»Nun, wenn es so ist.«

Nachdem Jansson gegangen war, konzentrierte sich Huusko wieder auf die Suche nach Tirronen. Er fand, dass es höchste Zeit war, seine besten und nützlichsten Informanten anzurufen, und begann bei Timppa Litmanen, der eine Autoteileverwertung in Tattarisuo besaß und sich außerdem als Hehler betätigte.

Huusko erreichte Litmanen in seiner Firma. Im Hintergrund war das Jaulen der Eckschleifmaschine zu hören.

»Wart mal, ich suche mir einen ruhigeren Ort.«

Das Scheppern von Blech war zu hören, anscheinend bahnte sich Litmanen seinen Weg durch den Schrott.

»So, jetzt kann ich sogar meine eigenen Gedanken hören.«

»Ich suche Tero Tirronen. Weißt du, wo ich den Mann finden kann?«

»Wieso glaubst du, dass ich das weiß?«

»Wer, wenn nicht du?«

»Ich betrachte das als Kompliment ..., okay, einiges weiß ich. Du redest von Tirronen mit drei T?«

»Von genau dem.«

»Er ist nach Lares Drohungen aus Helsinki abgehauen, hatte verdammt viel Schiss, und das nicht ohne Grund ... Und jetzt erzähl du mir, ob es Eki war, der Lare abgemurkst hat.«

»Ich weiß es nicht, bin nicht bis auf Sprechweite an ihn rangekommen. Weißt du, wo er sich aufhält?«

»Keine Ahnung. Wen suchst du, Tirronen oder Eki?«

»Mich interessieren beide.«

»Eki ist vielleicht in Schweden, dort hat er Kumpels. Hier kann er sich kaum zeigen, nachdem sein Bild in der Zeitung war.«

»Und Tirronen? Sein Streit mit Lare ist eine alte Geschichte.«

»Er ist vor einem Jahr wieder hier aufgekreuzt, ist auch zu mir gekommen und hat mir ein geklautes Auto angeboten ..., hab es natürlich nicht gekauft. Bei der Gelegenheit hat er erzählt, dass er bei irgendeiner Tussi in Vantaa wohnt. Gesundheitlich ging es ihm ziemlich dreckig.«

»Auch das ist schon eine alte Geschichte.«

»Dann weißt du ja mehr als ich. Willst du wissen, wo er danach hingezogen ist?«

»Ja, erzähl.«

»Hast du schon mal von der therapeutischen Einrichtung in Yläpuro gehört?«

»Gelegentlich.«

»Er soll dort als eine Art Helfer arbeiten, wohnt also im Haus.«

»Wie alt ist die Information?«

»Zwei Monate. Einer der Insassen von Yläpuro war hier und hat es erzählt.«

Wenn Huusko einmal in Fahrt gekommen war, war er ungeduldig wie ein Jagdhund, der eine frische Fährte verfolgte. Er zögerte nicht und legte keine Pause ein. Nach dem Gespräch mit Litmanen waren genau fünfundvierzig Minuten vergangen, als er auch schon in Yläpuro vorfuhr.

Unterwegs hatte er über die beste Taktik, Tirronen zu befragen, nachgedacht. Ein Junkie, der gerade Herr seiner selbst geworden war, verschloss sich leicht und zog sich in sich selbst zurück.

Das Heim stand am Rande eines sanft gewellten Getreidefeldes, auf der Rückseite waren Felsen und ein Fichtenwald. Das Hauptgebäude wirkte wie eine alte Volksschule. Es war weiß gestrichen und das Dach bestand aus grünem Blech. Zum Komplex gehörten außerdem zwei Wirtschaftsgebäude. Vor dem Haus standen zwei Lieferwagen und ein Pkw sowie mehrere rostige Fahrräder. Weit hinten am Feldrand tuckerte ein Traktor, dem eine Schar Möwen folgte. Die ganze Anlage wirkte sauber und gepflegt.

Huusko umrundete aus alter Gewohnheit das Haus und sah sich nach weiteren Ausgängen um. Tirronen hatte zwar keinen Grund zu flüchten, aber Huusko wollte auch nicht riskieren, mit seinen nagelneuen Turnschuhen hinter dem Mann über ein lehmiges Feld rennen zu müssen. Zum Glück lag hinter dem Gebäude so viel Baumaterial, dass sich die Tür nicht würde öffnen lassen.

Huusko klopfte an die Haustür und trat ein. Auf den Eingangsbereich folgte eine Art Gemeinschaftsraum. In der Ecke befand sich eine Kochnische mit Herd, Kühlschrank und Kaffeemaschine. Die Kanne war gefüllt und im Raum duftete es nach frischem Kaffee.

Von dem Gemeinschaftsraum ging ein Gang ab und gleich vorn war ein Zimmer, dessen Tür einen Spalt offen stand. Jemand tippte auf der Tastatur eines Computers. Huusko klopfte an.

Am PC saß ein etwa sechzigjähriger, fast kahlköpfiger Mann. Sein kräftiger Oberkörper steckte in einem engen Pullover mit V-Ausschnitt. Darunter trug er Hemd und Krawatte. Der Mann erhob sich.

»Hauptwachtmeister Huusko.«

Der Mann streckte die Hand aus. »Rajamäki. Ich habe mich also nicht getäuscht. Ich sah Sie durchs Fenster und habe es gleich geahnt. Mein erster Gedanke war: ein Polizist. Wer von unseren Kunden interessiert Sie?«

»Wo sind sie denn alle?«

»Wir besitzen etwa zehn Hektar Wald, ein Teil der Leute ist dort mit Rodungsarbeiten beschäftigt. Zwei sind draußen auf dem See und holen die Netze ein, und in der Werkstatt ist auch jemand. Die anderen sind hier und dort. Dies ist kein Gefängnis. Alle sind zur Arbeit angehalten, das gehört bei uns zum Rehaprogramm.«

Der Mann führte Huusko in den Gemeinschaftsraum und trat an die Kaffeemaschine.

»Möchten Sie?«

Huusko bekam einen Becher Kaffee und setzte sich mit dem Mann ans Fenster.

»Ich komme wegen Tirronen. Er steht nicht unter Verdacht, aber ich möchte ihn in einer alten Sache befragen.«

»Leider ist er nicht hier.«

»Ich habe aber das Gegenteil gehört.«

»Ja, er war hier, ist es aber nicht mehr.«

»Wann hat er das Heim verlassen?«

»Vor zwei Wochen. Ich weiß nicht, was plötzlich mit ihm los war, er hatte sich hier sehr wohl gefühlt und sogar eine neue Arbeit in Aussicht. Einer seiner Freunde besitzt eine Reinigungsfirma und hatte versprochen, ihn einzustellen.«

»Wie heißt der Freund?«

»Ich erinnere mich nicht. Der Mann hat hier mal angerufen, aber ich habe mir den Namen nicht gemerkt, der klang irgendwie schwierig, aber soweit ich verstanden habe, hat dieser Mann selbst einen Drogenhintergrund.«

»Loimukoski?«

»Ja, genau so hieß er, der Name klang irgendwie künstlich.«

»Hat Tirronen nicht erzählt, warum er ging?«

»Nein. Morgens war alles ganz normal, dann rief jemand an und er packte seine Sachen und verließ das Heim noch am selben Tag. Er erwähnte mit keinem Wort, warum und wohin er ging.«

»Wo kam der Anruf an?«

»Auf dem Apparat in meinem Zimmer. Ich bin hier der Leiter, der Sekretär, die Telefonzentrale, der Laufjunge, der Kaffeekocher und Saunaheizer.«

»War es eine Männerstimme?«

»Ja. Das Alter des Anrufers kann ich aber nicht einschätzen.«

»Und er hat keinen Namne genannt?«

»Nein, aber ich glaube, dass er betrunken war. Er sagte nur, dass er Tirronen sprechen wolle, es handle sich um etwas Wichtiges. Tero war in der Werkstatt, von dort habe ich ihn geholt. Ich bin natürlich nicht geblieben, um zu lauschen.«

»Und Tirronen hat sich nicht weiter über den Anrufer geäußert?«

»Nein, er hat nur gesagt, dass er wegmuss.«

»Hatte derselbe Mann früher schon mal angerufen?«

Rajamäki schüttelte den Kopf.

»Wir haben mit den Bewohnern ausgemacht, dass hier möglichst wenig angerufen wird. Es ist wichtig, dass sie zu ihrem bisherigen Leben Abstand gewinnen. Tirronen erhielt während seines Aufenthalts höchstens fünf, sechs Anrufe, die meisten von seiner früheren Frau. Sie hat ihn hier sogar einmal besucht.«

»Die Frau oder die Freundin?«

»Die Frau, die beiden haben ein gemeinsames Kind. Ich habe gehört, wie Tero sich nach dem Mädchen erkundigte. Die Frau hat anscheinend beruflich mit Blumen zu tun, denn sie sprach sehr sachkundig über diese Dinge. Wir besitzen ein Gewächshaus und sie schlug vor, dass wir Blumen für den Verkauf züchten sollten.«

Huusko blickte auf das Feld. Der Traktorfahrer wendete gerade und kam in derselben Spur wieder zurück, mit denselben Möwen hinter sich.

Die Frauen!, dachte er. Ihnen kann man nie vertrauen, vor allem nicht den geschiedenen. Und auch den Exknackis nicht, die in der Reinigungsbranche arbeiten, auch dann nicht, wenn sie eine hellgelbe Aura besitzen.

9.

Dem Haus sah man schon von außen an, dass seine Bewohner mit allen möglichen Geißeln geschlagen waren. Die böse Fee hatte sie am Tag ihrer Geburt mit reichlich Unglück, Hoffnungslosigkeit, Armut und Schande bedacht. Als Extrabonus hatten in dem düsteren Geschenkpaket noch Ehescheidungen, Trunksucht, Krankheit, juckenden Fußpilz, Schuppen, Zahnfleischentzündung und lose Zähne gesteckt.

Eine solche Anhäufung von Elend und Resignation hinterließ auch in der Umgebung ihre Spuren. Man sah sie und roch sie und trat hinein, wenn man nicht aufpasste.

Die Stadt bezahlte für die meisten Bewohner die Miete. Zahlungsprobleme gab es nicht. Alle anderen erledigten sich irgendwie von selbst.

Das längliche, hellgelbe Brettergebäude stand in einer Senke, vorne, zur Straße hin, war es niedriger und hinten, zum Wald hin, entsprechend höher. Zwischen Haus und Straße verlief eine Art Wallgraben, über den eine Treppe zur Eingangstür führte. An beiden Giebeln des Hauses befand sich ein kleiner Balkon.

Hinter dem Haus, im Schatten der Birken, standen ein roter Bretterschuppen und mehrere kleine, undefinierbare Hütten. Ringsum lagen Bauschutt und die Hinterlassenschaften von ehemaligen Bewohnern: billige Möbel, Geschirr und anderes Gerümpel.

Irgendjemand hatte in Erwartung des Sommers ein paar weiße Balkonstühle auf das platt getretene Stück Rasen gestellt. Das Wetter war kühl, sodass die Stühle vergebens auf Benutzer warteten. An schattigen Stellen lagen noch letzte Schneereste.

Raid lauschte und schaute sich zunächst um, dann stieg er die Stufen zum Vorbau hoch. Dort befand sich eine Art

Empfangstresen, der allerdings nicht besetzt war. Über eine Treppe gelangte man hinaus auf den Hinterhof und seitlich führte eine Tür in einen langen Gang. Zu beiden Seiten des Ganges gab es ein halbes Dutzend nummerierter Türen.

Die Haustür wurde geöffnet und ein langer, magerer Mann kam herein, er trug eine Plastikwaschschüssel mit feuchten Kleidungsstücken.

Raid trat vor ihn hin. Der Mann erschrak. Plötzlich angehalten zu werden bedeutete in seiner Welt, dass man verprügelt oder verhaftet werden sollte. Beidem entzog man sich möglichst.

»Wo wohnt der Legionär?«

»Eki, der Franzose?«

»Ja.«

Der Mann presste die Waschschüssel so fest an sich, dass sich der Rand nach innen bog.

»Wohnt er denn hier?«

»Das weißt du genau.«

Raids scharfer Ton erlaubte kein Ausweichen.

»Eki ist ein prima Kerl, ich will nicht, dass ...«, murmelte der Mann.

»Ich möchte nur mit ihm reden.«

»Er ist schon vor Tagen abgehauen und hat sich seitdem nicht blicken lassen ..., die Bullen haben auch schon nach ihm gefragt ...«

Raid zog einen großen Geldschein heraus und wickelte ihn um den Zeigefinger.

»Ich bin auf Ekis Seite. Du tust ihm einen Gefallen.«

Der Mann schielte auf den Schein. Seine schwache Natur konnte nicht lange widerstehen.

»Der Typ auf der Sieben weiß vielleicht Bescheid, die beiden haben manchmal zusammen Tischtennis gespielt, er bewahrt auch irgendwelches Zeug von Eki auf ..., Fotos und so was ...«

Raid reichte ihm den zusammengerollten Schein.

»Die Sieben ist die vorletzte Tür links. Bei dem Typen muss man aufpassen, er flippt manchmal total aus ...«

»Danke.«

»Erwähn mich aber nicht, er könnte sonst ...«

»Ich sag nichts.«

Raid horchte eine Weile an der Tür von Zimmer Nummer sieben. Der Mann mit der Wäsche glotzte ihm immer noch nach, Raid machte ihm mit dem Daumen ein Zeichen zu verschwinden, der andere gehorchte.

Aus dem Zimmer war laute Musik zu hören. Raid klopfte an, aber nichts geschah. Er klopfte lauter und die Tür wurde aufgerissen. Ein hoch gewachsener junger Mann stand da, er trug Tarnhosen und ein T-Shirt, um den Hals eine Kette mit einer Erkennungsmarke. Sein Haar war kurz rasiert und auch sonst wirkte er ziemlich militärisch.

»Ich suche den Legionär«, sagte Raid.

»Den suchen angeblich viele.«

»Hilf mir, dann finde ich ihn vor den anderen.«

»Warum klopfst du an meine Tür?«

»Jemand hat gesagt, dass du helfen kannst.«

»Wer ist dieser Jemand?«

»Kannst du oder kannst du nicht?«

»Ich kann eine Menge, ich weiß bloß nicht, ob ich will.«

»Eki ist mein Kumpel.«

»Dann meldet er sich bestimmt bei dir.«

Der Mann versuchte, die Tür zu schließen. Raid griff blitzschnell zu, und nach einem kräftigen Ruck landete der Mann mitsamt der Tür auf dem Flur. Raid ging an ihm vorbei und trat ins Zimmer.

Der Mann besann sich kurz, nahm dann Anlauf und stürzte sich auf den Eindringling. Raid wich aus und der Mann landete auf dem Nachttisch, der unter ihm zerbrach.

»Nur ruhig, nichts kaputtmachen«, sagte Raid.

Der Mann trat gegen das zerbrochene Möbel, griff sich eins der Beine und schwenkte es drohend gegen Raid.

Raid wehrte mit einem roten Hocker die Schläge ab und schmetterte das Möbelstück schließlich mit der Kante gegen die Schläfe des Mannes. Der ging in die Knie und kippte dann vornüber.

Außer einem Bett, dem Hocker, einem kleinen Regal und dem nunmehr ehemaligen Tisch gab es im Zimmer nur noch einen Kleiderschrank aus Spanplatten. Raid sah unter das Bett, aber dort war nichts weiter als eine Ansammlung faustgroßer Staubbälle. Im Schrank lagen ein Stapel Pornohefte, Kleidungsstücke und eine schwarze Sporttasche. Raid nahm die Tasche heraus, stellte sie aufs Bett und setzte sich daneben.

Die Tasche war prall gefüllt und sehr systematisch gepackt. Zuoberst lag ein Pappkarton, er enthielt ein *Képi blanc,* die Kopfbedeckung der Legionäre, und eine hellgraue Uniform. Darunter lagen ein dunkelblauer Paradegürtel aus Stoff, einige Medaillen und eine Kokarde. Auf einer der Medaillen war eine Granate zu sehen, aus der sieben Flammen züngelten. Unter der Uniform lagen zwei Fotoalben mit Pappdeckel und ein wasserdichter Plastikbeutel.

Der bis dahin bewusstlose Zimmerbewohner regte sich und eins seiner Augen öffnete sich zu einem Schlitz.

»Ruh dich besser noch einen Augenblick aus«, empfahl Raid ihm.

Auf dem Deckel der Alben stand der Name des Besitzers, dahinter in Klammern der Name der Legion, dazu die Jahreszahlen 1959–69.

Die Fotos dokumentierten Ekis militärische Laufbahn und die Orte, an denen er agiert hatte. Die ersten Aufnahmen zeigten, wie er das *Képi blanc* von einem streng aussehenden Oberst entgegennahm. Es folgten ein paar Szenen aus dem Nachtleben von Marseille, dann kam schon der Ernst des Lebens in Algerien. Eki posierte gemeinsam mit zwei anderen Legionären hinter einem schweren Maschinengewehr.

Darunter standen das Datum, der Ort und die Namen der beiden Kameraden. Über dem Kopf des einen war ein kleines Kreuz eingezeichnet. Unten wiederholte sich das Kreuz mit dem Vermerk: *Erik, 1960 in Algerien gefallen.*

Zum Ende hin gab es weniger Fotos mit Menschen, stattdessen Aufnahmen von zerstörten Objekten: gesprengte Brücken, verbeulte Kanonen, verbrannte Häuser.

Das zweite Album war nur noch bis zur Hälfte gefüllt. Das letzte Foto zeigte ein verbranntes Haus, vor dem ein halbes Dutzend Leichen lagen. Drei der Opfer waren Frauen, eine von ihnen lag auf dem Rücken, an ihrer Brust hing ein wenige Monate altes Kind. Unter dem Foto stand in Blockbuchstaben: *WENN WIR GUT SIND, WOFÜR WERDEN DANN DIE BÖSEN GEBRAUCHT?*

Raid packte alles wieder ein und zog den Reißverschluss zu. Dann stellte er die Tasche an ihren ursprünglichen Platz zurück.

Der Zimmerbewohner hatte sich inzwischen mühevoll auf die Knie erhoben. Er hielt sich den Kopf. Raid ließ kaltes Wasser in ein halbwegs sauber aussehendes Glas laufen und reichte es ihm. Der Mann nahm es und goss sich das Wasser übers Gesicht.

Raid half ihm hoch.

»Jetzt können wir uns in aller Eintracht unterhalten.«

Der Mann setzte sich auf die Bettkante und rieb sich das Gesicht.

»Scheiße, von wegen«, knurrte er. »Mein Kopf tut weh.«

»Willst du noch mehr Wasser?«

»Scheiße, als ob da Wasser hilft ...«

»War die Polizei inzwischen hier?«

»Ja, gestern Abend.«

»Wann ist Eki abgehauen.«

»Am Tag.«

»Warum wird er gesucht?«

»Sie behaupten, dass er jemanden getötet hat.«

»Und hat er?«

»Dazu sag' ich nichts, aber Eki hat jedenfalls erzählt, dass noch ein paar andere als nur Bullen hinter ihm her sind.«

»Hat er Namen genannt?«

»Sag mir einen Grund, warum ich dir das verraten soll.«

»Ich bin hinter denen her, die hinter Eki her sind.«

Der Mann überdachte die Bedeutung der Worte.

»Er hat gesagt, dass er auf große Zehen getreten ist und dass alles damit zu tun hat.«

»Was hat er damit gemeint?«

»Große Zehen, große Füße ..., er hat irgendeinen großen Boss angezählt.«

»Nämlich wen?«

»Einen Namen hat er natürlich nicht genannt, auch nicht die Sozialversicherungsnummer. Ich hab bloß kapiert, dass es irgendein alter Bekannter von früher ist.«

»Was hat er erzählt?«

»Dass er nichts getan hat und dass es mit einer anderen, alten Geschichte zusammenhängt. Er war ziemlich durch den Wind ..., hat gesagt, die wollen alles so hindrehen, dass er als Mörder eines seiner Kumpels dasteht.«

»Welcher Kumpel?«

»Hat er nicht gesagt. Die beiden kennen sich jedenfalls schon seit der Kindheit. Er hat seinen Krempel zusammengepackt, hat mir die Tasche zur Aufbewahrung gegeben und ist abgehauen.«

»Was hast du der Polizei erzählt?«

»Nichts, und dir hab ich auch nichts erzählt.«

»Nein, hast du nicht. Kennt ihr euch gut, du und Eki?«

»Wie man sich hier eben so kennen lernt. Wir haben viel von der Legion geredet, diese Sachen interessieren mich ..., ich hatte selbst mal vor, dort einzutreten ... Manchmal haben wir Tischtennis gespielt, hatten wohl einen ganz guten Draht zueinander.«

»Warum hat er gerade dir seine Sachen gegeben?«

»Wem sonst? Die anderen hier sind hoffnungslose Säufer oder durchgeknallte Junkies.«

»Wohin sollst du die Sachen bringen?«

»Nirgendwohin.«

»Hat er dir seine Handynummer gegeben?«

»Nee, bestimmt nicht.«

»Möchtest du, dass dein Tischtennispartner getötet wird?«

»Was soll die Frage?«

»Je länger es dauert, bis ich seine Spur finde, desto sicherer stirbt er.«

»Für wen arbeitest du?«

»Für Freunde.«

»Ein Freund kann der schlimmste Feind sein.«

»Oder umgekehrt. Und seine Frau? Eki war verheiratet.«

»Ja, er hat mir von dieser so genannten Ehe erzählt. Er war zum dritten Mal verheiratet, und diese Tussi, die er zuletzt hatte, war die schlimmste, hat er gesagt. Sie haben nur zwei Wochen zusammengewohnt, dann ist die Alte abgehauen und hat sein Geld mitgenommen.«

»Kannst du mit einer Waffe umgehen?«, fragte Raid.

Der Mann sah ihn misstrauisch an.

»Eine Waffe, mit der ich nicht umgehen könnte, gibt es nicht.«

Raid zog eine automatische Pistole aus der Tasche und reichte sie ihm.

»Nimm.«

Der Mann nahm die Waffe zögernd entgegen, wog sie in der Hand und spannte sie.

»Was soll ich damit?«

»Wenn du glaubst, dass ich Ekis Feind bin, erschießt du mich. Glaubst du es nicht, erzählst du mir, wo ich ihn finde. Andere Alternativen gibt es nicht.«

Der Mann hob die Waffe, starrte erst sie und dann Raid an. Er brauchte zehn Sekunden für seinen Entschluss.

Er gab Raid die Waffe zurück.

»Sie wäre sowieso nicht geladen gewesen.«

»Meinst du?«

»Ich weiß nicht, wo Eki ist, aber ich weiß ein paar Stellen, wo er sein könnte. In Pirkkola besitzt ein Freund von ihm eine Hütte im Wald. Dort hat er manchmal übernachtet. Die andere Alternative ist ein alter Kahn direkt in der Stadt ..., er hat mal erzählt, dass er im Sommer auf einem alten Trawler von einem Kumpel wohnen will. Der Kumpel hat sich das Ding aus Dänemark geholt und bewohnbar gemacht. Sogar eine Sauna gibt es. Eki hat gesagt, dass er da umsonst wohnen kann und sogar noch Knete kriegt, wenn er den Motor repariert, er hat in der Legion eine Mechanikerlehre gemacht.«

»Und weiter?«

»Reicht das nicht?«

»Alles kann mir helfen.«

»Von dem Kahn hat man angeblich eine Aussicht, für die man sonst eine Million berappen muss.«

»Das trifft auf jede Bude in Helsinki zu, die am Meer liegt.«

»Er hat gesagt, dass er seinen Morgenkaffee auf dem Markt trinken kann.«

»Schon besser.«

»Soll ich etwa eine Karte zeichnen?«

»Das würde helfen.«

»Er hat sich darüber aufgeregt, dass der Kahn blau angestrichen ist, und meinte, der müsste weiß sein. Such nach einem blauen Trawler, solche Dinger liegen bestimmt nicht an jedem Kai.«

10.

Das Büro von *Putz-Liisa* war eleganter, als Huusko erwartet hatte. Da Jäppinen-Loimukoskis auf dem ästhetischen Auge praktisch blind war, musste es die Frau gewesen sein, die für den Stil der Einrichtung gesorgt hatte.

Das Büro befand sich in einem Industriegebäude in Pitäjänmäki. Huusko fuhr mit dem Lastenaufzug in die vierte Etage und irrte eine Weile durch die grau gestrichenen Gänge, bis er die richtige Tür fand.

Die Geschäftsführerin Liisa Helenius-Loimukoski öffnete ihm persönlich. Zu Huuskos Überraschung wirkte sie erfreut. Normalerweise freute sich niemand, wenn die Polizei kam.

Die Frau zog Huusko herein und holte sofort Tee.

»Welche angenehme Begegnung«, sagte sie und stellte die gefüllte Tasse und einen Teller mit Schokoladenkeksen vor ihm auf den Tisch.

»Heute Morgen habe ich zu Timo gesagt, dass dies ein guter Tag wird.«

»Und, stimmte es?«

»Alles hat geklappt. Erst haben wir einen neuen Großkunden gewonnen, dann konnten wir uns mit dem Vermieter über die Verlängerung des Mietvertrages für unser Büro einigen, und nun noch dies.«

»Der Besuch der Polizei wird im Allgemeinen nicht als Glücksfall gewertet.«

»Es ist auch weniger Glück als vielmehr eine Fügung. Ich habe das starke Gefühl, dass es kein Zufall war, dass Sie gerade jetzt in Timos Leben und vielleicht auch in meines geführt wurden.«

»Und warum?«

»Seit ihr beide euch getroffen habt, ist Timo viel ruhiger. Es scheint, als hätte er einen Teil der Last, die er in seinem Inneren trägt, abgeworfen. An solchen Dingen hat man schwer zu tragen.«

Huusko nickte.

»Ich verstehe gut, dass Sie Ihre Zweifel an der Beziehung zwischen Timo und mir haben. Ich selbst habe keinen Augenblick gezweifelt und bin nicht enttäuscht worden. Ich verlange von Timo absolute Ehrlichkeit und er darf dasselbe von mir verlangen. Er ist stellvertretender Geschäftsführer der Firma, womit er genug zu tun hätte, aber er möchte trotzdem selbst putzen. Auch momentan ist er …, ich will damit sagen, dass er längst Gelegenheit gehabt hätte, zu verschwinden, wenn er es gewollt hätte.«

»Ich wünsche Ihnen alles Gute.«

»Aber Sie befürchten das Schlimmste, das entspricht wahrscheinlich den Erfahrungen eines Polizisten.«

Huusko sah sich um.

»Sie haben hier schöne Räume.«

Das Beratungszimmer war groß und freundlich. Am Tisch hatten mehr als zehn Personen Platz. Die Möbel waren leicht, modern und wirkten teuer. Bei der Anschaffung war nicht gespart worden. An der Wand hingen große Aquarelle in hellen Farben.

Das Arbeitszimmer der Geschäftsführerin war ebenfalls teuer eingerichtet. Der Chefsessel bestand aus Leder und Aluminium und der Tisch aus Glas.

»Wir sind seit drei Jahren hier, und heute konnten wir sicherstellen, dass wir mindestens weitere fünf Jahre bleiben können.«

»Erfolg ist eine feine Sache.«

»Haben Sie etwas mit Timo zu besprechen?«

»Ja, aber mit Ihnen auch.«

»Ich fände es besser, wenn wir uns duzen. Ich habe meinen Mitarbeitern verboten, mich zu siezen, und ich selbst sieze auch niemanden. Jetzt habe ich dich gesiezt. Wahrscheinlich ist es die Autorität des Polizisten, die das bewirkt.«

»Hast du viele Mitarbeiter?«

»Etwa sechzig.«

»*Putz-Liisa* ist also keine kleine Firma.«

»Eine mittelgroße. Aus meiner Sicht gerade richtig. Man hat versucht, die Firma zu kaufen, und wir hätten unsererseits eine größere Firma kaufen können, aber ich möchte es gern bei dieser Größe belassen. So ist der Betrieb überschaubarer, menschlicher.«

»Ich möchte Sie … dich nach jemandem fragen.«

»Nur zu.«

»Sagt dir der Name Tirronen etwas?«

»Ist bei uns nicht beschäftigt«, erwiderte sie überzeugt.

»Du hast den Namen noch nie gehört?«

Sie überlegte kurz. Dann holte sie einen grauen Ordner aus ihrem Arbeitszimmer und blätterte darin.

»Tirronen, Tero, meinst du ihn?«

»Eben den.«

»Jetzt erinnere ich mich … Timo hatte mich gefragt, ob wir einen seiner alten Bekannten einstellen können, diesen Tirronen, ein ehemaliger Krimineller. Ich habe zu Timo gesagt, dass ich völlig auf sein Urteilsvermögen vertraue. Timo hat dem Mann daraufhin eine Zusage gegeben, aber der ist dann nicht erschienen.«

»Hast du ihn mal getroffen?«

»Nein.«

»Steht in dem Ordner seine Adresse oder Telefonnummer?«

Sie gab ihm den Ordner und Huusko fand darin die Adresse und Telefonnummer des Heimes in Yläpuro. Er gab den Ordner zurück.

»Jeder Mensch hat mehrere Chancen verdient. Es ist mir lieber, jemand enttäuscht mein Vertrauen, als dass ich einen anderen enttäusche.«

»Schön gedacht.«

Die Frau sah Huusko mitfühlend an. »Die Arbeit eines Polizisten ist bestimmt schwer für die Seele. Überall Gewalt, Bosheit und Falschheit. Ich kann mir vorstellen, dass man dabei die Fähigkeit verliert, von anderen Gutes zu denken.«

»Stimmt, aber nur teilweise.«

»Hast du noch mehr Fragen an mich?«

»Eine Sache noch. Ich möchte gern wissen, wo ich Timo finde.«

Huusko zapfte sich aus dem Getränkeautomaten, der an der Tür stand, einen Becher mit frischem Wasser. Er schlängelte sich damit zwischen den fabrikneue, glänzenden Autos hindurch und entdeckte die Treppe, die in den Gebrauchtwagenhimmel führte. Am Fuße der Treppe befand sich ein Verkaufsstand für Geschenkartikel und Huusko studierte den Inhalt der Glasvitrine. Jansson war ein Mercedesfan, er könnte ihm einen Schlüsselanhänger mit Stern oder einen silbergrauen Kugelschreiber kaufen. In der Vitrine lag auch eine Armbanduhr, aber ein so teures Geschenk bedeutete bereits eine Korrumpierung des Vorgesetzten, fand Huusko.

Er stieg die Treppe hoch und ließ selbst die verlockendsten Gebrauchtwagenangebote außer Acht.

Oben angekommen, setzte er sich auf ein bequemes Sofa im Gang und nahm einen Schluck aus seinem Becher.

Loimukoski schob eine rotierende Bohnermaschine durch den Bürotrakt des Autohauses. Huusko saß da und wartete.

Loimukoski trug einen weißen, tadellos sauberen Arbeitskittel, in der Brusttasche steckten ein blauer, ein grüner und ein gelber Kugelschreiber. Man hätte ihn für einen Arzt halten können, hätte nicht auf dem Rücken des Kittels mit blauen Buchstaben die Aufschrift *Putz-Liisa* gestanden.

Loimukoski war so fasziniert von der Bohnerscheibe, dass er Huusko nicht bemerkte. Er zog die Maschine zurück in die Richtung, aus der er gekommen war, und arbeitete weiter. Huusko trat hinter ihn und schlug ihm leicht auf den Rücken. Der Mann erschrak dermaßen, dass er die Bohnermaschine losließ, die eine Weile allein vor sich hin rotierte.

»Hanski!«

»Mach eine Kaffeepause, ich muss mit dir reden.«

»Eigentlich kann ich nicht ...«

»Es ist dienstlich. Soll ich vielleicht den Chef dieser Firma um Erlaubnis fragen?«

Loimukoski beugte sich der Notwendigkeit. Er schob die Bohnermaschine beiseite und schaltete sie ab.

»Unten ist ein Kaffeeautomat, da gibt es kostenlosen Kaffee.«

Loimukoski benutzte den Automaten, der für die Kunden des Autohauses gedacht war, als wäre es sein eigener. Er füllte zwei Pappbecher und reichte Huusko einen davon.

»Natürlich plaudere ich gern mit dir, aber ich habe heute noch ein weiteres Objekt ...«

»Es dauert nicht lange.«

»Wie hast du hergefunden?«

»Ich bin Polizist.«

»Ja, klar, ich hab es fast vergessen ... Was hast du mit dienstlicher Angelegenheit gemeint?«

»Du hast mich reingelegt.«

»Hab ich nicht«, sagte Loimukoski gedehnt und betrachtete die Wände.

»Du hast behauptet, dass du keine Ahnung hast, wo Tirronen ist. Er war in Yläpuro und du hast es gewusst.«

»Wer hat das ...?«

»Ich habe mit dem dortigen Leiter gesprochen. Er hat erzählt, dass Tirronen in eurer Firma anfangen sollte.«

»Stimmt. Er sollte, ist aber nicht gekommen.«

»Warum hast du mir das nicht gesagt?«

»Unsere Begegnung kam so überraschend ...., ich wollte Zeit zum Nachdenken haben. Einen alten Kumpel verpfeift man nicht einfach.«

»Wenn ihr alte Kumpel seid, kannst du mir sicher erzählen, vor wem Tirronen solche Angst bekommen hat.«

»Sorry, aber das weiß ich nicht. Er hat mich angerufen und gesagt, dass er aus Yläpuro abgehauen ist und bei uns nicht putzen kann, jedenfalls nicht gleich, aber den Grund hat er nicht genannt.«

»Und du hast nicht gefragt?«

»So was fragt man nicht. Wenn ein Typ wie Tirronen nicht kommt, obwohl er es versprochen hat, muss er einen guten Grund haben.«

»Was vermutest du? Eki?«

»Nein.«

»Warum nicht?«

Loimukoski wich wieder Huuskos Blicken aus.

»Die beiden haben sich getroffen und alles war ganz okay. Eki wollte, dass Tirronen einem Bekannten das mit der fingierten Zeugenaussage erklärt. Tirronen hat zugesagt, die Geschichte hatte ihm wirklich schwer zu schaffen gemacht. Eki hätte ihm nichts getan, im Gegenteil, er hat ihm noch geraten, unterzutauchen, damit nichts passiert.«

»Was hat Eki damit gemeint?«

»Dass jemand versuchen könnte, Tero zum Schweigen zu bringen oder einzuschüchtern.«

»Wie hatte Eki ihn gefunden?«

»Er ist in den Blumenladen seiner Frau gegangen und hat gesagt, dass Tero sich bei ihm melden soll. Das hat Tero gemacht, und Eki hat ihm gesagt, wo er hinkommen soll.«

»Wann haben sie sich getroffen und wo?«

»Vor gut einer Woche ..., bevor Eki das mit Tammela gemacht hat ...«

»Wo war das Treffen?«

»Irgendwo in der Stadt, ich weiß es nicht.«

»Eben wusstest du aber eine ganze Menge Dinge, die du mir verschwiegen hattest.«

»Wie ich schon sagte, es kam alles so plötzlich.«

»Inzwischen hattest du Zeit zum Überlegen. Wo ist Eki jetzt?«

Loimukoski schüttelte den Kopf.

»Und Tirronen?«

»Er hat ein paar Nächte bei einem gemeinsamen Kumpel gepennt, aber da ist er nicht mehr.«

»Bei welchem Kumpel?«

»Du kennst ihn nicht ..., ein gewöhnlicher Typ, kommt nicht aus dem Milieu.«

»Wie wär's, wenn du rumfragst?«

Loimukoski bemerkte, dass in Huuskos Stimme Spott lag, ließ sich aber nicht irritieren.

»Kann ich machen. Ich rufe dich sofort an, wenn ich etwas höre.«

»Tu das.«

11.

Tattarisuo war ein großes, unübersichtliches Gelände mit soliden Industriehallen, wackeligen Baracken, Lagern von Baufirmen, Autoteileverwertungs- und Reparaturwerkstätten. Schrott in all seinen Erscheinungsformen prägte den Ort.

Raid suchte fast eine Stunde, ehe er die Blechhalle fand, an deren Vorderseite eine Stange mit einem Automotor aufragte. Am Giebel der Halle stand in gelber Schrift: *Autoteile Litmanen KG.* In der Nähe gab es zwei weitere ähnliche Werkstätten und überall lagen Autowracks, denen dieses oder jenes Teil fehlte. Ein reifenloses Auto stand auf Ziegelsteinen, bei einem anderen war das Dach abgeschnitten und von einem dritten war nur noch der türlose Mittelteil übrig. Im Motorraum herrschte jeweils gähnende Leere, nur die Enden der Elektrokabel waren übrig geblieben.

Raid fuhr an Litmanens Halle vorbei und stellte sein Auto hinter der nächsten Straßenecke ab.

Es war kurz nach sieben Uhr abends und die meisten Firmen hatten bereits geschlossen. Gearbeitet wurde nur noch dort, wo man keine gesetzlich vorgeschriebene Überstundenbezahlung kannte, wo die Gier des Besitzers die Grenzen bestimmte.

Gleich bei der ersten Werkstätte, an der Raid vorbeikam, stürzte ein großer Mischlingshund bellend hinter dem Gebäude hervor. Er folgte Raid, so weit der Zaun reichte, dann blieb er stehen und starrte ihm hinterher.

Am nächsten Tor hing zwar ein Warnschild, aber es war kein Hund zu sehen, erst wieder beim nächsten Objekt, und dieser Hund folgte dem Beispiel des ersten, wobei er wie ein Irrer am Zaun kratzte.

Aus der folgenden Werkstatt war ein dumpfes Bellen zu hören.

Raid wunderte sich, warum zur Bewachung von Autoteilen und rostigem Schrott so viele wütende Hunde gebraucht wurden.

In Litmanens Werkstatt schimmerte Licht hinter den Fenstern, auf dem Vorplatz standen zwei Autos, die sicher nicht zum Verschrotten gebracht worden waren.

Es gab keine Klingel und Raid schlug mit den Knöcheln gegen die Blechtür. Drinnen ertönte träges Gebell, das in leises Knurren überging.

»Ruhig, Roope«, kommandierte eine Männerstimme. Dann brüllte der Mann durch die Tür: »Wir haben schon geschlossen, kommen Sie morgen wieder.«

Raid klopfte erneut und die Tür sprang auf. Der Mann, der durch den Spalt blickte, trug einen Overall, der von den Spritzern des Schneidbrenners durchlöchert war, dazu eine Schirmmütze ohne Schirm. Der Hund, ein schwarzbrauner Rottweiler, nutzte die Gelegenheit und schlüpfte hinaus, um auf dem Gelände eine Kontrollrunde zu drehen. Raid riss die Tür ganz auf, schob den Mann vor sich in die Halle und zog die Tür hinter sich zu. Der verblüffte Hund kratzte draußen am Blech.

Die Halle war gefüllt mit einem Sammelsurium von abmontierten Autoteilen. Auf dem Fußboden lagen, auf Ladeflächen aufgereiht, Automotoren. Mit weißer Farbe waren jeweils der Autotyp und das Jahresmodell vermerkt. Im hinteren Teil stand eine drei Meter hohe Regalreihe, in der kleinere Teile lagerten, Getriebekästen, Anlasser und Akkus. An der linken Wand war ein Gang von knapp einem Meter Breite frei gelassen worden.

»Arbeitsschutzbehörde Uusimaa, Inspektion der Sozialräume.«

»Der Chef ist …«

Raid schob den Mann weiter vor sich her.

»Zeigen Sie mir die Sozialräume.«

Der Mann versuchte, zu entwischen, aber Raid packte ihn am Kragen seines Overalls.

»Keke! Timppa! Hier ist jemand, der behauptet …«

Raid drückte dem Mann die Waffe an den Hinterkopf.

»Nicht so laut.«

Aus der Halle führte eine Tür in einen Nebenraum. Raid stieß den Mann dort hinein und folgte ihm.

Zwei Männer saßen an einem Tisch, vor ihnen lagen Spielkarten, außerdem standen auf der Platte eine Batterie Bierflaschen und ein voller Aschenbecher. Die Männer waren völlig perplex. Einer von ihnen sah wie der Chef aus. Er trug eine schwarze Lederjacke und ein hellblaues Hemd, sein Bauch quoll über den Gürtel. Der andere war jünger und kleiner und wirkte insgesamt schäbiger.

»Direktor Litmanen?«, fragte Raid.

»Das bin ich, aber wir haben für heute schon geschlossen, wenn Sie vielleicht …«

Raid hob die Waffe.

»Sehe ich wie ein Schrottkäufer aus?«

Litmanen stand auf und sog die Lungen voll Wut.

»Jetzt ist Schluss mit dem Scheiß, in Litmanens Firma haben Drogenheinis nichts zu suchen!«

Raid ließ den Blick schweifen.

Hinten im Raum stand eine Pritsche, die mit einer grauen Decke bedeckt war, daneben befand sich eine Metalltür.

Litmanen wetterte weiter.

»Du hast zehn Sekunden Zeit zu verschwinden, sonst …«

»Ich suche den Legionär«, sagte Raid.

»Du suchst hundertprozentig am falschen Ort, ich habe ihn seit mehr als einem Jahr nicht gesehen.«

Raid fragte die beiden anderen Männer. »Und ihr?«

Sie wechselten einen Blick und schüttelten gleichzeitig die Köpfe.

»Zuletzt vor einem Jahr«, sagte der Mann im Overall. Der andere murmelte etwas und blickte scheu auf seine Füße.

»Ihr habt falsch verstanden. Ich suche Eki, weil ich ihm etwas geben möchte.«

»Ja, sicher«, sagte Litmanen. »Was soll das denn sein?«

»Eki kriegt eine große Geldsendung. Ich brauche eine Quittung.«

Litmanen lachte.

»Hat er im Lotto gewonnen?«

»Nein.«

»Ob Geld oder nicht, wir haben ihn nicht gesehen.«

»Eki hat nichts zu befürchten.«

»Er fürchtet sich auch nicht.«

»Wo ist der vierte Spieler?«

Auf dem Tisch lagen vier Kartenhaufen.

»Welcher verdammte vierte …?«

Raid zeigte mit der Pistole auf die Karten und dann auf die Metalltür.

»Was befindet sich dahinter?«

Der Mann im Overall hatte die Hand verstohlen zu einer Eisenstange ausgestreckt, die am Regal lehnte. Plötzlich packte er zu und hob sie zum Schlag gegen Raid. Der wich aus und die Stange traf auf den Kartentisch. Bierflaschen, Zigarettenkippen und Spielkarten verteilten sich über den Raum. Mit der einzigen Flasche, die auf dem Tisch stehen geblieben war, schlug Raid dem Mann auf den Hinterkopf. Er sank in die Knie.

Auch Direktor Litmanen fasste Mut und tastete unter der Jacke nach seiner Pistole. Als er sie hervorzog, schoss Raid sie ihm aus der Hand. Die Pistole verschwand im übrigen Gerümpel.

Raid hob seine Waffe und rief mit lauter Stimme durch die

Wand: »Ich muss dich sprechen, Eki, wir sind alte Bekannte. Wir sind uns vor gut zehn Jahren in Stockholm begegnet.«

Die Metalltür wurde aufgestoßen und Raid blickte in den abgesägten Doppellauf einer Flinte. Er wich hinter die im Regal aufgestapelten Getriebekästen und Antriebswellen zurück. Der erste Schuss traf das schwere Metall, der zweite die Rückwand der Halle.

Der Mann, der die Schüsse abgefeuert hatte, zog die Tür sofort wieder zu und flüchtete, aus den Geräuschen zu schließen, durchs Fenster. Raid öffnete vorsichtig die Tür. Das Fenster stand offen und der Raum war leer. Es war ein langer, schmaler Schlauch, der anscheinend als Lager diente. An der Wand waren Berge von Pappkartons aufgestapelt, die Videogeräte und andere Unterhaltungselektronik zu enthalten schienen.

Raid sah aus dem Fenster, das auf einen Zwischenhof hinausging. Der mit einer Tarnjacke bekleidete Schütze hangelte sich gerade über den Bretterzaun zum Nachbargrundstück. Für seine Größe war er überraschend behände, er hatte das Hindernis rasch überwunden.

Raid kehrte zu den anderen zurück. Litmanen suchte gerade zwischen zwei öligen Motoren nach seiner Waffe. Der Mann, der den Schlag mit der Flasche abbekommen hatte, hielt sich den Kopf, der dritte war verschwunden.

Raid riss Litmanen hoch.

»War das Eki?«

»Welcher Eki?«

Raid hatte die Diskussionen satt und schlug Litmanen mit der flachen Hand auf die Wange. Von dem kräftigen Schlag wäre dieser fast gestürzt.

»Ich habe doch gesagt, dass er nichts zu befürchten hat. Würde ich sonst hinter einem erwachsenen Mann herlaufen?«

»Mir hat er gesagt, dass ihm, außer der Polizei, jemand auf den Fersen ist, der ihn töten will.«

»Einbildung.«

»Ich jedenfalls glaube ihm.«

»Wie lange war Eki hier?«

»Eine Nacht.«

»Ich will seine Sachen sehen.«

Litmanen zeigte auf die Tasche, die hinter der Pritsche stand.

Raid untersuchte den Inhalt, fand jedoch nur eine fast volle Whiskyflasche, eine Hose und zwei Hemden. In einer der Hosentaschen steckte eine zerknitterte Quittung, der zu entnehmen war, dass Eki in einem Laden für Bootsbedarf zwei Lager für Kurbelstangen gekauft hatte. Die Quittung war zwei Wochen alt.

Der Mann, dem Raid die Flasche auf den Kopf geschlagen hatte, stand schwankend an der Wand. Raid führte ihn zum Bett.

Der andere ließ sich fallen.

»Mir ist schwindelig.«

»Dann ist es besser, du bleibst liegen. Wer ist euer dritter Mann, der, der eben noch hier war?«, fragte Raid dann den Chef.

»Er macht für mich Montagearbeiten.«

»Und er holt nicht etwa Verstärkung?«

»Nein.«

»Was glaubst du, wohin Eki jetzt geht?«

»Ich weiß es nicht, er kam hierher, weil er keinen anderen Platz wusste. Er hatte zwei Monate in einem Wohnheim in Kumpula gewohnt, aber nach der Sache mit dem Hammer musste er schleunigst von da verschwinden …«

Der verloren gegangene dritte Mann kam plötzlich hinter den Regalen hervor und zielte mit einer Pistole auf Raid. Seine Hand zitterte so stark, dass er die andere zu Hilfe nehmen musste.

»Hände hoch!«

»Lass gut sein, Pepe«, sagte Litmanen.

»Nein. Warum sucht er nach Eki?«

Raid stand am Fenster, die linke Seite dem Schützen zugewandt. Er ergriff eine Zündkerze, die auf dem Fensterbrett lag, und warf sie dem Mann an die Stirn. Ein lautes Knacken war zu hören und der Mann ließ die Waffe fallen. Raid hob sie auf, bevor er Litmanens Befragung fortsetzte.

»Hast du Ekis Telefonnummer?«

»Nicht die neue.«

»Und du?«, fragte Raid den zitternden Schützen. Der Mann hielt sich die blutende Stirn.

»Der weiß nicht mal so viel«, sagte Litmanen und tippte sich an die eigene Stirn.

»Eki ist mein Kumpel. Wir haben zusammen Kutscherskat gespielt.«

»Pepe wohnt ebenfalls hier«, sagte Litmanen und zeigte dabei auf die Pritsche.

»Eki ist prima«, sagte Pepe.

»Weißt du, wohin er gegangen ist?«, fragte Raid ihn.

»Ans Meer wahrscheinlich ...«

»Wieso?«

»Er hat gesagt, dass er an einen Ort geht, wo er aufs Meer sehen und vom Fenster aus angeln kann. Er hat mir versprochen, dass ich ihn vielleicht mal besuchen darf.«

»Es ist besser, du hältst dich von ihm fern«, sagte Litmanen streng.

Raid legte Pepes Waffe auf den Tisch.

»Falls er zurückkommt oder sich meldet, sagt ihm, er soll Sundman anrufen. Sundman kann ihm erklären, worum es geht.«

»Und worum geht es?«

»Bedaure, Schweigepflicht.«

Als Raid die Werkstatt verließ und die Tür öffnete, kam der ausgesperrte Hund hereingestürzt. Er rannte zu Litmanen, winselte schuldbewusst und drehte sich wie ein Kreisel.

»Dummer Hund, selten dummer Hund«, tadelte Litmanen ihn.

12.

Jansson fühlte sich ganz und gar nicht wohl in seiner Haut. Er schielte zu seiner Frau, die geschäftig herumlief und die Räume besichtigte.

Sie war eindeutig in ihrem Element. Jansson war es nicht, und erschwerend kam noch hinzu, dass er ein Holtergerät am Gürtel trug, das Eigentum der Helsinkier Universitätsklinik war. Es sah aus wie ein transportabler Stereorekorder älterer Bauart und besaß fünf Elektroden, die an Janssons Brust befestigt waren. Das Gerät maß seine Herztätigkeit und zeichnete sie auf. Jansson hatte die Aufgabe, jedes Mal einen Knopf zu drücken, wenn er das Gefühl hatte, dass das Herz unnormal reagierte. Außerdem musste er Tagebuch über die Symptome führen.

»Wenn ich richtig verstanden habe, ist die Wohnung nicht für Ihre Kinder gedacht«, sagte der Makler.

»Oh nein, die haben längst eigene Wohnungen«, bemerkte Janssons Frau stolz.

»Ich habe Sie so verstanden, dass Sie ein Investitionsobjekt suchen.«

Ein Investitionsobjekt, dachte Jansson. Er, der in jungen Jahren die rote Fahne geschwenkt und antikapitalistische Parolen gerufen hatte, suchte eine Anlagemöglichkeit für das Geld, das auf seinem Bankkonto schlummerte. Erst war er Polizist geworden, Bluthund der Bourgeoisie, dann ein Durchschnittsbürger, der die Raten für seinen Wohnungskredit abzahlte, und jetzt strebte er bereits in die besitzende Klasse. Er kam sich vor wie der schlimmste Renegat.

Die Tatsache, dass er nicht der Einzige war, machte ihm die Sache keineswegs leichter. Praktisch all seine alten Freunde hatten nach und nach ihre Banderolen abgelegt. Gestern hatten sie solidarisch die ganze Welt gerettet, heute wohnten sie in den teuren Stadtvierteln, und höchstens eine drohende Erhöhung der Kapitalsteuer oder der geplante Bau eines Männerwohnheims auf dem Nachbargrundstück brachte sie noch auf die Barrikaden.

Jansson merkte, dass er das Zertifikat der Grundstücksverwaltung anstarrte, ohne zu begreifen, was dort geschrieben stand. Er riss sich zusammen und überflog das Papier: Baujahr 1958, Material: verputzter Backstein, Wohnfläche: 42 Quadratmeter, Hausgeld: 400 Mark, zwei Geschäftsräume, sechs Garagen, Grundzustand gut.

»Sind größere Sanierungen zu erwarten?«

Das war eine Sprache, die der Makler verstand.

»Vor drei Jahren wurde das Dach erneuert. Gleichzeitig wurden die Rohre saniert und Dreifachfenster eingesetzt, die teuren Baumaßnahmen sind also bereits vorgenommen worden. Der Kredit, der dafür aufgenommen wurde, hielt sich in Grenzen, denn die Wohnungsgesellschaft hatte sich vorbildlich auf die Renovierung vorbereitet, und die Geschäftsräume im Erdgeschoss tun ein Übriges, die Kosten im Rahmen zu halten. Unten auf dem Blatt sind die Mieteinnahmen der Wohnungsgesellschaft vom vergangenen Jahr angegeben.«

»Ja, ich sehe«, murmelte Jansson.

»Ich glaube, dass ein Haus in dieser Wohngegend das beste Investitionsobjekt ist, das sich denken lässt. Die Dienstleistungen sind gut und verbessern sich ständig, die Verkehrsanbindung ist ausgezeichnet und die Infrastruktur faktisch fertig.«

Jansson schaute hinaus und bewunderte die Infrastruktur. Das Haus stand auf einem Hügel, durchs Fenster sah man ein lichtes Kieferngehölz. Hinter den Bäumen stand ein weiteres Wohngebäude aus den Fünfzigerjahren, das dem ähnelte, in dem sie sich gerade befanden.

Jansson und seine Frau hatten nach ihrer Heirat in dieser Gegend gewohnt, allerdings zur Miete. Dann waren die

Kinder geboren worden. Zum Glück hatte seine Frau geerbt, und mithilfe eines zusätzlichen Kredites hatten sie ihr jetziges Haus gekauft.

Jansson trat in die Kochnische, seine Frau kam hinter ihm her. Er sah Wehmut in ihren Augen.

»Genau die gleichen Küchenmöbel wie in unserer ersten Wohnung.«

Sie öffnete die Tür des Küchenschrankes. Er bestand aus hellgrün gestrichenen Hartfaserplatten, und die Tür hatte einen hölzernen Griff.

»Genau die gleichen, erinnerst du dich?«

Ja, Jansson erinnerte sich. Er hatte die Küche renovieren und die Schränke neu anstreichen müssen. Bei der Gelegenheit hatten sie auch den alten Elektroherd gegen einen neuen und besseren ausgetauscht.

Seine Frau eilte bereits weiter. Sie öffnete die Tür zum Bad. Jansson folgte ihr.

»Und eine Sitzwanne, wir hatten dort auch eine!«

Jansson konnte nicht recht an ihrer Freude teilhaben, obwohl er sich noch gut an die Sitzwanne erinnerte.

Es existierte ein Foto, von ihm selbst aufgenommen, das seine Frau zeigte, wie sie ein Schaumbad in der besagten Wanne nahm. Das erste Kind war unterwegs, und ihr runder Bauch und die Brüste mit den von der Schwangerschaft dunkel gefärbten Brustwarzen ragten aus dem Schaum.

Auch der Makler kam ins Bad.

»In diesen Häusern aus den Fünfzigerjahren herrscht eine angenehme und beschauliche Atmosphäre.«

Er sah Jansson an, aber der reagierte nicht.

»Dieses Viertel ist außerordentlich gefragt. Wirklich ideal aus Ihrer Sicht, die Nachfrage nach den Wohnungen ist größer als das Angebot, da hat der Verkäufer stets einen Markt. Neue Häuser kommen nicht dazu und die alten will man erhalten. Außerdem gibt es hier außerordentlich wenig Fluktuation.«

»Wir hatten in dieser Gegend unsere erste gemeinsame Wohnung«, sagte Janssons Frau.

Aus irgendeinem Grunde ärgerte er sich über die Bemerkung. Er fand, dass ihr Privatleben und ihre Erinnerungen diesen aalglatten Makler nichts angingen.

Der Mann erkannte den Wert der Enthüllung und hakte sofort ein.

»Dann hat das Viertel gewiss einen gefühlsmäßigen Wert für Sie …, und Sie wissen es auch sonst zu schätzen, da Sie es von früher kennen.«

»Damals war das hier der Arsch der Welt.«

Jansson war selbst überrascht über seine Aggressivität.

Seine Frau sah ihn an. »Eero!«

»Aus Sicht der Polizei einer der schlimmsten Orte Helsinkis. Täglich wurde jemand verprügelt oder getötet.«

Jansson spürte, wie sein Herz einen Seitensprung machte, und drückte auf den Knopf. Der Makler betrachtete sein Tun interessiert.

»Ein Holtergerät«, sagte Jansson.

»Wie bitte?«

»Damit wird die Herztätigkeit gemessen.«

»Aha, Sie haben also einen Herzfehler …«

»Eine gewöhnliche Herzrhythmusstörung.«

Der Makler beschloss, Sympathiepunkte zu sammeln.

»Oh, oh, gewöhnliche Herzrhythmusstörungen gibt es nicht! Mein Bruder ist Arzt und Herzspezialist, von ihm habe ich schreckliche Geschichten gehört, zum Beispiel …«

»Ich bin Kriminalpolizist, ich habe noch schrecklichere Geschichten gehört«, unterbrach Jansson ihn gereizt.

»Jedenfalls ist mit dem Herzen nicht zu spaßen … Ja, wenn Sie von einem schlimmen Ort sprechen, dann meinen Sie bestimmt den östlichen Teil des Viertels, dort stehen große Wohnblocks. Und das Ganze ist wahrscheinlich schon ziemlich lange her.«

»Fast dreißig Jahre«, sagte Janssons Frau.

Es war lange her. In knapp dreißig Jahren waren sie von Mietern zu Vermietern geworden beziehungsweise waren im Begriff, es zu werden.

Der Gedanke, in eine Wohnung zu investieren, stammte von Janssons Frau. Erst hatte sie geerbt, später hatte Jansson seinen Onkel beerbt. Plötzlich hatten sie fast eine Million Mark auf dem Konto, dazu ein schuldenfreies Eigenheim. Da die Kinder nicht mehr unterstützt werden mussten, konnten sie das viele Geld schlicht und einfach nicht verbrauchen.

Janssons Frau hatte gemeint, dass eine Wohnung als Geldanlage die geeignete Absicherung für das Alter wäre. Die Mieteinnahmen wären eine gute Ergänzung zur Rente.

Sie verfolgte auch noch ein zweites Projekt, das Jansson viel sympathischer war, und zwar die Anschaffung einer Zweitwohnung in Südfrankreich, Spanien, Griechenland oder Portugal. Sie selbst war für Südfrankreich.

Auslöser für all diese Aktivitäten waren Janssons Herzrhythmusstörungen gewesen. Sein Frau hatte den Anfall als allerletztes Zeichen gewertet, etwas zu unternehmen und nicht nur zu reden oder zu träumen. Allerdings hatte auch er selbst sich ein für alle Mal klar gemacht, dass er irgendwann sterben würde, früher oder später. Zuvor wollte er noch ein paar Jahre den November anders verleben als mit Graupelschauern und Dunkelheit und frühem Aufstehen.

Der Makler wandte sich verschwörerisch an Janssons Frau. »Wir helfen Ihnen bei der Regelung der Finanzierung und beschaffen notfalls sogar einen geeigneten Mieter …«

»Wir brauchen keine Finanzierung.«

»Dann steht Ihrer Unterschrift und der Suche nach dem Mieter nichts mehr im Wege.«

Frau Jansson zog ihren Mann beiseite. Der Makler zog sich feinfühlig in die Kochnische zurück.

»Nun?«, fragte sie.

»Müssen wir das gleich hier entscheiden?«

»Wo sonst, dafür sind wir ja hergekommen. Die Wohnung wird morgen in der Zeitung angeboten und geht garantiert weg.«

»Gut, dann kaufen wir sie.«

»Einfach so?«

»Dir kann man auch gar nichts recht machen.«

Nach dreißig Ehejahren führten sie immer noch die gleichen Dialoge wie einst als junges Paar. Erst begeisterte sich Janssons Frau für eine Sache, und wenn sie schließlich auch ihn dafür gewonnen hatte, blockte sie ab, irritiert durch den zu leichten Sieg.

»Warum bist du hergekommen, wenn du gar keinen Vertrag abschließen willst?«

»Ich will ja, wer behauptet das Gegenteil?«

»Dann zeig mehr Interesse.«

»Warum? Es wäre anders, wenn die Wohnung für uns wäre.«

Das stimmte. Als sie ihre erste Wohnung gesucht hatten, war das für sie beide eine wirklich große Sache gewesen. Später, als sie das Eigenheim gekauft hatten, hatten sie sich gewundert, warum sie wegen des kleinen Kabuffs im Mietshaus so aufgeregt gewesen waren.

»Du könntest trotzdem daran denken, dass es ein erfreuliches Ereignis ist.«

Ihre Bemerkung klang wie aus dem Werbeprospekt des Maklerbüros: *Ein Wohnungskauf ist ein erfreuliches Ereignis.*

»Was ist?«, fragte sie.

»Irgendetwas in mir sträubt sich«, flüsterte Jansson.

»Und das fällt dir erst jetzt ein?«

Der Makler schaute aus der Küche.

»Sind Sie schon zu einem Entschluss gekommen?«

»Einen Augenblick noch.«

Der Mann zog sich wieder zurück.

Frau Jansson sah ihren Mann mit gerunzelter Stirn an.

»Nun?«

»Versuch mal selber, Freude an den Tag zu legen, wenn du so ein Ding am Gürtel trägst ... Mir ist es egal.«

»Glaub' ich nicht.«

Seine Frau ließ ihn schmollen und wandte sich an den Makler.

»Ist es Ihnen recht, wenn wir noch im Verlaufe des heutigen Tages oder spätestens morgen auf die Sache zurückkommen?«

Der Makler wirkte enttäuscht.

»Natürlich, aber denken Sie daran, dass die Wohnung morgen in der Zeitung angeboten wird, und am Abend ist die erste Besichtigung.«

Im Auto schwieg Janssons Frau zunächst demonstrativ. Sie war darin jedoch nicht so gut wie er und gab schon nach fünf Minuten auf.

»Wir müssen uns noch heute entscheiden, ob wir die Wohnung kaufen oder nicht.«

»Das ist nicht das Problem.«

»Was dann? Sag es doch einfach.«

»Fühlst du dich wie jemand, der eine Wohnung als Geldanlage fürs Alter kauft? Ich nicht.«

»Wir haben schon Dümmeres angestellt.«

»Du weißt, was ich meine.«

»Einmal auf den Barrikaden, immer auf den Barrikaden.«

»Huusko sagt immer, ein Leben ohne Revolte ist kein Leben.«

»Er muss es natürlich wissen.«

Sie lachte.

»Ich stellte mir gerade vor, wie du aussehen würdest, wenn du eine rote Fahne schwenkst und Parolen schreist.«

»Nun, und wie?«

»Heroisch. Deine goldblonden Locken würden nur so im Wind wehen.«

»Außerdem: Wenn wir die Wohnung kaufen, an wen vermieten wir sie?«

»Was ist daran so schwierig? Wir überlassen es dem Makler.«

»Der vergibt sie an einen Studenten, der von kalter Hafergrütze und Knäckebrot lebt.«

»Dann mach selbst einen Vorschlag.«

»Ich hätte einen Anwärter.«

»Wen?«

»Huusko.«

»Der hat doch eine Wohnung, du hast sie ihm selbst besorgt.«

»Er ist rausgeflogen.«

»Was hat er angestellt?«

Jansson erzählte es ihr.

»Und du wärest bereit, ihm unsere Wohnung zu geben?«

»Er verkauft sie nicht und stiehlt kein Inventar.«

»Du würdest es trotzdem nicht fertig bringen, eine angemessene Miete von ihm zu verlangen.«

»Eine angemessene schon, aber keine maßlose.«

Seine Frau überlegte eine Weile.

»Also gut, mir ist es recht. Vermieten wir die Wohnung an Huusko.«

»Wirklich?«

»Hand drauf.«

Sie streckte ihre Hand aus und Jansson drückte sie.

»Abgemacht.«

13.

Der finnische Frühling hielt stets Überraschungen bereit. Am Vormittag war es kalt, klar und sonnig gewesen, dann war über der Stadt eine große dunkelgraue Wolke aufgezogen. Nach einer Weile hatte es zu schneien begonnen, große, weiche Flocken. Raid wischte die Heckscheibe des Mercedes mit der bloßen Hand ab.

Das alte Auto war eigentlich nicht für den Winter geeignet, trotzdem mochte Raid nicht darauf verzichten. Es war ein Geschenk seines Patenonkels, der gleichzeitig das Idol seiner Jugend gewesen war.

Raid startete den Motor und schaltete über einen kleinen Kippschalter am Blinkerhebel den Scheibenwischer ein. Dann nahm er aus dem mit Leder bezogenen Seitenfach den Stadtplan von Helsinki und einen Bleistiftstummel. Er folgte mit dem Bleistift der Uferzone von Osten nach Westen und markierte drei Bereiche: Hakaniemi, den großen Markt am Südhafen und Hietalahti. Letzteres lag am Nächsten, und er beschloss, dort zu beginnen.

Raid hatte bereits die Sommerreifen aufgezogen und die Räder rutschten, als er hinter der Straßenbahn bergauf fuhr. Es hörte auf zu schneien und bald zeigten sich am dunklen Himmel die ersten blauen Streifen.

Im Hafen von Hietalahti, zwischen Marktplatz und Werft, lagen ein paar kleine Ausflugsdampfer, aber kein Trawler. Raid fuhr an der Werft vorbei, auf der ein großer Luxusliner für reiche, mit schlechtem Geschmack ausgestattete amerikanische Touristen gebaut wurde.

Er umrundete den Markt von Hietalahti und kehrte sicherheitshalber noch einmal auf demselben Wege zurück. Kein einziger Trawler. Er fuhr weiter, gelangte durch den Tunnel auf die Uudenmaankatu und über den Erottaja und die Südesplanade zum Hafenbecken am großen Marktplatz von Helsinki. Dort lagen zwei Schlepper, mehrere Ausflugsschiffe, ein altes, nach Teer riechendes Segelschiff und vier Trawler. Einer davon war dunkelblau.

Bei der Brücke von Hakaniemi lagen etwa zwanzig Schiffe, einige hatten dort überwintert. Drei Trawler waren darunter, einer von ihnen war hellblau.

Raid parkte den Wagen und sah sich den hellblauen Trawler aus der Nähe an. Es war unverkennbar, dass er bereits seit langem stilllag. Raid stieg wieder ins Auto.

Nun blieb nur die andere Alternative. Raid fuhr zurück, hielt an einer Stelle, von wo aus er freie Sicht hatte, und nahm das Fernglas zur Hand.

Die zehnfache Vergrößerung holte den dunkelblauen Trawler so nah heran, dass Raid sämtliche Details erkennen konnte. Bewegung sah er nicht, auch kein Licht, aber der elektrische Landanschluss führte zum Schiff und auch sonst gab es Anzeichen, dass es bewohnt war. Raid konnte durch den Spalt zwischen den rotkarierten Gardinen ins Ruderhaus sehen, dort hing eine gelbe Regenjacke und auf dem Kartentisch stand eine Batterie zollfreier Bierdosen. Am Fenster stand eine angebrochene Packung Milch.

Raid kippte seinen Sitz nach hinten und machte es sich bequem. Er pflegte nicht so schnell aufzugeben.

Eine junge Frau mit einem Kinderwagen kam in seine Richtung. In dem Wagen saß ein etwa einjähriges Kind, und ein vier- oder fünfjähriges kleines Mädchen mit Pudelmütze und hellem Regenmantel ging an der Hand der Mutter. Die Kleine entdeckte Raid und riss sich von der Mutter los. Sie drückte neugierig die Nase an die Autoscheibe.

»Venla, komm sofort her«, rief die Mutter.

»Im Auto sitzt ein Opa«, sagte das Mädchen.

»Kein Opa, sondern ein Mann«, korrigierte die Mutter.

»Ist es ein Trunkie?«

Die Mutter nahm die Kleine bei der Hand und zog sie mit sich.

»Trunkie, Trunkie, Trunkie!«, rief die Kleine.

»Trunkie?«, wunderte sich Raid laut.

»Kein Trunkie, sondern ein Betrunkener«, stellte die Mutter richtig.

Der Kleinen gefiel ihre eigene Version besser.

»Bunkie, Trunkie!«, rief sie und hüpfte über den Bürgersteig.

Die abendliche Rushhour erfüllte die breite Straße am Ufer zwei Stunden lang mit einer nicht enden wollenden

Autoschlange. Gegen sechs Uhr bewölkte sich der Himmel wieder. Es sah aus, als würde es jeden Augenblick anfangen zu schneien.

Um halb sieben ging Raid kurz pinkeln. Er war gerade wieder in den Wagen gestiegen und hatte sich bequem zurechtgesetzt, als er einen Mann in einer dunkelblauen Steppjacke sah, der mit zwei Einkaufsbeuteln eines Supermarktes zum Trawler ging und rasch hinaufstieg.

Raid hob das Fernglas, aber der Mann war schon im Ruderhaus verschwunden. Durchs Fenster konnte Raid sehen, wie er seine blaue Jacke neben die gelbe Regenjacke hängte.

Raid entsicherte seine Pistole, steckte sie wieder unter den Gürtel und ging hinüber.

Die Gardine bewegte sich, als Raid neben dem Schiff stehen blieb. Er klopfte an die Tür.

»Wer?«

»Ich habe ein Anliegen.«

»Welches Anliegen und an wen? Du hast dich bestimmt in der Adresse geirrt. Ich bestelle nichts, kaufe nichts und trete auch nicht den Zeugen Jehovas bei.«

»Es dauert nicht lange.«

Die Tür öffnete sich zögernd. Der Mann war klein, trug eine Brille und war fast kahlköpfig. Er strich sich seine wenigen Haare glatt.

Raid hatte den Legionär zuletzt vor mehr als zehn Jahren in Schweden gesehen. Die Begegnung war nur kurz gewesen, trotzdem wusste er, dass dieser Mann nicht Eki Eerola war.

»Ich suche Eki.«

»Ich auch. Er hat versprochen, meinen Motor zu reparieren, hat sich aber nicht blicken lassen.«

Raid musterte über den Kopf des anderen hinweg das Ruderhaus. Der Mann sagte: »Allerdings wundere ich mich nicht mehr, dass er nicht auftaucht, denn ich habe in der Zeitung gelesen, was er getan hat. Bestimmt ist er abgetaucht und versteckt sich vor der Polizei … Er ist ein roher

Kerl, ehemaliger Fremdenlegionär, aber ich hätte nicht gedacht, dass er zu einer solchen Tat fähig ist.«

»Vor mir braucht er sich nicht zu verstecken. Ich bin ein Freund.«

Der Mann musterte Raid.

»Welche Sorte Freund?«

»Einer, den zu treffen sich lohnt.«

»Nur Gott allein, und vielleicht nicht einmal er, weiß, wo Eki ist ... Eki steht sich mit dem besagten Herrn nicht gut.«

»Wann sollte er hier mit dem Job anfangen?«

»Vor ein, zwei Wochen. Der Motor sollte zum ersten Mai fertig sein. Das Hauptlager und die Abdeckung müssen erneuert werden, auch Kleinigkeiten sind noch zu machen.«

»Hat er überhaupt irgendwas gemacht?«

»Keinen Handschlag ..., dabei habe ich ihm ein paar Hunderter Vorschuss gezahlt.«

Die Brille rutschte dem Mann auf die Nase und er schob sie zurück. Das Gestell hatte seine Nasenflügel rot gescheuert.

»Wann hast du ihn zuletzt gesehen?«

»Das ist mindestens einen Monat her.«

»Und er hat nicht auf dem Boot gewohnt?«

»Nein.«

»Wohnst du hier?«

»Nee, hier wohnt niemand.«

»Du hast die Heizung laufen.«

»Ja, damit alles gut trocknen kann.«

Raid blickte ins Innere des Ruderhauses.

»Ein schönes Schiff, wohl ein dänisches Fabrikat?«

»Ja, aus Eichenholz. Ich habe es selbst abgeholt und hergefahren. Die Kühlung haute irgendwie nicht hin, der Motor hat sich zu stark erhitzt und die Abdeckung verbrannt, das Hauptlager hat gerumpelt wie eine Zementmühle ...«

»Darf ich mal sehen?«

Der Mann rührte sich nicht von der Tür weg.

»Woher kennen Sie Eki noch gleich?«

»Aus Schweden. Und Sie?«

»Über einen Freund. Als der hörte, dass ich Probleme mit der Maschine habe, gab er mir Ekis Nummer …«

Der Mann merkte, dass er zu viel gesagt hatte.

»Ich würde die Nummer gern haben«, sagte Raid.

»Ich glaube, ich habe sie gerade nicht …, ja, hab sie zu Hause gelassen …«

Der Mann klopfte auf seine Taschen.

»Bestimmt liegt sie zu Hause. Ich könnte mir Ihren Namen notieren und später …, ach was, Eki taucht bestimmt gar nicht mehr auf. Ich muss mir wohl jemand anderen für den Job suchen.«

»Darf ich mir das Schiff ansehen?«, fragte Raid erneut und drängte den Mann beiseite.

»Nein, ich möchte nicht …, es ist nicht aufgeräumt …«

Raid schob den Mann rückwärts ins Ruderhaus und drückte ihn auf die Seitenbank zwischen die Jacken.

Der Mann schimpfte weiter.

»Verflucht! Niemand betritt einfach unerlaubt …«

Die Einkäufe, die er mitgebracht hatte, lagen halb ausgepackt auf dem Tisch.

»Ich mache dir einen Vorschlag. Du nimmst dein Handy, rufst Eki an und erzählst ihm, dass ich etwas Wichtiges und Dringendes mit ihm zu besprechen habe.«

»Er geht nicht ran, ich habe es schon wer weiß wie oft versucht.«

»Wo ist er?«

»Ich weiß es nicht, du kannst mir glauben …«

Raid starrte ihn drohend an und der Mann zog sich zwischen die Jacken zurück.

»Aber er war hier?«

»Ja, ein paar Tage, aber gestern ist er abgehauen, nachdem irgendein Kerl angerufen und ihm gesagt hatte, dass man hinter ihm her ist.«

Raid zeigte auf die Einkäufe.

Der Mann fuhr fort: »Er hat mich gebeten, für alle Fälle etwas zu essen zu besorgen, falls er zurückkommt.«

»Hat er irgendwas hinterlassen?«

»Unten sind ein paar Klamotten.«

Raid stieg nach unten in die Kajüte. Sie war ganz neu eingerichtet. In der Mitte stand ein Tisch, eingerahmt von Sofas, die zum Schlafen auseinander geklappt werden konnten. Hinter der Treppe befand sich eine kleine und gemütliche Küche. Auf einem der Sofas lagen eine Nylontasche und eine zerknitterte Hose. Raid schüttete die Tasche aus. Der Inhalt bestand nur aus Schmutzwäsche. In den Taschen der zerknitterten Hose fand Raid zwei Schrauben und eine Lüsterklemme. Die Hose roch nach Naphthalin, wahrscheinlich hatte Eki sie bei den Reparaturarbeiten getragen. Der Schiffseigentümer kam ebenfalls nach unten.

»Mehr ist nicht da«, sagte er.

»Hat Eki angedeutet, wohin er gehen wollte?«

»Wir sind nicht so eng befreundet, dass er mir vertraut. Ich habe ihm versprochen, dass er auf dem Boot wohnen darf, während er den Motor repariert. Ich habe ihm die Schlüssel gegeben, und als dann nach ihm gefahndet wurde, hat er sich hier versteckt. Du glaubst nicht, wie ich mich erschrocken habe ..., wenn die Polizei davon erfährt, kriegt man mich bestimmt wegen Beihilfe ran!«

»Ich erzähle es jedenfalls keinem.«

Der Mann wurde ein wenig zugänglicher.

»Woher kennt ihr euch?«

»Wir haben gemeinsame Freunde.«

»Ich kann versuchen, ihn anzurufen ..., soll er selber entscheiden, was er macht.«

»Versuch es.«

Der Mann kramte in seiner Geldbörse und fand die Visitenkarte eines Verkäufers für Bootsbedarf. Auf der Rückseite war eine Nummer notiert.

»Wenigstens gibt es ein Freizeichen, sonst kam bloß immer die Bandansage, dass die Nummer nicht zu erreichen ist … Hallo, hier ist Keke. – Keke Luttinen vom Boot. – Hier ist ein Typ aufgetaucht, der sagt, dass er dich kennt und dich treffen will. – Keine Ahnung. – Okay.«

Der Mann sah Raid an.

»Dein Name. Er will wissen, wie du heißt.«

»Sag ihm, dass wir uns vor ungefähr zehn Jahren in Stockholm begegnet sind. Damals hatte er Probleme mit einigen Türken. Ich habe ihm ein bisschen geholfen.«

Der Mann wiederholte es am Handy und wandte sich dann wieder Raid zu.

»Nennt man dich Raid?«

»Manche tun es.«

»Manche tun es«, wiederholte der Mann in den Apparat. »Alles klar.«

Er gab Raid das Handy.

»Ein Mann aus der Vergangenheit«, sagte Eki.

Er hörte sich betrunken an.

»Stimmt, die Jahre vergehen«, sagte Raid.

»Was treibt der harte Gangster heute so?«

»Ich suche dich.«

»Ich habe mich wahrscheinlich gar nicht bei dir bedankt, dass du die Türken ausgeschaltet hast, aber du warst so schnell weg … Wie geht es Uki?«

»Gut.«

»Und was willst du von mir?«

»Ich habe gute Nachrichten.«

»Wenn dein Ruf stimmt, dann bringst du keine guten Nachrichten, sondern verdammt schlechte, tödlich schlechte.«

»Wir haben alle auch unsere netten Seiten.«

»Für wen machst du den Handlanger?«

»Handlanger ist ein hässliches Wort.«

»Das Leben ist hässlich. Mit einmaliger Hilfe erkauft man noch keine ewige Freundschaft. Bist du engagiert worden, mich umzulegen?«

»Nein.«

»Was dann?«

»Es geht um Lare.«

»Er ist tot, was kümmert er dich noch?«

»Wer hat ihn getötet?«

»Ich jedenfalls nicht, auch wenn anscheinend jemand alles daransetzt, es so aussehen zu lassen.«

»Und Tammela?«

»Jeder Mensch hat das Recht, sich zu verteidigen, sogar ich. Sag, was du von mir willst.«

»Ich rede lieber von Mann zu Mann.«

»Auf die Entfernung eines Pistolenschusses, oder? Hast du vielleicht selber was mit Lares Tod zu tun, weil du dich so dafür interessierst?«

»Nein.«

»Was willst du dann in Finnland?«

»Ich bin zur Hochzeit eines Freundes gekommen ...«

»Und zur Beerdigung eines anderen.«

Raid erinnerte sich, dass Uki auf Sundmans Hochzeit ähnliche Gedanken geäußert hatte.

»Und ich habe versprochen, Uki zu helfen. Er hat eine Abmachung mit Lare, die auch dich betrifft.«

»Ja, sicher ... Hund und Katze und sogar ein paar Ratten sind hinter mir her, glaub bloß nicht, dass ich aus der Deckung komme und mich abknallen lasse wie ein dämlicher Rekrut. Ich hab mal bei vierzig Grad Hitze sechs Stunden im glühend heißen Sand gelegen und gewartet, dass so ein zähes Arschloch aus seinem Versteck kam ..., und als er dann rauskam, was meinst du wohl, ist da passiert?«

»Nun?«

»Ich hab ihm mit einer Einmillimeter zwischen die Augen geschossen. War bestimmt eine Überraschung für den Kerl, denn er hatte wahrscheinlich geglaubt, dass ich längst verdurstet war.«

»Nette Erinnerungen, aber hör mir mal einen Augenblick

zu. Ich versuche, dir zu helfen. Lare hat dir etwas hinterlassen und ich möchte, dass du es bekommst.«

»Was hat er mir hinterlassen?«

»Das erzähle ich dir dann.«

»Wir drehen uns im Kreis ..., ich habe Besseres zu tun.«

»Ich schlage vor, dass du nichts unternimmst, jedenfalls nicht auf eigene Faust.«

»Ich habe vor, herauszufinden, wer Lare getötet hat, und was dann folgt, ist ein hässlicher Anblick ...«

»Nimm Kontakt zu Sundman oder Uki auf, wenn du mir nicht traust.«

»Hat Sundman dich engagiert?«

»Ich leiste freiwillige Arbeit.«

»Ich traue momentan absolut niemandem.«

»Überleg es dir. Du brauchst Hilfe.«

»Die braucht bald auch derjenige, der Lare getötet hat.«

Eki brach das Gespräch ab. Raid warf einen Blick auf die Nummer und prägte sie sich ein.

Draußen regnete es und die Tropfen spritzten ins Ruderhaus. Der Mann nahm die gelbe Regenjacke vom Haken. Raid sah, dass dort eine grüne Tarnjacke hing.

»Deine?«

Der Mann schüttelte den Kopf.

»Ekis.«

Raid durchsuchte zunächst die Seitentaschen, fand aber nichts weiter als ein zerdrücktes Papiertaschentuch. Es gab außerdem eine nachträglich eingenähte und mit einem Reißverschluss versehene Innentasche. Darin war eine dünne silberne Halskette, an der ein Ring aus Weißgold hing. Raid sah sich den Ring näher an und entdeckte eine Gravur: Virpi 14.6.1978.

Raid steckte den Ring ein.

Draußen fiel ein feiner Nieselregen. Raid schlug den Kragen hoch und ging zu seinem Wagen.

14.

Obwohl jeder Polizist in der Tatortuntersuchung geschult wird, wird die anspruchsvollere Arbeit auf diesem Gebiet üblicherweise den mit Papieroveralls, Papiermützen und Schuhüberzügen aus Plastik bekleideten Kriminaltechnikern überlassen. Sie suchen nach Spuren und sichern alles, von Fingerabdrücken bis zu Blut-, Brand- und Schmauchspuren und Faserproben, das heißt, sie machen die Basisarbeit.

Die verkürzt ›Technik‹ genannte kriminaltechnische Ermittlungseinheit befand sich in der ersten Etage des Polizeigebäudes in Pasila. Der Mitarbeiter, den Huusko suchte, saß über die Zeitschrift *Das Boot* gebeugt.

»Willst du dir ein neues Boot anschaffen?«, fragte Huusko. Er wusste, dass Humaloja ein leidenschaftlicher Segler war.

»Ja, falls ich je dazu komme.«

Huusko setzte sich neben den Kollegen. Der trennte sich nur widerwillig von seiner Lektüre.

»Nun?«

»Hast du es eilig?«

»Du wahrscheinlich.«

»Ja, ich untersuche den Hammermord von Punavuori, und es scheint, als gäbe es eine Verbindung zum Fall Lare Lehtinen.«

»Welcher Fall?«

»Ein Ganove namens Lehtinen ist tot in seiner Wohnung aufgefunden worden. Warst du nicht gemeinsam mit Koskinen dort?«

»Ich war im Laufe meines Lebens an zahlreichen Tatorten und an vielen davon zusammen mit Koskinen, leider.«

»Am Dienstag in Oulunkylä. Sieh mal nach, was ihr dort gefunden habt.«

»Warum siehst du nicht selbst nach?«

»Hab ich schon gemacht, aber ich habe nichts gefunden.«

»Dann ist auch nichts da.«

Humaloja tippte etwas in den Computer.

»Wie war noch gleich der Name?«

»Lauri Krister Lehtinen, geboren 1936.«

»Da ist es.«

Humaloja prüfte kurz die Daten.

»Jetzt erinnere ich mich ..., was möchtest du wissen?«

»Alles. Was habt ihr dort überhaupt gefunden?«

»Nichts ..., offiziell.«

»Wie das?«

»Weil dort eigentlich keine Spurensicherung stattfand.«

»Wieso?«

»Hier steht, dass es sich um einen natürlichen Tod handelte und keine technische Untersuchung erforderlich war. Es wurde nur die Todesursache ermittelt. Der Gerichtsarzt war dort.«

»Ihr werdet doch irgendwas vor Ort gemacht haben.«

»Klar, irgendwas, aber als Helenius erschien, erklärte er, dass der Gerichtsarzt einen natürlichen Tod bescheinigt hat. Wir haben den Raum nur versiegelt, danach wurden wir nicht mehr gebraucht.«

»Aber ihr hattet schon angefangen, bevor ich wegging.«

»Wir haben natürlich Fotos gemacht und ein paar Fingerabdrücke von den Bierflaschen und Gläsern genommen. Dann kam der Stopp.«

»Wo sind die Fingerabdrücke?«

Humaloja überlegte eine Weile.

»Irgendwo sind sie natürlich. Ich habe ganz normal eine Karte gemacht. Jetzt weiß ich's! Helenius hat sie geholt. Frag ihn.«

»Was macht Helenius damit, wenn es sich doch um kein Verbrechen handelt?«

»Auch danach kannst du ihn selbst fragen.«

»Das mache ich garantiert ...«

Huusko stand auf.

»Vielleicht hat er sie an sich genommen, weil Alaniemis Fingerabdrücke darauf waren.«

Huusko erstarrte.

»Wieso?«

»Oberkommissar Alaniemis Fingerabdrücke. Inzwischen ist er allerdings Reichstagsabgeordneter.«

»Und die habt ihr in Lehtinens Wohnung gefunden?«

»An der Bierflasche, schön deutlich.«

»Woher weißt du, dass es Alaniemis Abdrücke waren, wenn ihr sie gar nicht durch die Datei habt laufen lassen?«

»Ganz einfach. Als Alaniemi in den Reichstag gewählt wurde und bei uns ausschied, haben die Kollegen für ihn ein Abschiedsfest veranstaltet. Als Geschenk bekam er eine Vergrößerung seiner eigenen Fingerabdrücke, ich habe sie selbst angefertigt. Alaniemi hat eine seltene Spirale und außerdem noch eine v-förmige Narbe an der Fingerspitze.«

»Bist du sicher?«

»Die Alternative ist, dass ich blind geworden und geistig verwirrt bin.«

»Danke.«

»Lehtinen ist an Lungenentzündung gestorben. Das durch die Entzündung verursachte Sekret füllte die Lunge und die Atemwege. That's it. Laut Obduktionsbericht liegt kein Verbrechen vor. Wenn kein Verbrechen vorliegt, gibt es auch keine kriminaltechnische Untersuchung. Ich gestehe, dass der Fall nicht uninteressant wäre, aber ich habe keine Zeit, Fälle nur deshalb zu untersuchen, weil sie mich interessieren. Wenn du weitere Einzelheiten brauchst, dann ruf den Gerichtsarzt an.«

Hauptwachtmeister Pekkala wirkte nervös, obwohl er das durch einen agressiven Ton zu verbergen suchte, während er Huuskos Frage beantwortete.

»Oras. Er war es, der Lare geöffnet hat.«

Huusko wusste, dass Oras zu den geachtetsten Pathologen des Landes gehörte. Pekkala und Helenius hatten in ihm eine starke Rückendeckung.

»Wenn du meinst, dass alles okay ist, soll es mir recht sein. Ich untersuche einen anderen Fall, und es ist möglich, dass er irgendwie mit Lare zu tun hat.«

»Zum Beispiel, wie?«

»Auf die eine oder andere Weise, über Ecken. Lare, Eki und Tammela kannten sich. Zwei von ihnen sind tot und der dritte ist verschwunden.«

Jetzt wirkte Pekkala spürbar gereizt. Huuskos Interesse an der Sache kam einer Infragestellung seiner, Pekkalas, fachlicher Kompetenz gleich.

»Was hat der Arzt zu den Rippenbrüchen gesagt?«, wollte Huusko wissen.

»Von Lare selbst verursacht. Er ist über einen Stuhl oder so gefallen und hat sich mehrere Stunden lang auf dem Fußboden gewälzt, dabei hat er sich auch noch gestoßen. Dasselbe trifft auch auf die übrigen Quetschwunden zu.«

»Hat er sich auch selbst den Bierflaschenverschluss in den Hals gesteckt?« Huusko blickte, während er die Frage stellte, so harmlos drein, wie er konnte.

»Es sind schon seltsamere Dinge passiert. Vielleicht hat er einen Anfall bekommen, gerade als er die Bierflasche mit den Zähnen öffnen wollte, und dabei hat er den Korken verschluckt … Ich weiß, was du als Nächstes sagen willst, dass er ein Gebiss trug.«

»Er trug ein Gebiss«, sagte Huusko. »Und das lag im Wasserglas, als der vermeintliche Anfall begann. Es sei denn, es waren Zauberzähne, solche Dinger werden angeblich in Estland auf dem Markt von Mustamäki als Piratenprodukte verkauft. Sie sind klick, klack aus dem Glas rausgesprungen, haben den Kronkorken geöffnet und sind anschließend wieder ins Glas zurückgeflitzt.«

»Ist das deine Auffassung von gelungenem Humor?«

»Nein, von verdammt schlechtem, aber ich habe in letzter Zeit auch schlecht geschlafen.«

Pekkala wollte sich offenbar verteidigen.

»Möglicherweise hat er die Flasche erst ganz normal geöffnet und den Korken anschließend nur leicht wieder draufgedrückt, damit das Bier nicht schal wird. Es war dann leicht, die Flasche nochmal zu öffnen.«

»Trotzdem macht es keinen Spaß, den Verschluss mit dem nackten Gaumen abzuziehen.«

»Lare war so, er hat dauernd irgendwelche Tricks und Spielchen gemacht. Und du vergisst einen wesentlichen Faktor. Er hatte eine Lungenentzündung. Oras sagt, dass Lungenentzündung ab einem gewissen Stadium starke psychische Symptome hervorruft, deutlicher ausgedrückt, wer Lungenentzündung hat, wird verrückt. In dem Zustand macht ein Mensch alles Mögliche.«

»Man sollte denken, dass er an dem Kronkorken erstickt ist.«

»Der steckte in der Speiseröhre.«

»Die Welt ist ein seltsamerer Ort, als man sich vorstellen kann«, sagte Huusko. »Und die Spurensicherung hat auch nichts Interessantes ergeben?«

Pekkala schüttelte den Kopf.

»Keine Fingerabdrücke?«

»Natürlich, hunderte. Bei Lare ist bestimmt die Hälfte der Ganoven der Stadt ein und aus gegangen. Wir waren noch nicht dazu gekommen, sie zu vergleichen, als auch schon das vorläufige Gutachten des Gerichtsarztes kam.«

»Außer Alaniemis Fingerabdrücke.«

Pekkalas Miene spannte sich. »Humaloja hat rumgeflachst, dass es Alaniemis Abdrücke sind, weil angeblich irgendwelche Ähnlichkeiten bestehen. Sie sind nicht genauer untersucht worden.«

»Humaloja war sicher, dass es Alaniemis Abdrücke waren.«

»Na und? Alaniemi kannte Lare gut, vielleicht hat er ihn besucht, als er hörte, dass es ihm schlecht geht.«

»Vielleicht.«

Huusko blätterte in der Akte, die Pekkala ihm gegeben hatte.

Die Akte, die Lares Verbrechen dokumentierte, lag seit zwanzig Jahren im Regal des Diebstahldezernats, und ein Ermittler nach dem anderen hatte sie ergänzt. Das Ergebnis war ein Ordner, so dick wie das Telefonbuch einer Kleinstadt und abgegriffen vom vielen Gebrauch. Er enthielt hauptsächlich maschinengeschriebene Seiten, aber auch Zeitungsmeldungen, die letzte betraf den Einbruch im Postamt in der Topeliuksenkatu. Lares ›Geschäfte‹ waren so unterschiedlicher Art gewesen, dass es zahlreiche Hinweise aus den verschiedensten Quellen gegeben hatte.

»Das Zeug ist seit Jahren nicht mehr sortiert worden«, sagte Pekkala.

»Bewahrst du den Ordner weiter auf?«

Bevor Pekkala in die Abteilung für Gewaltdelikte gekommen war, hatte er im Diebstahldezernat gearbeitet, und er kannte Lares Heldentaten gut. Er hatte die Akte an sich genommen und in die neue Abteilung mitgebracht. Die andere Alternative wäre ihre Vernichtung gewesen.

»Er enthält ein interessantes Kapitel der Kriminalgeschichte und ist außerdem ganz lustig.«

Huusko blätterte in dem Ordner und stellte bald fest, dass Ekis Exfrau eine der besten Informationsquellen der Polizei gewesen war. Vor allem Oberkommissar Alaniemi hatte ihre Gunst genossen. Sie hatte auch noch Hinweise geliefert, als Alaniemi zum Abteilungsleiter befördert worden war. Sie hatte über die Leute geplaudert, mit denen sich Lare und Eki getroffen hatten, über ihre gemeinsamen Reisen, ihre Telefongespräche und sogar über geplante Einbrüche.

»Ekis Frau und Alaniemi scheinen sich besonders gut verstanden zu haben.«

»Von allen hier im Haus hatte Alaniemi die meisten Informanten. Ekis Frau war nur eine von vielen.«

»Wurde sie dafür bezahlt oder hatten die beiden einfach nur einen guten Draht zueinander?«

»Du weißt doch, wie das läuft.«

Ja, das wusste Huusko. Als Polizist war man gut beraten, an einem nützlichen Informanten mit allen Mitteln festzuhalten. Das bedeutete, dass man manchmal seine überfälligen Telefonrechnungen bezahlen oder ihm gelegentlich ein wenig Geld für den Lebensunterhalt zustecken musste, manchmal genügte es auch, wenn man sich seine Sorgen anhörte. Wenn es sich um die Ehefrau oder Freundin eines Ganoven handelte, musste man bereit sein, für die Informationen Liebesdienste zu leisten. Auch Huusko hatte in der gelösten Stimmung der frühen Morgenstunden manch entscheidenden Hinweis bekommen.

»Das ist eigentlich illegales Material«, erklärte Pekkala.

Er hatte Recht. Alle Mitarbeiter waren angewiesen worden, solche inoffiziellen Akten zu vernichten, nachdem die Polizei ein offizielles Register für eingegangene Hinweise bekommen hatte, *Vihi,* wie es abgekürzt hieß. Dieses war jedoch bald darauf ins Visier des Datenschutzbeauftragten geraten, und so war ein Register der Verdächtigen, *Epri,* geschaffen worden, das sich zum Teil auf Informationen aus dem Vorgänger *Vihi* stützte.

Die Schwelle für Daten, die im *Epri* gespeichert werden durften, lag weitaus höher. Es durften keine vagen Hinweise aus zweiter Hand mehr aufgenommen werden, sondern ausschließlich Erkenntnisse aus gesicherter Quelle.

Auch die im *Vihi* gespeicherten und für zu leichtgewichtig befundenen Informationen hatten vernichtet werden sollen, aber es war ein offenes Geheimnis, dass sie an sicherer Stelle lagerten und im Bedarfsfall genutzt wurden.

»Kannst du dir vorstellen, warum Eki den Tammela getötet hat?«, fragte Huusko.

»Alter Zwist zwischen Ganoven. Sie haben früher beide bei Lare gearbeitet und sich schon damals gestritten.«

»Aber wegen altem Zwist jemanden zu töten ist ziemlich starker Tobak.«

»Wenn einer von den Kerlen erst mal rotsieht, reicht der kleinste Anlass.«

»Gehörte Tammela ebenfalls zu Alaniemis Informanten?«

»Nicht dass ich wüsste.«

»Hast du einen Tipp, wo ich Eki am ehesten finden könnte?«

»Ich habe keine aktuellen Informationen.«

Ein Zeitungsausschnitt rutschte aus dem Aktenordner. Pekkala hob ihn auf und gab ihn Huusko.

»Ich leih mir das Ding für ein paar Tage aus«, sagte der.

Pekkala wirkte wenig begeistert, so als enthielte der Ordner geheime Weisheiten, die nur für wenige Auserwählte bestimmt und seinem persönlichen Schutz anvertraut waren.

»Aber denk daran, dass es ihn eigentlich gar nicht geben dürfte.«

»Ich wache darüber wie über meine Unschuld.«

Pekkala fand das nicht witzig. Er wollte nicht wegen des Besitzes einer illegalen Akte zur Verantwortung gezogen werden. Was früher gängige Praxis beim Sammeln von Informationen gewesen war, war heute durch das Datenschutzgesetz verboten.

Pekkala hatte Lares und Ekis letzten großen Raubzug untersucht. Soweit Huusko informiert war, kannte er die Taten des Duos von allen derzeitigen Ermittlern am genauesten. Viele waren inzwischen pensioniert oder hatten das Haus gewechselt.

»Mich würde interessieren, wie Lare zu dem Geld für die Bypassoperation gekommen ist«, sagte Huusko. »Er wurde in einer Privatklinik operiert und der Spaß hat achtzigtausend Mark gekostet.«

»Vielleicht hatte er so viel im Sparstrumpf. Wir haben etliche Hinweise bekommen, dass Lare zwei Kilo Gold und einen Haufen Diamanten für schlechte Tage gebunkert hatte.«

Huusko schüttelte den Kopf.

»Ich habe seine Bude gesehen, das war nicht die Wohnung eines betuchten Mannes. Und ich habe seine Freunde gefragt, sie alle haben bestätigt, dass er absolut pleite war und überall Schulden hatte. In der Uniklinik erfuhr ich, dass er fast zwei Jahre auf die Operation gewartet hat. Wenn er Geld gehabt hätte, dann hätte er sich schon längst operieren lassen. Je eher, desto besser.«

»Heiße Ware lässt sich nicht so ohne weiteres zu Geld machen, besonders wenn man so bekannt ist wie Lare.«

»Da gibt es immer Mittel und Wege.«

»Ich sage nur, was ich gehört habe.«

»Erzähl mehr von Ekis und Lares Freundschaft.«

Pekkalas Miene entspannte sich. Er fühlte sich in sicherem Fahrwasser.

»Die beiden kannten sich schon als Kinder, wohnten im selben Haus in Punavuori. Sie haben früh angefangen, alle möglichen kleinen Straftaten zu begehen, haben auf der Straße Schnaps und heiße Ware wie Uhren und Gold verkauft. Eki ist schon mit achtzehn in die Fremdenlegion gegangen, dort war er mehr als zehn Jahre. Er wurde zweimal verwundet, davon einmal schwer, er kriegte zwei Kugeln in die Brust. Als junger Mann war er ein richtiger Athlet, groß und stark, erreichte im Zehnkampf Landesmeisterschaftsniveau. Auch in der Legion machte er sich so gut, dass er zum Feldwebel befördert wurde. Dann hatte er genug und kam wieder nach Finnland.«

»Und Lare?«

»Der hatte inzwischen eine Karosseriewerkstatt eröffnet, die er einige Jahre betrieb. Dann verkaufte er sie und gründete eine Metallwerkstatt. Als Eki zurückkam, arbeitete er mehrere Jahre lang bei Lare. Die Werkstatt war Zulieferer für große Firmen. Und eine Zeit lang lief sie richtig gut. Es gab keinen Grund für Raubzüge. Dann kam die Rezession, die Aufträge blieben aus und die Werkstatt ging Pleite. Lare hatte teure neue Maschinen angeschafft, eine Drehbank, eine Fräsmaschine und einen Lieferwagen, alles auf Kredit.«

»Welche Dinger haben sie gemeinsam gedreht?«, fragte Huusko.

»Auf jeden Fall den Einbruch im Postamt auf der Topeliuksenkatu, dann den beim Juwelier auf der Fredrikinkatu und zwei Bankeinbrüche, einen in Tampere, den anderen in Kouvola. Sie haben ausgekundschaftet, wo noch alte Tresore standen, die man knacken konnte, wenn man nur die Methode kannte. Lare war erfinderisch, er probierte in seiner Werkstatt aus, wie man Schlösser knackte, und entwickelte dafür spezielle Geräte. Er war ein guter Schweißer und konnte auch mit dem Schneidbrenner umgehen.«

»Und neuere Fälle?«

»Nach dem Einbruch in der Post haben sie sich zerstritten und nichts mehr gemeinsam gemacht. Eki arbeitete mit anderen zusammen. Später kamen sie sich allmählich wieder näher, aber wir haben keine Informationen über neue gemeinsame Aktionen, zumindest keine großen.«

»Was war die Ursache für den Streit?«

»Da gibt es verschiedene Versionen. Die eine besagt, dass Eki Lare die Freundin ausgespannt hat, die zweite besagt, dass es umgekehrt war. Ich denke, dass es eher der übliche Grund, ein Streit um die Beute war und dass Eki fand, dass sich Lare zu viel genommen hatte. Lare wanderte ja dann in den Knast, aber er sagte nicht gegen Eki aus und wir hatten nicht genügend Beweise gegen ihn. Eki wurde zwar später überführt, aber wegen anderer Dinge.«

»Und wie wurde Lare überführt?«

Pekkala strich über die Bügelfalte seiner Hose und wirkte verlegen.

»Das ist eine ziemlich komplizierte Geschichte. Alaniemi

war damals Kommissar im Diebstahldezernat und leitete bei beiden Einbrüchen die Ermittlungen. Er weiß über alles natürlich am besten Bescheid, falls du dich dafür interessierst. Er hatte ein paar gute Informanten im Umfeld und bekam die besten Hinweise. Aufgrund dieser Hinweise fanden wir in Lares Werkstatt die Geräte, die er beim Einbruch im Postamt benutzt hatte ..., und für den Einbruch beim Goldschmied hatten wir einen zuverlässigen Augenzeugen.«

»Alle Achtung! Zwei Fälle, beide zehn Jahre alt, können einfach mir nichts, dir nichts aufgeklärt werden«, sagte Huusko und schnippte mit den Fingern.

»Manchmal hat man Schwein, im Allgemeinen aber nicht.«

Pekkala nahm Huusko den Aktenordner ab, blätterte eine Weile darin und zog dann ein Foto heraus.

»Spezialwerkzeug zum Tresorknacken, von Lare selbst entwickelt und angefertigt. Wenn der Mann Ingenieur geworden wäre, wer weiß, was er dann alles erfunden hätte.«

Pekkala zeigte das Foto von dem Spezialwerkzeug, das Lare gebaut hatte.

»Das Gerät hinterlässt immer eine Spur am Tresor und die wurde im Labor mit dem Vergleichsmikroskop untersucht. Der Abdruck eines solchen Spezialwerkzeugs ist leicht zu identifizieren. Und wir hatten sowieso schon ein genaues Modell von Lares Methode in unserer Datei. Außerdem fanden wir später Späne vom Schneidbrennen an dem Werkzeug. Kleine Metallbällchen, deren Materialzusammensetzung der des Tresors in der Post entsprach.«

»Und der Augenzeuge in dem anderen Fall?«

»Was ist mit ihm?«

»Wer war das?«

»Als der Zeitpunkt der Verjährung heranrückte, beschlossen wir, nochmal richtig Dampf zu machen, und warfen unsere Netze aus. Durch einen Informanten erfuhren wir, dass irgendein kleiner Gauner erzählt hatte, dass er Lare in der besagten Nacht am Tatort gesehen hatte. Wir stöberten den Mann auf und schließlich willigte er ein, auszusagen. Er hatte gesehen, wie Lare im Hinterzimmer des Juweliergeschäftes am Fenster stand, um Luft zu schnappen. Wahrscheinlich hatte er gerade den Tresor aufgeschnitten, was ja höllisch stinkt.«

»Was machte der Mann dort mitten in der Nacht?«

»Er war auf dem Heimweg aus der Kneipe und ging in die Toreinfahrt, um sich zu erleichtern. Er kannte Lare und wusste sofort, was los war.«

»Ich wünschte mir, meine Informanten würden auch immer an den strategisch richtigen Orten pinkeln.«

Pekkala begnügte sich damit, die Achseln zu zucken.

»Ihr hattet wirklich Schwein. Ein paar Monate später wäre die Sache verjährt gewesen.«

»Es war nicht nur Glück. Wir hatten beschlossen, noch einmal alle Kräfte zu mobilisieren. Wir haben mit allen Informanten gesprochen und sind allen Hinweisen nachgegangen, das hat geholfen.«

»Lare war wahrscheinlich stinksauer.«

»Klar. Er hatte geglaubt, sein Schäfchen schon im Trocknen zu haben, und es traf ihn hart, dass er noch auf den letzten Metern gestoppt wurde. Er hat nie akzeptieren können, dass die Polizei schlauer war als er. Er hat sich sogar beim Rechtsbeauftragten des Reichstags beschwert, natürlich vergebens.«

Pekkala sah Huusko fragend an. »Glaubst du, dass es nicht nur Glück war?«

»Aber nein. Ein guter Polizist hat gutes Glück.«

Huusko stand auf und griff nach dem Ordner.

»Du kriegst ihn im Laufe dieser Woche zurück ... Eine Sache noch, wie hieß der Augenzeuge?«

Pekkala wandte sich ab und machte sich an dem Telefonbuch zu schaffen, das auf dem Tisch lag.

»Weiß ich nicht mehr ..., er war keiner unserer Kunden, er hatte mit Drogen zu tun.«

»Tirronen?«

Pekkala lehnte sich zurück und blickte an die Decke.

»Kann sein.«

Huusko kehrte in sein Arbeitszimmer zurück, räumte die mit Kleidung gefüllte Sporttasche in eine unauffällige Ecke und setzte sich an den Schreibtisch. Dann zog er die Dienstwaffe aus dem Futteral am Gürtel, nahm das Magazin heraus und vergewisserte sich, dass im Lauf keine Kugel steckte. Nachdem er die Waffe gespannt hatte, zielte er auf einen Schmutzfleck an der Wand. Das war sein Denkpunkt. Er drückte ein paarmal ab und sofort wurden seine Gedanken klar.

»Die Sache mit Lare stinkt wie vergammelte Elefantenscheiße.«

Jansson sah ihn an und trommelte mit den Fingern auf die Schreibtischplatte. Wenn Huusko in Fahrt war, unterbrach man ihn besser nicht und wartete, bis er sich abreagiert hatte. Jetzt stand Huusko voll unter Strom.

»Ja?«

»Wie kam es, dass Helenius und Pekkala sofort bei Lares Leiche auftauchten und dass sie auch gleich noch ein Ermächtigungsschreiben unserer Freundin Hakala mitbrachten? Und ganz zufällig hatte Alaniemi Lare kurz vor dessen Tod besucht und ganz zufällig sind Helenius und Pekkala frühere Mitarbeiter und Freunde Alaniemis. Und ganz zufällig hätte Alaniemi guten Grund gehabt, Lare aus dem Weg zu räumen. Und siehe da, das kleine Wölfchen und der große Wolf kommen zu dem Schluss, dass es sich um einen natürlichen Tod handelt. Für mich hatte es nicht danach ausgesehen.«

»Stinkt, aber noch nicht ganz nach Elefantenscheiße«, fand Jansson. »Pekkala und Helenius stützen sich auf das Urteil des Gerichtsarztes. Er hat bescheinigt, dass es sich um einen natürlichen Tod handelt, nicht die beiden.«

»Oras kannte Lares kriminellen Hintergrund nicht. Und wenn man dann noch die Bypassoperation und Lares elenden Zustand berücksichtigt, dann fällt selbst einem erfahrenen Arzt als Erstes ein natürlicher Tod ein. Aber jeder Polizist weiß, dass ein Typ wie Lare nicht eines natürlichen Todes stirbt.«

»Es sind schon seltsamere Dinge vorgekommen. Außerdem ist es ziemlich schwer vorstellbar, dass Alaniemi Lare getötet haben sollte.«

»Hör erst mal zu. Ich habe mir den Diebstahl rausgesucht, den es in unserer Behörde gegeben hat. Eki hatte im Knast Loimukoski, ehemals Jäppinen, davon erzählt. Die Sache passierte im Jahre dreiundachtzig. Im Panzerschrank der Abteilung lagen dreißigtausend Mark, die bei einem Kriminellen beschlagnahmt worden waren. In einer finsteren Herbstnacht verschwand das Geld. Der Täter wurde nie ermittelt, aber drei Polizeibeamte mussten die Summe gemeinschaftlich zurückerstatten, da die mit der Untersuchung beauftragten Leute zu dem Schluss gekommen waren, dass nur diese drei die Gelegenheit zu dem Diebstahl gehabt hatten. Die Sache war für das ganze Haus äußerst peinlich und deshalb wurde dafür gesorgt, dass nichts nach außen drang. Nur irgendein Kriminalblatt hat Jahre später darüber berichtet.«

»Und Alaniemi war einer der Verdächtigen?«

»Alaniemi, sein Vorgesetzter und ein weiterer Mitarbeiter. Stinkt das?«

»Stinkt, aber erst nach frischer Elefantenscheiße.«

Huusko zog eine gedruckte Liste aus der Tasche, auf der er mit Bleistift Anmerkungen gemacht hatte.

»Dies sind die Gespräche, die im letzten Monat von Lares Handy geführt wurden. Ich habe die interessantesten Anrufe vor dem wahrscheinlichen Todeszeitpunkt markiert. Zwei Anrufe bei Uki Kukkamaa und von dort zurück, ferner Anrufe bei einer Nummer, die zu der Firma von Tirronens

Exfrau gehört. Tirronen ist ein ehemaliger Drogenkrimineller und der Typ, der im letzten Moment als Augenzeuge präsentiert wurde und an dessen Namen sich Pekkala aus irgendeinem Grunde nicht erinnern will.«

Huusko machte eine Kunstpause.

»Und das Sahnehäubchen: Der Reichstagsabgeordnete Alaniemi hat Lare am 27. März und nochmal am 13. April um 10.40 Uhr angerufen. Das letzte Telefonat dauerte drei Minuten und der Anruf kam aus der Nähe von Lares Wohnung. Das heißt, der Fingerabdruck stammt von diesem Tag. Sicher ist, dass Alaniemi den guten Lare nicht besucht hat, um von alten Zeiten zu plaudern. Ein Anruf also, kurz bevor Lare ins Krankenhaus ging, und der zweite ungefähr zum Zeitpunkt des Todes. Ich glaube, dass der erste Anruf mit der Operation zu tun hatte. Ich war in der Klinik und habe erfahren, dass Alaniemi einen Teil der Operation bezahlt hat, nämlich zehntausend Mark.«

»Und der zweite Anruf?«

»Meine Schlussfolgerung ist diese: Lare hat von Alaniemi zehntausend Mark für die Operation erpresst. Alaniemi glaubt, dass er Lare damit zum Schweigen gebracht hat. Er sucht ihn nach der Operation auf, um sich das Beweisstück zu holen, von dem Eki gesprochen hat. Kurz bevor er die Wohnung erreicht, ruft er Lare an, um nach dem Weg zu fragen oder um sich zu vergewissern, dass Lare zu Hause ist.«

Huusko verstummte, um seine Gedanken zu sammeln.

»Er geht in Lares Wohnung. Lare hat ein paar Bier intus, lacht Alaniemi ins Gesicht und will das Beweisstück nicht rausrücken. Alaniemi rastet aus, verdrischt Lare und verstopft seinen Mund mit der Bierflasche. Der Verschluss liegt nur lose auf und bleibt in Lares Kehle stecken. Lare ist noch geschwächt von der Operation und wird bewusstlos. Alaniemi ruft vor Schreck seinen alten Freund Helenius an und erzählt ihm, was passiert ist. Helenius begreift, dass er den

Fall an sich reißen muss, damit Alaniemi keinen Ärger kriegt. Er bequatscht die Hakala und eilt zum Tatort.«

»Warum hätte Helenius wegen Alaniemi dieses Risiko eingehen sollen?«, fragte Jansson.

»Weil Alaniemi auf dem besten Wege ist, Innenminister zu werden, und als solcher kann er sich revanchieren. Das Glück ist Alaniemi hold, und Oras bescheinigt einen natürlichen Tod als Folge der Bypassoperation, oder vielmehr der Lungenentzündung. Helenius setzt einen Schlusspunkt unter die Ermittlungen. Eki wiederum hält Tammela für den Mörder oder zumindest für einen Mitschuldigen und sucht ihn auf. Die beiden streiten sich, Tammela kriegt den Hammer auf den Schädel und stirbt. Außerdem ...«

Huusko wurde nachdenklich.

»Was?«

»Ich fürchte, dass es dem zweiten Zeugen, Tirronen, bald ebenso ergehen wird. Er hat mehr als zwei Monate in der therapeutischen Einrichtung von Yläpuro gelebt. Dann kriegt er plötzlich einen geheimnisvollen Anruf aus einer Telefonzelle in Kallio und verschwindet wie der Blitz. Ich denke, dass er Angst hat.«

»Vor wem?«

»Zuerst dachte ich, vor Eki, aber jetzt bin ich mir da nicht mehr so sicher.«

Jansson sah Huusko an und fühlte fast väterlichen Stolz. Er schnupperte in der Luft.

»Hier stinkt es nach vergammelter Elefantenscheiße.«

15.

Uki und Lare hatten viel gemeinsam, mehr als nur die Berufswahl. Beide waren etwa gleich alt, waren gebürtige Helsinkier und technisch begabt, sodass sie sich mit Schlössern und Alarmanlagen besser auskannten als jeder andere. Außerdem waren sie, wenn es darauf ankam, knallhart, aber auf ihre Art trotzdem sympathisch. Raid hatte mit beiden gearbeitet und schätzte sie gleichermaßen.

Uki goss ein wenig Whisky in Raids Glas. Raid nippte von dem rauchig schmeckenden Getränk.

»Wenn du möchtest, dass ich Eki suche, muss ich mehr wissen.«

»Ich dachte, dies ist ein Treffen unter alten Freunden, aber du willst, dass ich durchlässig bin wie ein Sieb.«

»Lare hat nichts mehr zu verheimlichen und Ekis Situation kann nicht viel schlimmer werden, als sie ohnehin schon ist.«

»Du wirst mich hoffentlich nicht töten, wenn ich dir nicht alles erzähle?«

»Nein, höchstwahrscheinlich nicht.«

»Ich habe mir den Kopf zermartert über Lares Tod und über Ekis Verhalten. Ganz sicher weiß ich nur, dass Lare getötet worden ist und dass Eki auf die eine oder andere Weise damit zu tun hat.«

»Wenn Lare wollte, dass Eki Geld bekommt, warum hat er dir dann nicht vorgeschlagen, mit ihm zusammen den Bruch zu machen?«

»Er wusste, dass ich nicht eingewilligen würde. Eki ist unberechenbar und er säuft zu viel.«

»Hätte Lare selbst ihn denn mitgenommen?«

»Ich glaube, Lare hätte es allein gemacht. In welchem Zustand war Eki?«

»Er hatte getrunken.«

»Und sonst?«

»Er glaubt, dass ich engagiert worden bin, ihn zu töten.«

»Undank ist der Welt Lohn.«

»Ich habe seine Handynummer.«

»Gut.«

»Ruf du ihn an. Vielleicht vertraut er dir mehr.«

Raid gab Uki den Zettel mit der Nummer.

»Ich erledige das morgen.«

»Hat Lare, als du ihn getroffen hast, nichts gesagt, was mit der Sache zusammenhängen könnte?«

»Wir haben über die Arbeit gesprochen ... Etwas allerdings fällt mir ein. Er hatte ein blaues Auge und ich habe ihn darauf angesprochen. Er erzählte, dass vier junge Männer zu ihm in die Wohnung gekommen waren, angeblich, um eine Pistole zu kaufen. Die Burschen stammten aus der Gegend, er kannte sie vom Sehen. Sie machten kleinere Sachen, brachen Autos auf und so was, außerdem nahmen sie Drogen. Die Burschen hatten plötzlich angefangen, blöd zu quatschen von dem Gold, das Lare angeblich in seiner Wohnung versteckte. Dann hatte einer von ihnen versucht, auf Lare loszugehen, aber er hatte einen Baseballschläger griffbereit und konnte zwei der Typen zu Boden schlagen. Ein anderer verpasste ihm daraufhin einen Faustschlag und dann hauten sie ab.«

»Hast du ihm geglaubt?«

»Ja. Er hat es nicht nötig, mich anzulügen. Er hätte sagen können, dass er nicht darüber reden will.«

»Hatte er Angst, dass die Burschen wiederkämen?«

»Den Eindruck hatte ich nicht.«

»Und hat er irgendwas über Eki gesagt?«

»Nur dass er ihm seinen Anteil überlassen will, wenn bei der Operation etwas schief geht.«

»Hat er gesagt, warum?«

»Nein, und ich habe auch nicht gefragt. Das ging nur die beiden etwas an.«

»Wie stehen Sundman und Eki zueinander?«

»Frag ihn selbst.«

Uki spielte mit seinem Whiskyglas, trank aber nicht.

»Du bist näher dran.«

»Nun, es ist kein Geheimnis. Sundman machte das Gold, den Schmuck und die Schecks aus Lares und Ekis Einbrüchen zu Geld. Wenn es ums Geld geht, gibt es immer Streit.

Niemand bekommt je so viel, wie er gern haben möchte. Eki glaubte, dass Sundman sich etwas abgezweigt hat.«

»Und, hat er?«

»Ich glaube es nicht, aber ich würde meine Hand nicht dafür ins Feuer legen.«

Uki stand auf und öffnete das Lüftungsfenster. Regen trommelte aufs Fensterbrett.

»Wenn Lare klug gewesen wäre, hätte er schon vor Jahren aufgehört, aber er wollte zeigen, dass er mit den jungen Leuten Schritt halten kann, was nicht der Fall war. Letzten Endes kann einem so was nur verdammt Leid tun, oder?«

»Vielleicht hat Lare nicht aufgehört, weil er es sich nicht leisten konnte. Er hatte keinen Notgroschen, so wie du.«

»Er dachte immer, dass er jederzeit Geld kriegen kann, dass er nur mal mit dem Fuß aufstampfen müsste. Wenn das so liefe, dann wären alle Gauner stinkreich. In Wirklichkeit kratzt jeder von ihnen den Kitt aus den Fenstern. Glaubst du, dass ich irgendwo einen sagenhaften Schatz liegen habe, von dem ich mir immer mal ein bisschen hole? Diese Wohnung, Merjas Ausbildung, das Leben, alles kostet Geld. Ich bin seit zwanzig Jahren keiner regelmäßigen Arbeit nachgegangen. Was glaubst du wohl, wie viel Rente ich kriege, wenn es so weit ist?«

Raid musste daran denken, wie mühelos Uki ihn zur Mitarbeit bei dem Einbruch in der Anwaltskanzlei hatte überreden können, obwohl er eigentlich beschlossen hatte, dergleichen nicht mehr zu machen. Uki hatte ihn bei seinen Schwachpunkten gepackt. Zuerst hatte er ans Gefühl appelliert – an die Freundschaft – und zu verstehen gegeben, dass er in der Tinte säße, wenn Raid ihm nicht helfen würde. Dann hatte er den Verstand angesprochen: Es würde eine Millionensumme herausspringen und ein Risiko wäre nicht vorhanden.

»Lares Freund aus Insiderkreisen hat nichts von sich hören lassen?«, fragte Raid.

»Nein.«

Raid warf einen Blick auf die Wanduhr. Es war zehn Minuten nach neun Uhr abends. Sie saßen in Ukis Küche am Tisch. Uki drückte die Nase an die Fensterscheibe.

»Der Frühlingsregen wäscht den Staub von den Straßen der Stadt.«

»Genau.«

Uki nahm einen Schluck aus seinem Glas, aber so vorsichtig, dass er kaum seine Lippen benetzte.

»Wenn du dich seinerzeit entschlossen hättest, für mich zu arbeiten, dann wäre alles einfacher gewesen. Außerdem wärest du jetzt im ganzen Land der Beste auf diesem Gebiet.«

»Ich glaube, dass ich auch ein guter Zimmermann geworden wäre.«

Uki lachte.

»Erzähl noch mehr von Lare«, bat Raid.

»Lares Fehler war, dass er die Leute absichtlich reizte. Was würdest du machen, wenn dein Schachpartner, der sowieso besser ist als du, dich nach jedem Zug verspottet und du merkst, dass das Schachmatt mit jedem Mal näher kommt, so sehr du dich auch bemühst?«

»Ich würde ihn erschießen.«

»Das können nicht alle, die meisten benutzen andere Mittel. Der Mensch vergisst vieles, aber nicht, wenn sich jemand vor anderen Leuten über ihn lustig macht, und sei es auch in gutmütigem Ton. Ich spreche von der Zeit, als Lare noch bei Kräften war. Ja, und wenn einer wie er dann schwach wird, kriechen die Geister der Vergangenheit aus ihren Löchern.«

»Nenne den Namen eines Geistes.«

»Die Polizei gründete in den Sechzigerjahren eine spezielle Arbeitsgruppe. Ihre offizielle Bezeichnung lautete: Arbeitsgruppe zur Aufklärung großer und spektakulärer Verbrechen. Sie wurde bald *Gruppe der großen Reden* genannt. Rat mal, wer sich den Namen ausgedacht hatte?«

»Ich ahne es.«

»Richtig, Lare. Nachdem er die Gruppe lächerlich gemacht hatte, nahm sie ihn aufs Korn. Er wurde Tag und Nacht beschattet, in seiner Wohnung und seiner Werkstatt fanden Durchsuchungen statt, das ging über Monate. Plötzlich ließ man ihn in Ruhe.«

»Hatte er sich entschuldigt?«

»Ich hörte, dass er etwas besaß, mit dem er den Chef der Gruppe hätte in die Scheiße reiten können. Er knallte es auf den Tisch und hatte seitdem seine Ruhe.«

»Wer war der Chef?«

Von der Wohnungstür kam das Geräusch eines Schlüssels, der im Schloss gedreht wurde.

»Raili kommt.«

Ukis Frau trug einen Einkaufsbeutel und eine schwarze Handtasche. Sie lugte, noch im Mantel, in die Küche.

»Sieh mal, wer uns besucht«, sagte Uki.

Raili kam herein, umarmte Raid und küsste ihn auf die Wange.

»Ich hatte schon gedacht, dir ist etwas passiert, weil man gar nichts mehr von dir hört …«

Sie sah ihren Mann fragend an.

»Und du hast nicht mal Kaffee angeboten?«

»Ich kann ihn nicht zwingen, er ist ein erwachsener Mann. Zwölf Jahre alten Whisky hat er immerhin akzeptiert.«

»Ich mache euch ein paar belegte Brote.«

Als Raili die Bewirtung so energisch in die Hand nahm, fühlte Raid sich gleich wie zu Hause. Fast wie als Kind, wenn die Mutter ihn umsorgt hatte.

Raili verstaute ihre Einkäufe im Kühlschrank und packte gleichzeitig kaltgeräucherten Lachs, Roggenbrot und Butter auf einen Nebentisch. Nachdem sie Hut und Mantel in die Flurgarderobe gebracht hatte, machte sie sechs belegte Brote zurecht, würzte den Lachs mit Zitronenpfeffer und schnitt ein paar Scheiben Zitrone ab, dann stellte sie den Teller mit den Broten vor Raid und Uki hin.

»Esst, damit ihr Kraft für eure Missetaten habt.«

Uki holte zwei Flaschen Bier aus dem Kühlschrank. Raili setzte sich an die Stirnseite des Tisches und sah ihnen beim Essen zu.

»Auf Sundmans Hochzeit haben wir uns gar nicht richtig unterhalten können. Dir gefällt es also immer noch in Schweden?«

»Ja, stimmt.«

»Hast du Merja mal angerufen?«, fragte Raili, obwohl sie die Antwort kannte.

»Nein.«

»Sie ist mit ihrem Studium fertig und hat inzwischen einen festen Arbeitsplatz.«

»Prima.«

»So prima ist es gar nicht«, knurrte Uki. »Die Firma presst wirklich das Letzte aus ihren Leuten raus.«

»Es ist ein großer und anständiger Arbeitgeber. Gestern hast du noch richtig damit geprahlt.«

»Das war gestern.«

»Was hat sich seitdem geändert?«

Das Wortgeplänkel des alten Ehepaars war sanft. Raid hatte Ukis Frau noch nie ernsthaft wütend erlebt. Sie konnte energisch und streng sein, aber nicht wütend, zumindest nicht zur eigenen Familie. Raid gegenüber verhielt sie sich mütterlich.

»Wie lange bleibst du?«, wollte sie wissen.

»Etwa eine Woche.«

»Um nochmal auf Merja zurückzukommen …, sie hat einen neuen Freund, die beiden sind Arbeitskollegen …«

»Prima.«

»Der Bursche war schon mal bei uns, macht einen recht ordentlichen Eindruck«, sagte Uki.

Raili sammelte das leere Geschirr ein und stellte es ins Spülbecken.

»Ich mache uns Kaffee.«

Sie schaltete die Kaffeemaschine ein und setzte sich wieder an den Tisch. Sie sah Raid ins Gesicht.

»Merja hat eine eigene Wohnung in Lauttasaari. Ich klopfe auf Holz, aber es scheint, als ob es ihr gut geht …, eine Zeit lang hatte sie Schwierigkeiten …«

Obwohl sie es nicht sagte, hatte Raid den Eindruck, dass sie ihn für den Anlass von Merjas Schwierigkeiten hielt.

»Es ist schon komisch. Als Merja klein war, dachte man, wenn sie erst heranwächst, bräuchte man sie nicht mehr zu behüten. Später, als sie den ersten Freund hatte, kamen neue Sorgen, und obwohl sie jetzt schon erwachsen ist, sorgt man sich immer noch … Mir ist klar geworden, dass Eltern wohl nie aus den Sorgen herauskommen …, du weißt von diesen Dingen noch nichts.«

»Nein«, gab Raid zu.

»Hoffentlich später einmal. Ein Mensch ist unvollständig ohne Kinder.«

»Ich glaube, dass ich auch ohne sie zurechtkomme.«

»Das denkt man, wenn man jung ist.«

»So jung ist er gar nicht mehr«, warf Uki ein.

»Aber in meinen Augen.«

Raili deckte den Tisch und taute Kuchen auf, den sie aus dem Gefrierschrank genommen hatte. Dann schenkte sie Kaffee ein.

»Habt ihr Eki Eerola schon gefunden?«

Uki blickte düster drein.

»Nein.«

»Hoffentlich könnt ihr ihm helfen. Er ist kein schlechter Kerl.«

Uki sah sie von unten her an.

»Woher willst du das wissen?«

»Ich kenne Virpi, seine frühere Frau. Eine Ehefrau kennt nun mal die guten und schlechten Seiten ihres Mannes.«

»Besonders die schlechten«, sagte Uki.

Raid stand auf.

»Ich werde mal gehen. Ich war den ganzen Tag auf Achse.«

Raili begleitete ihn in den Flur. Sie zögerte einen Moment, sagte dann aber: »Es ist wohl das Beste, wenn du Merja nicht mehr triffst. Sie hat ihr Gleichgewicht wiedererlangt und …«

»Du hast Recht.«

Raili küsste ihn auf die Wange.

16.

Ein melancholischerer Ort als ein Friedhof im Frühjahrsregen ließ sich kaum denken. Die Bäume hatten noch keine Blätter und die Erde war vom Schnee aufgeweicht und glitschig. Die Luft war kühl. Es fehlte nur noch, dass aus dem Regen Schnee geworden wäre.

Huusko hatte sich von einem Kollegen einen dunklen Mantel leihen müssen. Er selbst besaß keinen, da er beabsichtigte, nur an seinem eigenen Begräbnis teilzunehmen. Der Mantel war ihm zu groß und er spürte, wie das vom Regen schwere Kleidungsstück ein Eigenleben zu führen begann. Die Schultern hingen irgendwo über dem Bizeps. Huusko hatte das Gefühl, als würde er, dem Mantel folgend, auf die Erde rinnen. Zum ersten Mal in seinem Leben fragte er sich verwundert, warum er eigentlich keinen Regenschirm besaß.

Der Moment nahte, da der Sarg in die Erde gesenkt werden sollte. Huusko hatte die Andacht in der Kapelle ausgelassen und sich draußen dem Trauerzug angeschlossen. Zwei Männer des Bestattungsbüros schoben den Karren mit Lares Sarg über den Kiesweg, zu beiden Seiten des Sarges schritten drei Träger. Das Grab war erreicht. Der Mann vom Bestattungsbüro nickte und die Träger griffen zu den säuberlich aufgerollten Gurten. Der Träger hinten links zog zu stark, und die anderen mussten rasch folgen, damit der Sarg nicht umkippte.

Sie schritten zum offenen Grab und blieben stehen. Ein Trauergast trat vor sie hin und machte mit einer kleinen Kamera ein Foto. Einer der beiden vorderen Träger wischte sich mit der freien Hand den Regen vom Gesicht, der andere fasste an den Schultergurt und blickte direkt in die Kamera.

Der Pastor gab den Trägern ein Zeichen und sie lockerten die Schultergurte. Der lackierte Sarg mit Lares sterblichen Überresten versank ruckend in der Gruft.

Der Pastor konnte dem kalten Regen ebenso wenig abgewinnen wie die etwa zehn Trauergäste und so erlöste er sie rasch von ihrer Qual. Lare musste sich mit einer kurzen Zeremonie begnügen. Amen.

Huusko musterte die Gäste aus höflichem Abstand. Er erkannte nur drei von ihnen, sie alle hatten irgendwann Eigentumsdelikte begangen. Die anderen waren vermutlich Verwandte, die ihrer Pflicht offenbar nur widerwillig nachkamen. Lares großer Bruder hob sich aus der Gruppe ab. Er war fast siebzig Jahre alt und klein, wirkte aber robust. Er lenkte das Begräbnis mit kurzen Gesten und leisen Bemerkungen.

Jetzt gab er dem Pastor die Hand und wandte sich an die Gäste.

»Im Gemeinderaum findet eine kleine Gedenkfeier statt. Ich denke, dass heißer Kaffee und ein Imbiss bei diesem Wetter gut tun.«

Er deutete in die Richtung des Hauses. Dann kam er mit ausgestreckter Hand zu Huusko.

»Sie sind wahrscheinlich der Mann, den Kommissar Jansson angekündigt hat?«

Huusko nickte und schaltete gleichzeitig sein Handy ein. Lares Bruder zog ihn mit sich.

»Ihr Vorgesetzter sagte, dass Sie einen Fall untersuchen, der mit Lares Tod zu tun hat.«

»Er meint einen Totschlag, bei dem ein Freund Ihres Bruders als Verdächtiger gilt.«

»Sie sprechen von der Sache mit dem Hammer und von Eki?«

»Ganz recht. Kannten Sie Eki?«

»Ziemlich gut, obwohl ich fast zehn Jahre älter bin als er und Lare. Ich ging bereits arbeiten, als die beiden mit der Volksschule anfingen, aber es gab eine Zeit, da hat Eki fast bei uns gewohnt.«

»Hat es Sie überrascht, was er getan hat?«

»Ja und nein. Angesichts seiner Vergangenheit sollte einen eigentlich nichts mehr überraschen, andererseits hatte er stets etwas Ehrliches an sich, fast wie ein Pfadfinder. Wenn er wirklich getan hat, was man ihm anlastet, dann muss er dafür einen, aus seiner Sicht, guten Grund gehabt haben.«

»Es wäre schön, diesen Grund zu kennen.«

Der Mann fasste Huusko am Oberarm. Huusko sah ihn erstaunt an, machte sich aber nicht los. Die Geste war mehr höflich als drohend.

»Wenn es recht ist, spreche ich jetzt kurz über meinen Bruder. Ich bin bereits vor dreißig Jahren nach Kanada gegangen und habe Finnland danach nur sehr selten besucht. Lare kam einmal nach Kanada. Er sollte eigentlich bleiben und bei mir arbeiten, aber wir bekamen Streit und er verschwand wieder ... Lare war ein ganz schöner Hitzkopf ... Wir haben uns dann ab und zu geschrieben und gelegentlich telefoniert. Als Lare krank wurde, wurde der Kontakt enger ..., mir war, als hätte ich meinen kleinen Bruder wiedergefunden, und ihm ging es vielleicht ähnlich. In diesem Alter ist man über so etwas froh ..., und als ich hörte, dass er fast ein Jahr lang auf eine Bypassoperation warten musste – was diesem Land nicht zur Ehre gereicht –, wandte ich mich an eine Privatklinik und vereinbarte, dass ich die Operation meines Bruders bezahlen würde, oder zumindest den größten Teil. Zwei Freunde hatten ihm bereits einen Teil geliehen. Er wurde operiert, aber leider kam es dann so, wie es kam.«

»Ich hatte mich tatsächlich gewundert, woher das Geld für die Operation stammte.«

»Von mir ... und von seinen Freunden. Er hatte mir gegenüber offen zugegeben, dass er keinen Pfennig besaß und zahlreichen Leuten Geld schuldete. Alles, was er durch seine Verbrechen erworben hatte, war aufgebraucht.«

Huusko spürte, wie der Mann fester zupackte.

»Als nächster Angehöriger habe ich den Obduktionsbericht bekommen. Ich habe ihn sorgfältig gelesen. Deshalb war ich völlig überrascht, als ich hörte, dass die Polizei die Ermittlungen eingestellt und eine natürliche Todesursache bescheinigt hat.«

Er blieb stehen und sah Huusko offen ins Gesicht.

»Was meinen Sie dazu?«

»Der Fall lag in den Händen erfahrener Ermittler.«

»In Amerika zum Beispiel liegt bei der Polizei vieles im Argen, es gibt Korruption und Ungleichbehandlung – wenn man kein Geld hat, passiert nichts. Dort könnte es in einem entsprechenden Fall vorkommen, dass nicht ermittelt wird, aber ich hätte nie geglaubt, dass dergleichen in Finnland möglich ist. Oder dieses Land hat sich tatsächlich in den dreißig Jahren, die ich weg bin, völlig verändert.«

»Wenn Sie das Gutachten des Gerichtsarztes gelesen haben, wissen Sie ja, zu welchem Schluss er kam. Lare ist an Lungenentzündung gestorben.«

»Vielleicht, aber was ist ihm vorher zugestoßen? Ich bin sicher, dass er misshandelt und dann seinem Schicksal überlassen worden ist. In dem Bericht ist von Knochenbrüchen und Wunden und von einem Kronkorken in der Kehle die Rede. Erklären Sie mir das!«

»Ich muss zugeben, dass der Fall ungewöhnlich ist, aber ...«

»Es ist schon Seltsameres vorgekommen ..., so sagte auch der zuständige Ermittler. Vielleicht, aber es ist nicht mal der Versuch unternommen worden, das Ganze aufzuklären.«

Sie überquerten die Hietaniemenkatu und blieben stehen, um einen Leichenwagen vorbeizulassen. Lares Bruder nahm den Hut ab.

Huusko trug keinen Hut. Er blickte rasch in beide Richtungen und entdeckte am Straßenrand, etwa zwanzig Meter entfernt, einen alten schwarzen Mercedes. Einen ähnlichen besaß auch Jansson. Der Regen trübte die Windschutzscheibe, aber der Mann, der hinter dem Lenkrad saß, kam Huusko bekannt vor. Er wirkte melancholisch, so als könne ihn nichts mehr erschüttern.

Lares Bruder fasste ihn wieder am Ärmel und zog ihn weiter. Huusko blickte noch einmal zurück. Wer besaß den gleichen Wagen wie Jansson …?

»Raid!«, rief er.

Lares Bruder drehte sich um.

»Welcher Raid?«

»Ach, nichts.«

Die Kaffeetafel fand in einem niedrigen verputzten Gebäude statt. Die Gäste warteten schon vor dem Eingang wie eine Schar hungriger Krähen.

»Ist es Ihnen recht, wenn wir uns nach dem Kaffeetrinken weiter unterhalten? Ich weiß, dass Sie als Polizist viel zu tun haben, aber ich habe vielleicht Informationen, die Sie interessieren.«

Der Mann warf zum Schluss einen Köder aus, mit dem er sicherstellte, dass Huusko bleiben würde.

»Die Informationen haben auch mit Eki zu tun.«

Er führte die Gäste ins Haus und Huusko folgte.

Der Pastor hatte offenbar eine nur Insidern bekannte geheime Abkürzung benutzt, denn er stand bereits erwartungsvoll im Saal.

Huusko holte sich Kaffee und ein großes Stück Torte, dann sonderte er sich mit seiner Beute so weit von den anderen ab, wie es die Höflichkeit erlaubte.

Lares Bruder dankte den Gästen für ihr Erscheinen und

hielt eine kurze Rede. Er versuchte nicht, das Lebenswerk seines Bruders zu beschönigen. Huusko legte vorsichtig den Löffel nieder und lauschte. Als der Mann geendet hatte, entstand zunächst Schweigen. Der Pastor unterbrach es geübt und forderte die Gäste auf, ihre Erinnerungen an den Verstorbenen zu erzählen. Niemand stand auf.

Die Veranstaltung dauerte etwa eine halbe Stunde. Dann schüttelte der Pastor Lares Bruder die Hand, nickte den anderen Gästen zu, holte Schirm und Mantel aus der Garderobe und trat in den Regen hinaus. Lares Bruder schüttelte seinerseits allen Gästen die Hand. Schließlich waren er und Huusko allein. Er schenkte ihm Kaffee nach und setzte sich ihm gegenüber.

»Sie hatten noch etwas zu erzählen«, sagte Huusko.

»Ich habe versucht, mich in die Rolle eines Polizisten zu versetzen. Ich habe mir Gedanken gemacht, was passieren müsste, damit in dem Fall ermittelt wird. Korrigieren Sie mich, wenn ich falsch liege …, man braucht einen Hinweis auf einen möglichen Täter und das passende Motiv …«

»Sie erwähnten etwas von Eki.«

»Dazu komme ich gleich. Liege ich falsch?«

Huusko überlegte kurz und biss in eine saftige Fleischpastete. Er hatte gelernt, stets zuzulangen, wenn es etwas umsonst gab.

»Ein Motiv zu finden ist natürlich immer gut. Ich war allerdings selbst als Erster am Tatort. Niemand hatte etwas gesehen oder gehört, was auf ein Verbrechen hindeutete …, sämtliche Nachbarn wurden befragt …«

»Das glaube ich und ich verstehe auch die Polizei. Man hat sowieso genug zu tun, also muss man nicht noch mit Gewalt ein Verbrechen suchen, wo der Gerichtsarzt anderweitig beschieden hat. Aber wenn es nun so ist, dass man nicht ermitteln will, damit das Motiv der Tat verborgen bleibt?«

»Was meinen Sie damit?«

»Selbst wenn in Lares Fall Totschlag vermutet und entsprechend ermittelt würde, würde man es wahrscheinlich für einen der üblichen Vorfälle unter Saufkumpanen halten. Bei Lares Hintergrund wäre diese Variante sogar ziemlich wahrscheinlich. Aber wenn nun eine Absicht dahinter steckt und jemand bewusst versucht hat, es so aussehen zu lassen?«

»Die Sache gilt aber nicht als Totschlag unter Saufkumpanen, sondern als natürlicher Todesfall«, erinnerte Huusko ihn.

»Umso besser für den Täter. Er hatte sich darauf eingestellt, dass die Sache nur flüchtig untersucht wird, weil Lares Vergangenheit nun mal so ist, wie sie ist, aber selbst er hatte nicht mit so viel Glück gerechnet, dass die ganze Sache unter den Teppich gekehrt wird. Niemand sucht nach Fingerabdrücken oder fragt nach dem Motiv ...«

»Dass die Sache unter den Teppich gekehrt worden ist, ist ein ziemlich starker Ausdruck.«

»Wie würden Sie es nennen?«

»Faulheit, vielleicht Gleichgültigkeit, ohne dass eine Absicht dahinter steckt.«

»Und wenn ich nun das Tatmotiv kenne?«

»Ich würde es gerne erfahren.«

»Ich möchte, dass in der Sache etwas unternommen wird.«

»Ich kann nichts versprechen, aber ich will natürlich nicht, dass der Täter frei herumläuft.«

Der Mann musterte Huusko und beschloss, ihm zu vertrauen.

»Eki rief mich letzten Dienstag an. Er war bei Lare gewesen und hatte ihn tot aufgefunden.«

»Wie war er in die Wohnung gekommen?«

»Er besaß einen Schlüssel, den hatte Lare ihm selber gegeben.«

»Waren sie nicht zerstritten?«

»Sie hatten sich ausgesprochen und wieder vertragen.«

»Wir bekamen die Sache erst am Donnerstag auf den Tisch. Warum haben Sie uns nicht informiert?«

»Ich musste über die Geschichte, die Eki erzählt hatte, erst mal gründlich nachdenken. Ich wollte sobald wie möglich anrufen, aber jemand kam mir zuvor.«

»Ich würde Ekis Geschichte gern hören.«

»Lare hatte ihm eine Nachricht auf dem Handy hinterlassen. Darin bat Lare ihn dringend zu sich. Eki ging hin und fand ihn tot auf. Er hielt es für eine Falle ...«

»Was geschah dann?«

»Eki fing an nachzuforschen, wer ihn zum Sündenbock machen wollte, und er erfuhr, dass Tammela sich nach seiner Telefonnummer und seinem Aufenthaltsort erkundigt hatte. Er suchte den Mann auf und die Sache nahm ein schlimmes Ende ...«

Huusko erwachte aus seinem Pastetenrausch.

»Tammela? Der Typ, der umgebracht wurde?«

»Genau der. Er kriegte einen Schlag mit dem Hammer auf den Schädel und starb.«

»Was geschah in Tammelas Wohnung?«

»Eki hat ihn wegen Lares Tod ausgefragt und bedrängt. Vielleicht hat er ihn dabei ein bisschen zu hart rangenommen, aber Tammela hat schließlich zugegeben, dass er sich im Auftrag von jemand anderem nach Eki erkundigt hatte.«

Huuskos Handy klingelte.

»Entschuldigung.«

Er stand auf und trat ein paar Schritte beiseite, ehe er sich meldete. Der Anrufer war Loimukoski.

»Ich weiß, wo Eki ist.«

»Wo?«

»Im Wald von Pirkkola, in einer Hütte. Ein Kumpel hat ihn vor zwei Stunden dort gesehen. Ich habe versucht, dich anzurufen, aber dein Handy war abgestellt.«

»Ich bin auf Lares Beerdigung.«

»Wenn du Eki haben willst, dann beeil dich ..., ich kann dich hinführen.«

»Ich muss nur etwas regeln und melde mich dann gleich.«

Lares Bruder stand auf und trat näher.

»Sie wollten wissen, was in Tammelas Wohnung passiert ist. Tammela ist schließlich damit rausgerückt, dass die beiden, Lare und Eki, das Maul zu weit aufgerissen haben und dass jemand etwas dagegen hat. Eki wollte wissen, was Tammela meinte, denn er, Eki, hatte nie Dinge ausgeplaudert und würde es auch nie tun. Darauf hat Tammela gesagt, dass es um einen Film geht.«

»Um einen Film?«, wunderte sich Huusko.

»Einen Dokumentarfilm, der über Lare gedreht worden ist. Auch Eki war dafür interviewt worden, ebenso ein paar Polizisten ..., sogar mich hat der Regisseur dafür gewonnen. Lare hatte ja eine Menge spektakulärer Dinger gedreht und galt als einer der letzten Geldschrankknacker alter Schule. Jedenfalls ist Eki dann noch aggressiver geworden, und da hat Tammela ihn mit dem Messer angegriffen. Eki mit seinen Erfahrungen aus der Legion ist ihm zuvorgekommen.«

»Hat Eki Ihnen gesagt, wo er sich aufhält?«

Der Mann schüttelte den Kopf.

»Der Film ist das Motiv. Jemand fürchtete sich davor und deshalb wurde Lare getötet.«

Das Gras war nass und die Feuchtigkeit drang bis zu den Knien durch Huuskos Hosenbeine. Tief drinnen im Wald lag immer noch Schnee, an den anderen Stellen war der Boden glitschig und aufgeweicht. Huusko schlich durch ein dichtes Fichtengehölz und hielt inne, um zu lauschen. Irgendwo flötete ein einsamer Vogel. Sonst war nichts weiter zu hören als Loimukoskis schwerer Atem hinter seinem Rücken. Huusko drehte sich um.

»Höchstens noch zweihundert Meter. Es ist dort neben dem Bunker«, sagte Loimukoski.

Der Mann war übergewichtig und untrainiert. Ein halber Kilometer auf hügeligem Gelände und er atmete schwer wie nach einem Zehnkilometerlauf. Schweißbäche rannen von seinem Gesicht unter den Kragen des blauen Pikeehemdes. Es war kaum zu glauben, dass er vor acht Jahren ein spindeldürrer Fixer gewesen war, der gerannt war wie ein Wiesel, sodass sogar Huusko Mühe gehabt hatte, ihm zu folgen.

Die fünf Männer der Spezialeinheit, die Loimukoski folgten, waren von anderem Kaliber. Durchtrainiert, wie sie waren, machte ihnen ein kleiner Geländemarsch nichts aus, trotz der schweren Ausrüstung, die sie mit sich führten: kugelsichere Westen, Helme, Waffen, Ersatzmagazine und Funksprechgeräte.

Es war Huusko gelungen, außer der Spezialeinheit noch drei Polizeistreifen für die Operation zu gewinnen, eine davon führte einen Hund mit sich. Die Streifen waren an strategisch ausgewählten Punkten am Waldrand postiert. Falls die Operation misslang, könnte der Gesuchte wenigstens nicht so ohne weiteres aus dem Wald flüchten.

Auch Huusko trug eine kugelsichere Weste. Sie war geliehen und scheuerte unangenehm unter den Achseln.

»Du verschwindest am besten, sowie wir die Hütte gefunden haben«, sagte Huusko.

»Darauf kannst du Gift nehmen«, keuchte Loimukoski. »Eki versteht sich aufs Töten, wenn es hart auf hart geht. Ihr solltet selber auch vorsichtig sein. Als ihn die Polizei letztes Mal abholen wollte, veranstaltete er eine sechsstündige Schießerei. Er hatte in seiner Wohnung ein Gewehr mit Zielfernrohr, zwei Pistolen und außerdem noch Handgranaten.«

Der Leiter der Spezialeinheit warf Loimukoski einen Blick zu, äußerte sich aber nicht zu seinen Worten.

Sie bewegten sich, noch vorsichtiger als bisher, hundert Meter weiter. Plötzlich blieb Loimukoski stehen und zeigte vor sich auf den Boden. Alle hielten inne und blickten in die Richtung, in die sein Finger wies.

»Anemonen!«

Seine Stimme klang ehrlich erfreut.

»Auf dem Rückweg pflücke ich einen Strauß für meine Frau. Anemonen sind ihre Lieblingsblumen.«

Sie gingen weiter, und nach ein paar dutzend Metern war es Huusko, der stehen blieb.

Hinter einer dicken, harzigen Fichte tauchte der Betonbunker auf. Daneben stand eine aus Brettern und Hartplattenabfällen gezimmerte Hütte.

Alle sahen Loimukoski an.

»Das ist sie«, flüsterte er. »Als ich letztes Mal dort war, stand das Bett gleich rechts neben der Tür. An der hinteren Wand steht ein Herd, das ist auch schon fast die ganze Einrichtung.«

Loimukoski zog ein großes Stofftaschentuch heraus und wischte sich die Stirn.

»Falls man mich nicht mehr braucht ...«

»Du kannst gehen ... und danke.«

Huusko schlug ihm kameradschaftlich auf die Schulter. Loimukoski nickte und machte sich, immer noch keuchend, auf den Heimweg.

»Wir übernehmen den Rest«, sagte der Leiter der Spezialeinheit.

Vier seiner Männer waren mit Maschinenpistolen bewaffnet, der fünfte trug ein Gewehr mit Zielfernrohr.

Der Mann mit dem Gewehr suchte sich eine Stelle, von wo er freie Sicht auf die Tür der Hütte hatte, er brachte sich hinter einer kleinen Erhebung in Position, dann richtete er das Gewehr aus. Die vier anderen nahmen die Plätze ein, die der Chef ihnen anwies. Der Mann betrachtete die Hütte eine Weile durch den Feldstecher. Dann kam er zu Huusko, der hinter einem Mooshöcker und einem Baum kauerte.

»Es gibt zwei Möglichkeiten: Entweder wir führen einen Überraschungsschlag oder wir fordern ihn auf, herauszukommen.«

»Macht es so, wie ihr es für richtig haltet. Ihr kennt euch besser aus.«

»Also ein Überraschungsschlag. Wir werfen eine Blendgranate in die Hütte, dann gehen meine Männer rein.«

»Geht auf Nummer sicher. Loimukoski hat Recht, Eerola ist kein Laie auf dem Gebiet. Er hat den Finger immer schnell am Abzug.«

»Gerade für solche Leute sind meine Männer ausgebildet.«

Der Chef gab seine Befehle per Handzeichen, obwohl alle Männer mit Funksprechgeräten ausgerüstet waren. Drei von ihnen begannen, zur Hütte zu robben. Der Mann mit dem Gewehr beobachtete das Geschehen, zielte dabei aber ständig auf die Tür. Die Hütte hatte auch ein Fenster, aber es war mit weißem Stoff verhängt.

Vom Flughafen Helsinki-Vantaa stieg eine Passagiermaschine auf und donnerte über das Gelände hinweg. Huusko blickte kurz auf. Das Dröhnen der Maschine überdeckte für einen kurzen Moment alle anderen Geräusche.

Die Männer waren bereits bis auf fünf Meter an die Hütte herangekommen.

Einer näherte sich von hinten, die beiden anderen kamen von vorne links und rechts. Huusko hörte, wie der Chef per Walkie-Talkie Anweisungen gab.

»Nummer eins wirft die Granate, Nummer zwei und drei sichern. Die Vier zielt auf die Tür.«

Zwei der Männer hielten wenige Meter vor der Hütte inne, der dritte schob sich weiter vor.

Huusko merkte, wie er automatisch seine Dienstwaffe zog und entsicherte.

Der Mann verharrte vor der Tür und lauschte. Dann entsicherte er die Granate, packte die Klinke, riss die Tür auf und warf die Granate in die Hütte. Die Explosion verursachte ein lautes Geräusch und ein blendend helles Licht, aber die Druckwirkung war gering. Immerhin zersprang das Fenster der Hütte.

Der zweite Mann stürmte hinein. Zunächst geschah gar nichts, dann kam er wieder heraus und gab per Handzeichen zu verstehen, dass die Gefahr vorbei sei. Huusko und der Einsatzleiter eilten hinzu.

Der Mann sicherte seine Waffe.

»Drinnen liegt eine Leiche, ein Mann. Ist wohl dein Job.«

Huusko lieh sich eine starke Lampe und trat ein. Das Fenster war jetzt zwar offen, aber es war nur klein, und das wenige Licht, das durch die dichten Zweige drang, reichte nicht aus, um im Inneren sehen zu können.

Er blieb in der Tür stehen und schaltete die Lampe ein. An der hinteren Wand stand der Herd, genau wie Loimukoski gesagt hatte, und darauf ein rußiger Aluminiumkessel und eine ebenso rußige Bratpfanne. Rechts neben der Tür stand das Bett und darauf lag der Tote, halb unter der Decke verborgen. Nur der linke Arm, die Schulter und der Hinterkopf waren zu sehen, das Gesicht war zur Wand gedreht.

Huusko richtete den Strahl der Lampe auf den Fußboden, um zu verhindern, dass er auf Beweismaterial trat, dann musterte er die Wände. Es gab nirgendwo Blutspuren oder -spritzer. Er leuchtete unter das Bett, dort hatte sich eine Blutlache gebildet, die bereits eingetrocknet war.

Huusko näherte sich vorsichtig dem Bett und hob die Decke an. Das Blut hatte sie an den Körper geklebt und beim Abreißen entstand ein unangenehmes, ratschendes Geräusch. Die Hände des Toten waren mit Kabelbinder gefesselt, ebenso seine Füße. Auf dem rechten Handrücken war ein Kompass und am linken Handgelenk ein Stacheldraht eintätowiert. Huusko beugte sich hinunter und beleuchtete das Gesicht des Toten. Es war geschwollen und blutig, der offene Mund wies Zahnlücken auf.

Trotz des vielen Blutes erkannte Huusko den Mann sofort.

Der Einsatzleiter blickte durchs zerbrochene Fenster.

»Kennst du ihn?«

»Ja.«

»Ist es der Mann, den wir gesucht haben?«

»Nein.«

»Und wer ist es?«

»Tirronen, Tero Tapio. Tirronen mit drei T.«

Huusko betrachtete den geschundenen Körper. Er war sicher, dass Tirronen gefoltert worden war.

Jansson drehte eine Zitrone in den Händen, biss aber nicht hinein. Ernst sagte er zu Huusko: »Es sieht allmählich wirklich übel für Eki aus. Wer hatte ihn dort gesehen?«

»Ein ehemaliger Hehler namens Luotola, er betreibt in der Nähe einen Lebensmittelkiosk. Er hat Loimukoski, ehemals Jäppinen, informiert und der hat mich angerufen.«

»Handelt es sich etwa um *den* Jäppinen?«

»Ja. Wir haben das Kriegsbeil begraben. In der Hütte wohnt normalerweise ein alter Kumpel der beiden, sie haben ihn gelegentlich besucht und ihm ein bisschen zu essen gebracht. Diesmal war Luotola allein hingegangen. Er hat gesehen, dass Eki draußen vor der Hütte saß, der hat ihn aber zum Glück nicht gesehen. Der Mann kennt Eki, insofern besteht kein Zweifel, dass seine Beobachtung stimmt.«

»Wann war er dort?«

»Etwa um zehn Uhr morgens.«

»Und ihr seid gegen Mittag eingetroffen?«

»So etwa.«

»Du sagtest, dass das Blut schon getrocknet war.«

»Stimmt. Der Mann war garantiert seit mehreren Stunden tot.«

»Also ist es vor zehn Uhr passiert. Warum hätte Eki dort bleiben sollen?«

»Schwer zu sagen.«

»Und Tirronen? Warum hätte er hingehen sollen?«

»Es verhält sich wohl umgekehrt. Tirronen hauste in der Hütte und Eki hat davon Wind gekriegt.«

»Eki hat jahrelang die Zeit und sicher auch die Möglichkeit gehabt, Tirronen und Tammela zu töten. Warum sollte er das jetzt erst tun?«

Jansson schnupperte an der Zitrone und biss dann hinein.
»Wie steht es eigentlich um deine Gesundheit?«, fragte Huusko besorgt.
»Das weiß man erst, wenn alle Untersuchungsergebnisse vorliegen.«
»Nun, ich denke mir, dass es mit Lare zu tun hat. Als Lare starb, vermutete Eki eine große Verschwörung und beschloss, sich an allen zu rächen, die seiner Meinung nach ihn und Lare verraten hatten.«
»Welchen Grund hatte er gehabt, Tirronen zu foltern? Eki ist eher einer von denen, die schnell töten.«
Jansson spülte den Geschmack der Zitrone mit Mineralwasser hinunter.
»Vielleicht wollte er Tirronen das Geständnis abpressen, dass seine Zeugenaussage falsch war.«
»Falls es nicht Eki war, wer hätte sonst Grund gehabt, Tirronen zu töten? Was wusste er?«
»Dasselbe wie Tammela, dass nämlich die Beweise in zwei Fällen fingiert waren.«
»Eine sehr unschöne Alternative«, sagte Jansson. »Hast du Lares Bruder getroffen?«
»Ja, und er glaubt, dass Lare ermordet wurde.«
»Wie wirkte er?«
»Ganz sachlich und vernünftig, hat sich aber mächtig darüber aufgeregt, dass Pekkala die Ermittlungen eingestellt hat. Er glaubt, dass ein Dokumentarfilm, der über Lare gedreht worden ist, das Motiv für den Mord liefert. Jemand fürchtet sich vor Lares Enthüllungen.«
»Es war eigentlich nicht Lares Art, Leute bloßzustellen.«
»Die Situation war jetzt anders. Lare hatte nichts mehr zu verlieren. Er hatte sich ausgerechnet, dass er sowieso nicht mehr lange lebt, und vielleicht gehofft, dass er mit der Dokumentation Geld machen, womöglich die Operation damit bezahlen kann. Übrigens hat sein reicher Bruder den größten Teil davon bezahlt.«

»Hatte der reiche Bruder irgendeine Vorstellung, wer die Person ist, die etwas zu befürchten hat?«

»Nein.«

»Wusste er, wo sich Eki aufhält?«

»Er behauptet, nein, aber ich vermute, dass er lügt.«

Jansson spürte, wie sein Herz einen kleinen Stolperschritt machte. Er erschrak, aber das Herz fand seinen Rhythmus schnell wieder und schlug im gewohnten Takt. Jansson griff erneut zur Wasserflasche. Das kühle Getränk tat ihm gut.

»Finde heraus, was für eine Dokumentation das ist und was Lare den Filmleuten erzählt hat.«

Huusko stand auf.

»Du nimmst mir die Worte aus dem Mund.«

»Tirronens Angehörige müssen benachrichtigt werden.«

»Ich erledige das«, versprach Huusko.

17.

Es wurde bereits dunkel. Raid stellte sein Auto in der Merimiehenkatu am Rande des Parks ab. Das Schloss in der Fahrertür klemmte und er musste erst eine Weile mit dem Schlüssel darin herumstochern, ehe es funktionierte.

Die Stadt zündete ihre Lichter an. Die Werft hatte helle gelbliche Scheinwerfer, die bis ins Hafenbecken strahlten. In der Ferne waren die Lichter von Munkkisaari und vom Westhafen zu sehen.

Das Wetter war mild und Raid genoss den Fußmarsch. Er ging durch die Pursimiehenkatu auf den Fredriksplatz und merkte, dass er Hunger hatte. Der Kühlschrank in Sundmans Wohnung enthielt nur Apfelsaft und ein paar Becher Joghurt. Raid kaufte sich am Kiosk einen Gemüseburger und Orangensaft und verzehrte beides auf dem Weg zu seinem Quartier.

Er stieg die Treppe zum dritten Stock hoch und horchte

dabei auf die Geräusche aus den Wohnungen. In der ersten Etage lief klassische Musik, in der zweiten dröhnte der Fernseher. Die unmittelbare Nachbarin in der dritten Etage war eine alte Frau, und von ihr war, wenn überhaupt etwas, höchstens das Klappern von Stricknadeln zu hören.

Raid schloss die Tür auf und knipste das Licht im Flur an. Er war im Begriff, die Jacke auszuziehen, schnupperte aber instinktiv in der Luft. Der Geruch eines ihm bekannten Rasierwassers wehte ihm in die Nase. Es war die Marke, die Sundman benutzte. Raid legte die Hand um die Pistole, aber es war schon zu spät. Er sah den anderen mit der Waffe in der Hand in der Tür zum Wohnzimmer stehen. Der Mann war dicker geworden und ergraut, aber Raid erkannte ihn sofort.

Der Mann zielte auf seine Brust.

»Hast du eine Waffe?«

»Ja.«

»Leg sie auf den Boden und schieb sie her, aber langsam.«

Raid gehorchte.

Der Mann hob die Waffe auf und untersuchte sie fachmännisch.

»FN Highpower. Dreizehn ins Magazin und eine in den Lauf. In Algerien hatte ich auch so ein Ding. Kriegsbeute. Ich habe sie in Marseille verkauft, um Geld für Schnaps und Frauen zu kriegen. Woher hast du sie?«

»Kriegsbeute.«

»Hast du noch mehr Kriegsbeute?«

»Nein, nicht hier bei mir.«

Der Mann musterte Raid prüfend und nahm dann das Magazin aus der Waffe.

»Wie hast du den Trawler gefunden?«

»Ich habe rumgefragt.«

»Du bist anscheinend ganz gut im Fragen.«

»Du bist auch nicht schlecht. Darf ich reinkommen?«

»Natürlich. Dies ist ja dein Quartier.«

Der Mann trat beiseite, und Raid ging ins Wohnzimmer.

Sundman saß auf dem Sofa, die Hände zusammengebunden und vor dem Mund luftdurchlässiges Klebeband.

»Warum suchst du mich?«

»Das habe ich dir schon gesagt, aber du glaubst es anscheinend nicht. Lare hat dir etwas Wertvolles hinterlassen und ich habe versprochen, es dir zu übergeben.«

»Na, dann tue es.«

Raid zog mit langsamen Bewegungen einen dicken Briefumschlag aus der Tasche und reichte ihn dem anderen. Der Mann riss den Umschlag auf und entnahm ihm ein Bündel Hunderterscheine.

»Vorauszahlung auf dein Erbe. Ich dachte, dass du vielleicht ein wenig Geld zum Leben brauchst.«

Der Mann prüfte die Scheine.

»Was hat das zu bedeuten?«

»Ein Freund von mir hat Geschäfte mit Lare gemacht. Die beiden haben vereinbart, dass du Lares Anteil bekommst, falls er bei der Bypassoperation stirbt. Die Oparation ist zwar geglückt, aber Lare ist trotzdem tot. Er hat dir eine Million hinterlassen.«

»Was ist das für ein Geschäft, bei dem man eine Million verdient?«

»Man öffnet einen Tresor, nicht den eigenen, sondern einen fremden.«

Der Mann fing an zu lachen.

»Ich ahne, wer dein Freund ist ... Nur verstehe ich nicht, warum man gerade dich mit der Sache beauftragt hat. Du bist nicht der Typ des Geistes.«

»Ein Freundschaftsdienst.«

»Setz dich, dann unterhalten wir uns ausführlicher.«

»Ist es dir recht, wenn ich seine Fesseln löse?«

Der Mann nickte. Raid zerschnitt Sundmans Fesseln und überließ es ihm, den Rest selbst zu besorgen.

Sundman riss sich das Klebeband vom Mund.

»Verflucht nochmal, Eki, was fällt dir ein? Ich will in die Flitterwochen fahren und du bugsierst mich hierher und bedrohst mich, deinen alten Kumpel, mit der Waffe.«

»Es tut mir Leid, wir klären das jetzt alles. Ich kann es mir nicht leisten, hier einfach hereinzuspazieren.«

Raid setzte sich aufs bequeme Sofa.

»Erzähl mir die ganze Geschichte«, sagte Eki.

»Das habe ich schon getan, jetzt bist du an der Reihe. Wer hat Lare getötet?«

»Wenn ich das wüsste, wäre derjenige nicht mehr am Leben. Ich weiß nur, dass man versucht, mir die Sache in die Schuhe zu schieben.«

»Und die Sache mit dem Hammer?«

»Tammela? Der Kerl hat versucht, mich mit dem Messer abzustechen ..., ein schwacher Schädelknochen und er hat's nicht überlebt.«

»Was wolltest du von ihm?«

»Er war der Spitzel des infamen Bullen, dieses Alaniemi.«

»Und weiter?«

»Alaniemi hat befürchtet, dass Lare plaudert. Er hat ihn angerufen, um mit ihm einen Deal zu machen, damit er den Mund hält. Lare hat ihn ausgelacht. Die beiden wollten sich dann bei Lare zu Hause treffen und verhandeln. Später kriegte ich von Lare eine Nachricht auf dem Handy und ging hin, aber er war schon halbtot, er hätte mir nie und nimmer die Nachricht schicken können. Ich kapierte sofort, dass es eine Falle war, und haute ab, in letzter Sekunde! Unten kam mir schon der erste Bulle entgegen, hat mich aber nicht gesehen. Ich war sicher, dass Alaniemi irgendwie seine Finger im Spiel hatte. Als ich dann Tammela wegen Lares Tod ein bisschen ausfragen wollte, kam es eben so, wie es kam.«

»Laut Polizei war es ein natürlicher Tod«, sagte Sundman.

»Es ging Lare nicht gut, aber er war verdammt zäh. Warum hätte er so plötzlich sterben sollen?«

»Falls jemand versucht, dich zum Sündebock zu machen, muss es jemand sein, der deine Vergangenheit kennt.«

»Ich habe mich mit Schnaps zugeschüttet und konnte gar nicht richtig denken ..., jetzt bin ich fast nüchtern. Lare hat immer prophezeit, dass er nicht im Bett sterben würde, jedenfalls nicht in seinem eigenen. Er hatte Recht, er ist auf dem Fußboden gestorben.«

»Was wusste er von Alaniemi?«

»Hässliche Geschichten, hässlich für Alaniemi. Als ein Film über Lare gedreht werden sollte, rief er Alaniemi an und sagte ihm, dass er ihn in die Pfanne hauen würde. Alaniemi versprach, Lare für seine Leiden zu entschädigen, wenn er den Mund hielte.«

»Besaß Lare irgendwelche Beweise gegen Alaniemi?«

»Ja, aber wir beide sind noch nicht so gute Freunde, dass ich sie dir verraten würde. Es ist gut, wenn man etwas in der Hinterhand hat. Lassen wir den frisch gebackenen Ehemann zwischendurch auch mal reden.«

Sundman kratzte sich die Klebereste aus dem Mundwinkel.

»Ich weiß nicht, wer Lare getötet hat, aber ich weiß, was der Grund für die Tat sein könnte ...«

Die beiden anderen sahen ihn erwartungsvoll an. Sundman ging in die Küche, ließ sich ein Glas Wasser einlaufen und nahm einen langen Schluck, ehe er ins Wohnzimmer zurückkehrte.

»Ich habe Lare einen guten Tresorjob vermittelt, in einer Anwaltskanzlei, alles fertig ausgespäht. Er hat versprochen, ihn zu machen, aber dann wurde er operiert. Als ich hörte, dass der Tresor geknackt worden ist, dachte ich, dass uns da jemand zuvorgekommen ist, aber sobald Lare aus der Klinik raus war, erzählte er mir die ganze Geschichte. Er hatte den Job weitervermittelt und sollte dafür ein Drittel der Summe kriegen, wovon er mir die Hälfte versprach.«

Sundman kämmte sich und erkundigte sich dann bei Eki: »Kennst du einen Polizisten namens Helenius?«

»Ja, das ist der nicht minder infame Bullenfreund des infamen Alaniemi.«

»Lare erzählte, dass, kurz nachdem ich ihm die Anwaltskanzlei vermittelt hatte, Helenius aufgetaucht war, um ihm denselben Job anzubieten. Helenius wusste, dass seine Kollegen dort eine Razzia machen wollten und dass da Millionen lagen.«

»Warum sollte ein Polizist Lare solche Informationen geben?«, fragte Raid.

»Das hatte der Kerl schon öfter gemacht. Nicht wahr?«, sagte Sundman anzüglich.

»Jetzt bewegen wir uns auf heiklem Terrain.«

»Für eine Million Mark könntest du ein wenig hilfsbereiter sein«, bemerkte Raid zu Eki.

»Ja gut, sie haben gemeinsame Sache gemacht. Als Helenius noch im Diebstahldezernat arbeitete, hat er Lare hier und da einen Wink gegeben, wo sich ein Bruch lohnte, und Lare hat ihn dafür entschädigt.«

»Wusste Alaniemi davon?«

»Mit ziemlicher Sicherheit. Ich glaube, dass Helenius ihn beteiligt hat, damit er ihn in Ruhe machen ließ.«

Sundman nahm einen Schluck aus seinem Glas.

»Als ich von Lares Tod hörte, war ich davon überzeugt, dass es Helenius gewesen war. Vielleicht hatte Lare ihn nicht bezahlt oder er hatte das Gespräch auf Tonband aufgezeichnet und gedroht, Helenius auffliegen zu lassen. Tammelas Tod machte alles nur noch verworrener. Deshalb bat ich diesen jungen Mann, dich zu suchen. Ich dachte, dass Lare dir vielleicht irgendwas erzählt hatte.«

»Nein, hatte er nicht. Er gab mir ein Tonband, das ich zusammen mit dem Beweis, den er gegen Alaniemi hat, verstecken sollte. Im Falle, dass er bei der Operation stirbt, sollte ich das Band einem Bullen, dem er vertraut, schicken. Er wollte, dass Alaniemi auf jeden Fall auffliegt.«

»Welchem Bullen?«, fragte Sundman.

»Er heißt Jansson, Kommissar Jansson. Der Mann hatte in einem von Lares Fällen ermittelt und Lare fand ihn zu ehrlich für einen Polizisten.«

Sundmans Handy klingelte. Er warf einen Blick auf die Nummer.

»Meine Frau.«

Er meldete sich.

»Hallo Schatz. – Hab gerade eine Geschäftsbesprechung. – Nein, ich vergesse es nicht, bin schon unterwegs. – Höchstens eine Viertelstunde. – Ja, mach das, ich weiß, ich weiß …«

»Ich muss los, meine Angetraute hat Sehnsucht nach mir.«

Raid stoppte ihn.

»Wer hat dir von dem Geld im Tresor erzählt?«

»Ich habe die Augen offen gehalten. Ich war mehrmals in der Anwaltskanzlei, habe mit den Typen Verhandlungen geführt. Es ging um eine Firma im Steuerparadies, die mir gehört. Die Kerle wollten sie benutzen, um Schwarzgeld ihrer Klienten auf die Caymaninseln zu transferieren.«

Abschließend sagte er: »Meinetwegen kann Eki hier bleiben, aber wenn man ihn findet, habe ich nichts gewusst.«

»Danke, aber ich werde lieber verschwinden … Sorry wegen der unfreundlichen Behandlung, aber hier geht es nun mal um mein einziges bisschen Leben.«

Sundman musterte ihn und auf seinem angespannten Gesicht zeichnete sich ein Schimmer von Mitgefühl ab.

»Okay. Ruf an, wenn du Hilfe brauchst.«

Als Sundman gegangen war, holte Raid Apfelsaft aus dem Kühlschrank, füllte zwei Gläser und reichte Eki eines davon.

Eki war wenig begeistert.

»Ist nichts anderes da?«

Im Kühlschrank fanden sich ein paar Bierdosen. Eki riss die erstbeste auf und nahm sofort einen großen Schluck.

»Was wirst du jetzt machen?«, fragte Raid.

»Ich tauche ab. Wenn du mich gefunden hast, werden mich bald auch andere finden.«

»Wenn Tammela dich mit dem Messer angegriffen hat, handelt es sich um Notwehr. Wäre es nicht am klügsten, du stellst dich und sitzt die Sache ab? Danach kannst du dein Geld genießen.«

Eki sah ihn lächelnd an.

»Du bist wohl bei der Heilsarmee? Sie würden mir garantiert auch die Sache mit Lare anhängen und ich würde für den Rest meines Lebens im Knast sitzen. Das wollen Alaniemi und seine Handlanger ja gerade.«

»Früher oder später findet man dich.«

»Ich weiß mich zu bescheiden. Vorschläge höre ich mir trotzdem an.«

»Nimm das Geld und geh ins Ausland.«

Eki nickte beifällig.

»Dasselbe habe ich auch schon gedacht ..., ich bin nur so verdammt müde. Letzten Endes ist alles egal.«

»Wirklich?«

»Hast du jemals verbrannte Menschen gesehen? Sie riechen genauso wie der Weihnachtsschinken im Backofen. Die Haut platzt von der Hitze ..., alle riechen gleich, ob Weiße, Schwarze oder Gelbe. Ich habe Dinge erlebt, die ein gewöhnlicher Mensch höchstens aus seinen schlimmsten Albträumen kennt ...«

Eki leerte die Bierdose und sah Raid an.

»Wie viele Menschen hast du getötet?«

»Ich führe nicht Buch.«

»Ich auch nicht. Ich habe Leute erschossen, verbrannt, mit Handgranaten, mit dem Messer und dem Stilett getötet ... und jetzt auch mit dem Hammer. Im Kino sieht das immer ganz sauber aus, ein Stich mit dem Messer und der Mann fällt tot um. Im wirklichen Leben muss man viele Male zustechen und dann stirbt der Kerl immer noch nicht. Er schreit, weint und brüllt, scheißt sich in die Hosen und das Blut spritzt nach allen Seiten. Eine verdammt schmutzige Angelegenheit.«

Eki zerdrückte die leere Dose und warf sie in die Ecke.

»Ich hatte gedacht, ich bin aufseiten der Guten, und doch haben meine Kameraden ganze Familien in ihren Häusern erschossen, Väter, Mütter und Kinder, alles war erlaubt. Verstehst du? Wenn du so etwas mitgemacht hast, ist es schließlich verdammt egal, was mit dir selbst passiert, Hauptsache, das Ende kommt schnell.«

»Verstehe.«

»Aber weißt du, was mir am meisten Angst machte?«

»Du selber.«

Eki sah Raid mit neuen Augen an.

»Ziemlich nah dran. Eines Tages merkte ich, dass ich abgestumpft war. Ich versuchte nichts mehr zu verhindern, niemanden mehr zu schützen. Mir war scheißegal, was mit den Typen passierte. Sie hassten uns und wir hassten sie und alle, die sich uns in den Weg stellen wollten ..., als ich das merkte, kriegte ich richtige Angst. Du musst diese Angst auch kennen, sonst hättest du es nicht erraten.«

Raid zuckte die Achseln.

»Vielleicht.«

»Und du, was wirst du machen?«, wollte Eki wissen.

»Sowie meine Arbeit erledigt ist, verschwinde ich.«

»Wohin?«

»Schwer zu sagen.«

»Wann ist deine Arbeit erledigt?«

»Ich habe eine Idee, die dir vielleicht helfen kann. Ich möchte das Tonband und die anderen Beweise haben.«

»Lare wollte, dass Jansson sie bekommt.«

»Ich gebe sie ihm, denn ich kenne ihn.«

»Sie müssen aus dem Versteck geholt werden.«

»Ist es weit weg?«

»Nicht sehr.«

»Hol sie.«

»Warum würdest du das machen?«

»Was?«

»Mir helfen.«

»Weil es nichts kostet.«

Eki wog eine Weile die Bedeutung der Worte ab. Raid lächelte und Eki sagte schließlich: »Ich habe aufgehört zu töten, aber du nicht. Ist dein Auftragsbuch voll? Wann willst du deinen gesetzlichen Jahresurlaub nehmen? Hast du Frau und Kinder? Schwierige Fragen, oder?«

»Stimmt.«

»Es ist schwer, gewöhnlich zu sein, ohne Geheimnisse und besondere Talente. Hast du Angst, dass du ein gewöhnlicher Mensch werden könntest?«

»Vielleicht.«

»Dito. Deshalb bin ich in die Legion gegangen. Ich wollte einfach kein gewöhnlicher Otto Normalverbraucher sein. Ich wollte den Nimbus eines Helden, den Ruf eines harten Kerls, die Leute sollten vom Hocker fallen, wenn ich die Kneipe betrete. Ich sagte mir, dass man sich diesen Ruf am ehesten in der Legion erwirbt ...«

»Hat es geklappt?«

Eki lachte.

»Einen Scheißdreck. Ich bin letztlich ein zu netter Kerl, ich mag es nicht, Menschen zu töten. Du suchst in deiner Arbeit das, was ich in der Legion gesucht habe, stimmt's?«

»Schwer zu sagen.«

»Ich muss zugeben, dass es dir besser geglückt ist als mir. Keiner hat gewagt, mir Bescheid zu sagen, als sich rumsprach, dass du hinter mir her bist.«

»Reden wir mal von anderen Dingen. Wohin soll ich dir das Geld bringen?«

»Wo ist es?«

»In der Nähe. Nenne die Zeit und den Ort.«

»Ich muss erst überlegen. Wie komme ich an dich ran?«

»Über Sundman.«

Eki stand auf.

»Danke für das Bier.«

Auch Raid erhob sich. Er war etwa fünf Zentimeter kleiner als Eki. Der musterte ihn.

»Du bist wie ich in jungen Jahren. Wie würde es wohl ausgehen, wenn wir beide aneinander geraten?«

»Du würdest verlieren.«

»Und wenn wir gleichaltrig wären?«

»Patt.«

Raid traf Jansson am nächsten Morgen, auf demselben Parkplatz wie beim vorigen Mal. Jansson kam mit seinem Wagen dicht heran und öffnete das Fenster. Raid reichte ihm einen Briefumschlg.

»Setz das klug ein.«

»Was ist es?«

Raid erzählte es ihm.

»Von wem hast du es bekommen?«

»Ich erinnere mich nicht, du hoffentlich auch nicht.«

»In meinem Alter lässt das Gedächtnis nach ... Wie wäre es mit einem Kaffee? Ich spendiere.«

»Nein danke. Ich habe zu tun.«

»Ich auch, glaube ich. Danke!«

Raid startete den Motor und fuhr davon.

18.

Im Geschäft roch es nach Blumen. Huusko atmete die feuchte Luft ein und wartete, dass der Kunde, der gelbe Tulpen aussuchte, mit seiner Wahl fertig wurde. Schließlich legte der Mann fünf Exemplare auf den Ladentisch und murmelte etwas vom Geburtstag seiner Frau.

»Dann sollten Sie ihr Rosen bringen, rote Rosen«, sagte die Verkäuferin.

»Wie viel kosten die?«, fragte der Mann, irritiert durch die aufgetretene Komplikation.

Die Verkäuferin zeigte auf die Vitrine.

»Die dunkelroten großen Exemplare kosten dreißig und die kleinen fünfzehn Mark.«

Der Mann musterte erst die teuren und dann die billigen Rosen.

Huusko musterte die Verkäuferin.

»Fünf von den kleinen.«

Der Mann suchte nach Bestätigung im Blick der Frau, aber sie wandte sich ab und suchte die Rosen für ihn heraus.

»Oder ich nehme dann doch die großen«, sagte er schnell.

Die Verkäuferin strich sich eine rötlich braune Locke aus dem Gesicht und wählte aus der Vase, die in der Glasvitrine stand, fünf Rosen aus.

»Ich bin sicher, dass Ihre Frau sie zu würdigen weiß.«

»Hoffentlich.«

Die Verkäuferin lächelte und auf ihrer rechten Wange entstand ein kleines Grübchen.

»Rosen verfehlen bei einer Frau nie ihre Wirkung«, sagte sie.

Huusko fand, dass ihr Lächeln eine kleine Entschädigung für den Preis der Rosen war. Der Kunde dachte anscheinend ebenso.

Die Verkäuferin reichte ihm die Blumen und legte das Geld in die Kasse. Huusko hatte den Eindruck, dass sich der Mann auffallend viel Zeit ließ, als er seine Lederhandschuhe anzog. Endich ging er, warf Huusko aber von der Tür her noch einen fast eifersüchtigen Blick zu.

»Und was wünschen Sie?«, fragte die Verkäuferin.

Huusko wandte sich ihr zu und ihm war, als ob die Zeit stehen blieb. Die Frau war vielleicht nicht unbedingt schön, aber sie hatte das gewisse Etwas. Die großen grünbraunen Augen wirkten fast schläfrig. Die Nase war gerade und hatte Sommersprossen.

»Fünf Rosen, große.«

Sie drehte sich um und Huusko ließ den Blick ein wenig

nach unten wandern. Die Frau trug ein langärmeliges, gestreiftes T-Shirt und enge Jeans, darüber eine blaue Schürze. Das Verhältnis von Hintern und Taille wurde selbst Huuskos höchsten Maßstäben gerecht. Ihr Haar war zum Pferdeschwanz gebunden und Huusko sah, dass sie auch im Nacken, auf dem Rücken und wer weiß wo noch überall Sommersprossen hatte. Er hatte schon immer Frauen mit Sommersprossen gemocht.

Sie zeigte ihm die Rosen, die sie ausgesucht hatte.

»Sind Ihnen die recht?«

»Was meinen Sie selbst?«

»Ich habe die besten gewählt.«

»Ich vertraue Ihrem professionellen Blick.«

Sie legte die Rosen auf den Ladentisch und sah Huusko plötzlich prüfend an. Ihr schien etwas eingefallen zu sein, das sie aber nicht zuordnen konnte.

Sie verpackte die Rosen ein wenig zerstreut, nahm Huuskos Geld entgegen und legte ihm das Wechselgeld auf den Ladentisch. Huusko überreichte ihr den Strauß.

»Die sind für Sie. Rosen verfehlen bei einer Frau ja angeblich nie ihre Wirkung.«

Sie schien verwirrt.

»Wer sind Sie?«

Huusko zeigte seine Dienstmarke.

»Sie waren es, der mich vorgestern angerufen hat?«

»Ja, stimmt. Und ich habe Sie gebeten, sich unbedingt bei mir zu melden.«

»Mir ist nichts Neues eingefallen.«

»Ich habe auf Ihren Anruf gewartet.«

»Suchen Sie immer noch nach meinem früheren Mann?«

»Nein, ich habe ihn gefunden.«

»Was führt Sie dann zu mir?«

»Sie haben vergessen, mir von Yläpuro zu erzählen. Ich war dort und der Leiter konnte sich gut an Sie erinnern.«

Huusko sah ihr in die Augen.

»Und das wundert mich nicht. Ich hätte mich auch an Sie erinnert.«

Er lächelte bei diesen Worten, stieß aber auf keine Reaktion. Er überlegte seinen nächsten Schachzug. Normalerweise hätte er der Frau ohne zu zögern vom Tod ihres Exmannes erzählt, doch jetzt fürchtete er, dass sie sich völlig verschließen würde, und das wollte er nicht, weder aus beruflichen noch aus persönlichen Gründen. Dennoch entschied er sich, offen zu sprechen.

»Ihr Mann lebt nicht mehr ..., er wurde gestern tot aufgefunden.«

Ihre Miene versteinerte. Dann sah sie auf das Blumenpaket nieder, das sie in der Hand hielt, sie hob es hoch und schlug es Huusko auf den Kopf. Die Verpackung öffnete sich und zwei Rosen fielen auf den Boden. Sie schlug noch ein zweites Mal zu, ehe es Huusko gelang, ihre Hand zu ergreifen. Sie wehrte sich, aber Huusko hielt ihre beiden Hände fest umschlossen. Ganz plötzlich wurde sie ruhig und fing an zu weinen.

Tränen rannen ihr über die Wangen und sie konnte sie nicht abwischen, da Huusko immer noch ihre Hände festhielt. Huusko sah sie fasziniert an. Er begriff auf einmal, welche Furcht erregende Waffe die Tränen einer Frau waren.

Er lockerte seinen Griff, wobei er sich auf neue Schläge einstellte, doch sie rührte sich nicht, ihre Arme hingen kraftlos herab.

»Es tut mir Leid.«

Huusko drehte das Schild um, das an der Tür hing, sodass die Seite mit *Bin gleich zurück* nach außen zeigte.

Die Frau hatte sich auf einen Stuhl hinter den Ladentisch gesetzt und schluchzte. Plötzlich richtete sie sich auf, wischte sich das Gesicht mit einem Papiertaschentuch ab und sah Huusko an.

»Wie ist er gestorben? Wurde er umgebracht?«

Huusko nickte.

»Es war Eki, oder?«

»Er ist einer der Verdächtigen.«

Huusko hatte den Eindruck, dass sie bereits zu einer normalen Unterhaltung fähig war.

»Warum haben Sie mich angelogen?«

Sie überlegte eine Weile.

»Er war schon seit drei Monaten clean und alles schien gut zu gehen ..., ich wollte nicht, dass er in irgendwas reingezogen wird. Er hatte so viel Hoffnung, sollte sogar neue Arbeit bekommen ...«

Sie strich sich eine einzelne Träne von der Wange.

»Und das letzte Telefongespräch?«

»Sechs Jahre verheiratet, das wischt man nicht so einfach weg ... Tero war kein böser Mensch. Wie soll ich das bloß Sini sagen ...?«

»Haben Sie ihn in Yläpuro angerufen?«

»Ja, um ihn zu warnen.«

»Wovor?«

»Eki tauchte hier auf ..., und dann kam ein Polizist.«

»Wann?«

»Eki kam vor drei Tagen ..., es war am Montag, gleich nachdem ich den Laden aufgemacht hatte. Der Polizist erschien noch am selben Nachmittag.«

»Warum war der Polizist hier?«

»Das hat er nicht gesagt.«

»Wie hieß er?«

»Er zeigte nur kurz seine Marke, aber ich konnte den Namen nicht erkennen, und vorgestellt hat er sich nicht. Er war über vierzig, klein, hatte braunes Haar.«

»Und Eki?«

»Er beteuerte, dass er Tero nichts tun, sondern nur etwas Wichtiges mit ihm besprechen wollte. Ich habe ihm nichts erzählt, mir nur seine Telefonnummer notiert. Dann ist er gegangen. Ich habe danach sofort in Yläpuro angerufen und Tero gewarnt.«

»Hat er es geglaubt?«

»Ich denke, denn er hat versprochen, sofort zu verschwinden.«

»Hat er sich zum Besuch des Polizisten geäußert oder Fragen gestellt?«

»Nein, ich hatte den Eindruck, dass er wusste, wer der Mann gewesen war und worum es ging. Er schien nicht überrascht zu sein.«

»Klang er ängstlich?«

»Ja, ich glaube, dass er Angst hatte ..., auf mich wirkte es jedenfalls so ...«

»Sagt Ihnen der Name Pekkala etwas?«

Sie schüttelte den Kopf, dann trat sie an das Waschbecken, das sich hinter dem Ladentisch befand, und spülte sich das Gesicht ab.

»Und Helenius oder Alaniemi?«

Sie trocknete sich ab und sah Huusko wütend an.

»Wegen dem Scheißkerl Alaniemi hat Tero all die Probleme gekriegt ...«

Sie merkte, dass sie zu viel gesagt hatte, und verstummte.

»Was meinen Sie?«

Sie schwieg. Huusko fasste nach ihrer Hand und drückte sie. Das Siezen empfand er längst als krampfig.

»Ich bin auf deiner Seite. Wie hat er Tero dazu gebracht, gegen Lare und Eki auszusagen?«

Er zog ihr Gesicht ganz nah an das seine.

»Womit hat er deinem Mann gedroht?«

Sie schob ihn weg, entzog ihm aber nicht ihre Hand.

»Ich war im sechsten Monat schwanger, als Tero mit Rauschgift erwischt wurde. Es war nur eine kleine Menge, aber bei seiner Vergangenheit wäre er dafür ins Gefängnis gewandert. Er wollte bei mir sein, wenn das Kind zur Welt kommt ...«

»Und Alaniemi schlug einen Deal vor?«

»Er hat versprochen, die Sache niederzulegen, wenn Tero

bezeugen würde, dass er Lare im Hinterzimmer des Juweliers gesehen hat. Tero tat es und so wurde keine Anklage erhoben. Tero hat erzählt, dass auch die Aufklärung des zweiten Falles fingiert war …«

»Der Einbruch im Postamt, oder?«

»Richtig. Dieser Mann, den Eki mit dem Hammer getötet hat, hat Lares Einbruchswerkzeug an einer bestimmten Stelle in seiner Werkstatt versteckt, und siehe da, der große Heldenpolizist Alaniemi reitet ein und findet es dort. Tero konnte nicht sagen, wie der Mann dazu gebracht worden ist, aber dass er ebenfalls erpresst wurde, schien ihm sicher.«

»Warum hätte Alaniemi seine Karriere wegen Lares Fällen gefährden sollen?«

»Tero hat mir mal davon erzählt, denn als er noch zu Lares Truppe gehörte, hat er eine Menge mitgekriegt. Er meinte, dass Alaniemi und Lare anfangs Freunde waren. Dann kriegten sie einen bösen Streit, weswegen, wusste Tero allerdings nicht. Als Alaniemi später Lares beiden großen Einbrüche nicht aufklären konnte, goss Lare noch Öl ins Feuer und lachte ihn aus und verspottete ihn. Er schickte ihm anonyme Karten und verbreitete Witze über ihn. Alaniemi nahm es als persönliche Herausforderung, er war bereit, sonst was anzustellen, um Lare zu überführen.«

Huusko rührte sich nicht, damit sie sich der Brisanz ihrer Worte nicht bewusst wurde und womöglich aufhörte zu reden.

»Alaniemi war ehrgeizig, er prahlte immer damit, dass er bisher noch jeden größeren Fall aufgeklärt hatte, und Lares Einbruch in der Post war immerhin der größte in ganz Finnland. Und das Risiko hat sich für Alaniemi gelohnt. Sowie die Fälle aufgeklärt waren, wurde er zum Oberkommissar befördert. Und demnächst wird er Minister.«

»Hat Tero das alles noch anderen Leuten erzählt?«

»Nein.«

»Hat er irgendwelche Notizen gemacht?«

»Nein. Außerdem ist Alaniemi schlau, er hätte nie Beweise hinterlassen, außer vielleicht in den Anfangszeiten, als er, Lare und Eki noch Zechkumpane waren. In einer bestimmten Phase seines Lebens war Alaniemi ein ziemlicher Säufer. Tero war auch manchmal dabei und im Suff verlor Alaniemi schon mal sein Urteilsvermögen.«

»Wie zum Beispiel?«

»Tero hat erzählt, dass ihnen einmal, als sie zusammen in der Kneipe saßen, das Geld ausging. Alaniemi versprach, etwas zu beschaffen. Er verschwand für zehn Minuten und kam mit einem dicken Briefumschlag voller Scheine zurück.«

»Hat er erzählt, woher das Geld stammte?«

»Lare hat ihn gefragt, doch der hat nur gelacht und gesagt, dass er sich einen Vorschuss geholt hat. Später kam heraus, dass aus einem Tresor bei der Polizei dreißigtausend Mark verschwunden waren, Geld, das bei einem Kriminellen beschlagnahmt worden war. Der Dieb wurde nie ermittelt.«

»Und Lare, hat er deinen Mann bedroht?«

»Nur am Anfang, später haben sie sich wieder vertragen.«

»Wann?«

»Vor einigen Monaten. Lare hat offenbar Verständnis für Teros Situation gezeigt. Lare hat ihn sogar in irgendeiner Sache um Hilfe gebeten ..., ich habe Tero gewarnt und ihm gesagt, dass er sich in nichts reinziehen lassen soll, aber er sagte, dass kein Risiko besteht ...«

Huusko merkte, dass er immer noch ihre Hand hielt. Sie bemerkte es ebenfalls und riss sich los. Huusko sah sie an und wollte sie gern trösten.

»Möchtest du, dass ich dich nach Hause fahre?«

»Ich habe selbst ein Auto ...«

»Du bist bestimmt nicht in der Lage zu fahren.«

Sie schluchzte und sagte leise: »Wahrscheinlich nicht ..., danke.«

Sie wohnte in einem gemütlichen kleinen Etagenhaus aus den Fünfzigerjahren. Huusko hielt an und lief um den Wagen herum, um ihr die Tür zu öffnen. Sie hatte sich unterwegs ein paarmal die Tränen abgewischt, sich aber sonst ruhig verhalten.

Auf dem Hof spielten zwei kleine Mädchen, beaufsichtigt von einer älteren Frau. Eines der Mädchen wurde auf das Auto aufmerksam und lief Huuskos Begleiterin entgegen. Sie hob die Kleine hoch, die glücklich lachte. Mit dem Kind im Arm drehte sich die Frau zu Huusko um und nickte ihm zu. Er nickte ebenfalls grüßend.

»Es kann sein, dass ich dich nochmal belästigen muss ...«

Die Frau sah ihn an und lächelte auf ganz neue Weise.

»Rosen verfehlen bei einer Frau nie ihre Wirkung.«

19.

Das kombinierte Büro von *Cowboy Films,* Studio und Materiallager, befand sich im Souterrain eines alten Etagenhauses in Söörnäinen. Die Fenster des Studios lagen so tief, dass man von drinnen die Beine der Straßenpassanten nur von den Knien abwärts sehen konnte. Die Mitarbeiter der Filmfirma hatten innerhalb von drei Jahren die Krampfadern und den Schuhgeschmack der Finnen im Detail kennen gelernt.

In den Räumen hatte im Verlaufe von zehn Jahren etwa ein halbes Dutzend Firmen ihren Sitz gehabt, zuletzt eine Importfirma für Badeinrichtungen. Alle Firmen waren innerhalb eines Jahres Pleite gegangen und der Eigentümer der Immobilie glaubte schon, dass ein Fluch darüber läge. Zur allgemeinen Überraschung hatte ein so risikoreiches Unternehmen wie die *Cowboy Films* diesem Fluch bereits drei Jahre getrotzt und sogar regelmäßig die Miete bezahlt.

Das Filmunternehmen hatte nur einen einzigen festen Mitarbeiter, einen kleinen, energisch wirkenden Mann, der Regisseur, Produzent und Geschäftsführer in einer Person war. Er goss Huusko Kaffee aus einer Thermoskanne ein.

»Es wurde auch Zeit. Ich habe mich schon gewundert, warum man uns keine Fragen stellt.«

»Das konnten wir nicht, weil wir nichts von der Sache wussten.«

Der Mann sah Huusko erstaunt an.

»Ich habe zwei Polizisten für den Film interviewt, also dachte ich, dass alle bei euch in Pasila Bescheid wussten.«

»Wie hießen die Polizisten?«

» Kommissar Helenius und, nun, der zweite Mann ist derzeit nicht Polizist, sondern sitzt im Reichstag, er heißt Alaniemi.«

»Ließ sich Alaniemi vor laufender Kamera interviewen?«

»Ja, das tat er. Er fand das Thema interessant. Er hatte oft gegen Lare ermittelt und er war Leiter einer Gruppe, die große und spektakuläre Verbrechen untersuchte.«

»Sie wurde *Gruppe der großen Reden* genannt«, merkte Huusko an.

»Helenius wiederum ermittelte bei den Einbrüchen im Postamt auf der Topeliuksenkatu und im Juweliergeschäft auf der Fredrikinkatu. Alaniemi war sein Vorgesetzter.«

»Ich weiß.«

Alaniemi war auch zwei Jahre lang Huuskos Vorgesetzter in der Abteilung für Gewaltdelikte gewesen. Dann hatte man ihn in die Leitung einer anderen Abteilung berufen, wo er Zeit gehabt hatte, große Pläne zu schmieden. Es war ihm gelungen, ein Reichstagsmandat zu bekommen, indem er sich als Kommissar gepriesen hatte, der bisher noch jeden Mord aufklären konnte. Das stimmte an sich, vermittelte aber dennoch ein falsches Bild von seinen Erfolgen.

Alaniemi war auf seine Art durchaus fähig und begabt. Wie viele andere ehrgeizige Polizisten hatte er neben der Arbeit studiert. Er hatte zunächst ein allgemeines juristische Examen abgelegt und es später bis zum Assessor gebracht.

»Wie viel haben Sie von Lare und Eki auf dem Band?«

»Insgesamt mehr als drei Stunden. Wir hatten beabsichtigt, noch ein paar andere Sachen durchzusprechen, aber jetzt müssen wir unsere Pläne ändern. Vielleicht können wir aus Lares Tod noch irgendwelche Erkenntnisse gewinnen.«

»Gibt es auf dem Band größere Enthüllungen?«

»Ich weiß nicht, was das aus der Sicht eines Polizisten bedeutet, aber interessant sind die Berichte schon, zumindest für einen gewöhnlichen Sterblichen. Im Mittelpunkt stehen eigentlich die Einbrüche. Wir haben die Interviews teilweise an den Originalschauplätzen gemacht, wir waren auch in dem Keller, durch den Lare in das Juweliergeschäft eingedrungen ist. Ich habe außerdem von der Polizei einige Tatortfotos bekommen.«

»Hat Lare erzählt, wie man ihm die Einbrüche nachgewiesen hat?«

»Ja, er hat gesagt, dass die Beweise fingiert waren. Irgendein Typ sei gezwungen worden auszusagen, dass er Lare im Hinterzimmer des Juweliers gesehen hat.«

»Wie hat Alaniemi auf Lares Anschuldigungen reagiert?«

»Er hat gelacht und gesagt, dass Lare eine Ausrede erfinden musste, um seinen Ruf zu wahren, und dass es da nahe lag, der Polizei vorzuwerfen, Beweise gefälscht zu haben.«

»Und Eki, wie dachte er über die Sache?«

»So wie Lare.«

»Wissen Sie, was Eki getan hat?«

»Ja, ich habe es in der Abendzeitung gelesen. Schlimme Sache.«

»Wissen Sie, wo sich Eki aufhält?«

»Ich habe ihn mal im Wohnheim von Kumpula getroffen. Andere Orte kenne ich nicht.«

»Es heißt, Sie hätten auch mit Lares Bruder gesprochen.«

»Wir hatten das Interview schon verabredet, bevor Lare starb. Er hat von ihrer gemeinsamen Kindheit erzählt.«

»Hat er gesagt, was er vermutet?«

»Gewiss. Er ist kein dummer Mann.«

»Trotzdem ist es nur eine Theorie unter vielen.«

»Nicht ganz.«

»Wieso?«

»Eki behauptet, dass er im Besitz von Beweisen über Alaniemis Mauscheleien ist. Wenn das stimmt, kann der Bruder durchaus Recht haben.«

»Hat Eki das Wort Mauscheleien benutzt?«

»Ja. Er hat gesagt, dass er Alaniemi jederzeit wegen Diebstahls und anderer Mauscheleien auffliegen lassen kann.«

»Welche anderen?«

»Hat er nicht gesagt. Darauf wollten wir nach Lares Bypassoperation zurückkommen.«

»Ich hätte gern die Bänder oder Kopien davon.«

Der Mann hatte Huuskos Wunsch vorausgeahnt, er nahm eine Videokassette aus dem Regal und überreichte sie ihm.

»Es ist eine Kopie. Ich möchte um einen kleinen Gegendienst bitten.«

»Nun?«

»Ich habe die Absicht, weiterzumachen, auch wenn Lare tot ist. Der Stoff ist ja nach wie vor gut. Sein Tod ist ein neuer Bestandteil im Film. Gehe ich recht darin, dass die Polizei in solchen Fällen stets den Tatort und die Leiche fotografiert und die Todesursache ermittelt?«

»Ja.«

»Ich möchte sämtliche Fotos und das Untersuchungsmaterial in meiner Dokumentation verwenden.«

»Das ist viel verlangt.«

»Es handelt sich ja nicht um geheimes Material. Es geht um den Tod eines Kriminellen, und noch dazu um einen natürlichen Tod.«

»Wenn es sich um ein Verbrechen gehandelt hätte, hätte es eine Voruntersuchung gegeben. Dann würde das Material nach einer bestimmten Frist veröffentlicht. Aber da es sich um einen natürlichen Tod handelt, wird das Material nicht veröffentlicht. Es wird den Angehörigen zugestellt, wenn sie es wünschen. Wenden Sie sich an den Bruder.«

»Mich interessieren vor allem die Fotos.«
»Ich sehe zu, was ich machen kann.«
»Bitte möglichst bald, wenn es geht.«

Der Videorekorder im Beratungszimmer war reparaturbedürftig, er ratterte laut und das Bild sprang hin und her.

Lare saß vor einer Ziegelwand auf dem Stuhl.

Er blickte in die Kamera und strich sich durchs Haar. Er trug eine gerade geschnittene Hose und einen adretten grauen Pullover, darunter ein dunkelblaues Hemd.

»Ist es jetzt gut?«

»Ja«, sagte eine Stimme hinter der Kamera. »Ein bisschen nach rechts, damit der Schatten verschwindet.«

Lare rückte nach rechts.

»Perfekt. Machen wir damit weiter, dass nach langer Pause in dem Goldraub ermittelt wurde.«

»Nach sehr langer Pause, es lagen fast zehn Jahre dazwischen.«

»Fang an.«

»Ich hatte den Bruch beim Juwelier schon vergessen, als ich ganz plötzlich verhaftet wurde. Ich kam nach Hause und vor dem Haus wartete ein Zivilauto der Polizei. Zwei Polizisten, die ich kannte, stiegen aus und zeigten ihre Sheriffmarken. Sie sagten, dass sie mich mitnehmen müssten. Ich durfte mir eine Zahnbürste und saubere Unterhosen aus der Wohnung holen.«

»Der Fuß«, sagte der Mann hinter der Kamera. »Hör auf, mit dem Fuß zu wippen.«

Lare blickte schuldbewusst nach unten.

»Hab ich gar nicht gemerkt.«

»Mach weiter.«

»Sie behielten mich zwei Tage in der Arrestzelle, damals war das noch möglich. Dann kam ein mir bekannter Kommissar und sagte, dass im Zusammenhang mit dem Fall ein neuer Zeuge aufgetaucht ist …«

»Lass vorlaufen«, sagte Jansson und Huusko tat, wie ihm geheißen. Das Band schleifte und das Gerät jaulte.

»Jetzt!«

Huusko drückte auf den Knopf. Lare war in seinem Bericht weitergekommen, aber nur wenig.

»Vor zwei Monaten hat mich Tirronen besucht. Ich sagte ihm, dass ich sein Verhalten verstehen, aber nicht billigen würde und dass man ihn ebenso benutzt hat wie uns, wie mich und Eki. Wir haben uns dann ganz einvernehmlich über die Sache unterhalten. Tirronen hat versprochen, die ganze Geschichte zu Papier zu bringen und zu unterschreiben ...«

Anschließend folgten noch ein etwa zwanzigminütiges Interview mit Eki und ein ebenso langes mit Lares Bruder. Beide brachten keine neuen Erkenntnisse.

»Das Band bestätigt, dass Lare tatsächlich von Alaniemi erzählen wollte, aber das ist auch alles«, sagte Jansson.

»Trotzdem ist es ein Mosaiksteinchen. Das Wichtigste ist, dass wir die Kassette und den Umschlag besitzen. Zusammengenommen ist das ein ziemlicher Hammer. Da können ein paar Arschlöcher schon das große Zittern kriegen.«

Huusko freute sich spürbar.

»Vielleicht ein zu großer Hammer ...«

Es klopfte und die Sekretärin lugte herein.

»Da ist Besuch.«

Jansson und Huusko standen auf.

Kujala von der Arbeitsgruppe für Geldwäsche erschien im Anzug, wie Jansson erwartet hatte. Die Männer gaben sich die Hand.

»Gehen wir in mein Zimmer.«

Jansson lotste Huusko und Kujala in sein Büro und schloss die Tür.

Kujala setzte sich auf den Stuhl, den Jansson ihm anbot, Jansson selbst nahm hinter seinen Schreibtisch Platz.

»Bei den Ermittlungen in einem Fall von Totschlag sind

wir auf etwas gestoßen, was mit dem Fall von Geldwäsche zu tun hat, den du bearbeitest. Stenberg hat dir wohl Bescheid gesagt?«

»Nur das, was du eben erzählt hast.«

»Es geht um den ausgeraubten Tresor in der Anwaltskanzlei *Glad & Herbert.*«

»Ja?«

Kujala verschränkte die Arme über der Brust und sah Jansson erwartungsvoll an.

»Ich möchte wissen, worum es in eurem Fall geht«, Jansson rutschte ungeduldig in seinem Sessel hin und her.

»Ich nahm an, ich erfahre, worum es in *eurem* Fall geht. Unsere Operationen sind kein Thema für Büroklatsch.«

»Wir untersuchen einen Totschlag«, sagte Jansson streng.

»Eigentlich zwei Fälle von Totschlag, oder vielmehr einen Totschlag und einen Mord«, präzisierte Huusko.

»Es ist schon zu viel durchgesickert, weil es irgendwo eine undichte Stelle gibt«, verteidigte sich Kujala. »Die Operation liegt vorläufig auf Eis. Wir müssen erst klären, was passiert ist.«

»Was ist denn passiert?«, fragte Jansson.

»Wir vermuten, oder wir sind sicher, dass die Anwaltskanzlei *Glad & Herbert* Geld wäscht. Wir ermitteln schon fast ein Jahr gegen sie und wollten vor knapp einer Woche zuschlagen, unmittelbar bevor eine große Summe ins Ausland geschafft werden sollte. Die Kanzlei hatte das Vermögen eines Wirtschaftsverbrechers, der sich ins Ausland abgesetzt hat, flüssig gemacht, es ging um mehrere Millionen, und das Geld sollte auf die Caymaninseln wandern. Das Auffinden des Geldes hätte uns einen guten Grund für Hausdurchsuchungen und die Beschlagnahmung von Akten geliefert. *Glad & Herbert* gehören nach unseren Erkenntnissen zu den größten Geldwäschern im Land. Die Kanzlei hat eine Niederlassung in der Schweiz und wir wissen, dass über sie Geld in dunkle Geschäfte fließt.«

»Was ist schief gegangen?«, fragte Jansson.

»Wir sind am Montag in der Kanzlei angerückt und haben nichts gefunden. Das Geld sollte in einem alten Tresor liegen, aber das ganze Ding war verschwunden und an seiner Stelle stand ein nagelneuer Tresor. Es war klar, dass sie vorgewarnt waren und uns erwartet hatten. Das Schlimmste aber ist, dass sich die undichte Stelle im Polizeiapparat befinden muss ...«

»Stimmt«, sagte Huusko. »Und wir wissen, wo.«

20.

Raid hatte mit siebzehn zum ersten Mal getötet. Er wohnte damals in Göteborg und gehörte zur lokalen finnischen Jugendgang. Eines Abends, als er sich auf dem Heimweg vom Kino befand, fielen drei Jugoslawen über ihn her. Er schlug einen von ihnen zu Boden und zog sein Messer. Alles ging so schnell, dass ihm keine Zeit zum Nachdenken blieb. Er stieß dem zweiten Angreifer das Messer in den Bauch. Der Bursche fiel tot um, der dritte flüchtete.

Die beiden Überlebenden hielten den Mund, vergaßen den Vorfall aber nicht. Ein Verwandter des toten Burschen schwor Rache und verfolgte Raid eines Tages mit der Waffe. Raid flüchtete zunächst, blieb dann stehen und feuerte drei Kugeln auf den Mann.

Danach zog er nach Stockholm. Zusammen mit ein paar Burschen aus der Heimat verübte er mehrere Banküberfälle, bis er gefasst wurde. Das Gefängnis war eine harte Schule für ihn. Als er freikam, sah er sich gezwungen, einen Finnen zu töten, der an der Beute aus den Banküberfällen partizipieren wollte. Er warf den Mann nahe der norwegischen Grenze aus einem fahrenden Zug.

Anschließend kehrte er nach Finnland zurück und half Uki und Lare beim Tresorknacken. Uki hatte er bereits in

Schweden kennen gelernt. Zwar floss das Geld, aber Raid war zu ruhelos für Jobs dieser Art. Er tourte zwischen Stockholm, Helsinki und Kopenhagen und machte alles, wofür man ihm Geld bot. Ein halbes Jahr lang arbeitete er als Sicherheitsmann in einem Spielklub in Stockholm, dann machte er das Gleiche in Helsinki.

Irgendwie verbreitete sich sein Ruf und er bekam verschiedene Angebote. Manchmal nahm er sie an, manchmal nicht. Eines Tages merkte er, dass Gewalt zu seinem Broterwerb geworden war.

Er führte nicht Buch, die Hauptsache war, dass er selbst wusste, was er getan hatte.

Jetzt lag er im Wohnmobil und dachte über die Begegnung mit Eki nach. Dessen Worte hatten Eindruck auf ihn gemacht.

Als er jünger gewesen war, hatte auch er daran gedacht, sich für die Fremdenlegion anwerben zu lassen. Wenn er es getan hätte, würde er jetzt vermutlich ebenso denken wie Eki. Einen erwachsenen Mann zu töten war eine andere Sache, als das Gleiche aus bloßer Wut mit wehrlosen Frauen und Kindern zu tun. Wenn die Wut verraucht war, blieb nur eine brennende Leere.

Als er den jungen Jugoslawen getötet hatte, hatte ihn die Tat im Traum verfolgt. Eines Tages war ihm die Mutter des Burschen auf der Straße begegnet. Sie war ganz in Schwarz gekleidet gewesen und hatte schwere Einkaufstaschen geschleppt, er hatte in ihre verweinten Augen gesehen und hätte sich am liebsten bei ihr entschuldigt.

In der nächsten Nacht war die Frau in seinem Traum als totenbleiches Gespenst über ihn hergefallen. Er hatte versucht, zu fliehen, aber es war ihm nicht gelungen. Mit wehendem schwarzem Kopftuch war sie hinter ihm hergeflattert und hatte ihre knöchernen Hände nach ihm ausgestreckt. Dasselbe hatte sich mehrere Nächte wiederholt, dann war er den Albtraum los gewesen.

Raid hörte das Geräusch eines näher kommenden Autos, das schließlich vor der Halle stoppte. Er nahm die Waffe vom Tisch und verließ das Wohnmobil. Die Schiebetür der Halle wurde geöffnet und die Scheinwerfer eines Autos strahlten herein.

Der Ankömmling schaltete das Licht in der Halle an und Raid erkannte Uki. Der nickte ihm zu, schaltete draußen den Motor seines alten, klapperigen Fiat Uno aus, ehe er wieder hereinkam.

»Ziemlich spät für einen Besuch«, sagte Raid.

Uki sah auf die Uhr.

»Es ist ja noch nicht mal ein Uhr. Außerdem kannst du morgens so lange schlafen, wie du willst.«

»Genau.«

»Spendierst du einen Kaffee?«

»Nachtkaffee, ja?«

»Exakt.«

»Tritt ein in meine bescheidene Hütte.«

Uki folgte ihm ins Wohnmobil. Raid füllte die Kaffeemaschine und schaltete sie ein.

»Bist du etwa wegen des Kaffees gekommen?«

»Warum nicht? Du machst guten Kaffee.«

Uki wirkte nervös. Raid wusste, dass es nur wenige Dinge gab, die das bei ihm bewirkten.

»Leg los.«

»Womit?«

»Du willst von Merja sprechen.«

»Wer sagt das?«

»Ich kenne dich.«

»Gut, reden wir also, wenn du es willst.«

»Du willst es.«

»Was Raili dir über Merja gesagt hat, was hältst du davon?«

»Raili hat vernünftig gesprochen.«

»Und du wirst Merja nicht treffen?«

»Nein.«

Es war nicht zu erkennen, ob Uki froh oder enttäuscht darüber war.

»Ich war selbst ganz überrascht. Sie hatte nichts erzählt, und dann schleppte sie auf einmal den Kerl an und sagte, dass sie mit ihm zusammenziehen will. Sie hätte wenigstens vorher eine Andeutung machen können. Ihrer Mutter hatte sie es allerdings erzählt.«

»Wer ist der Mann?«, fragte Raid.

»Ein Computeringenieur, arbeitet in derselben Firma, dort haben sie sich kennen gelernt.«

»Ist er nett?«

»Was soll ich dazu sagen? Jedenfalls muss er tüchtig sein, um in dem Job zu bestehen ..., und einen Dummen würde Merja nicht nehmen.«

»Und die Wohnung?«

»Gemietet, sie sparen auf eine eigene.«

»Dann ist es ernst.«

»Danach sieht es aus.«

Raid schenkte den Kaffee ein.

»Es macht mich nervös, dass ich nicht weiß, wie ich mich verhalten soll oder ob ich nur abwarten soll, was geschieht.«

»Merja ist erwachsen.«

»Trotzdem bleibt sie mein kleines Mädchen, solange ich lebe.«

Uki betrachtete sein Spiegelbild im Fenster.

»Ich habe Ekis Geld mitgebracht.«

»Gut.«

»Wohin ist er gegangen?«

»Hat er nicht gesagt.«

»Hast du ihm ins Gewissen geredet?«

»Ich habe es versucht.«

»Er ist kein einfacher Fall.«

»Wer ist das schon?«

»Versuchen wir trotzdem, ihm zu helfen ... War er betrunken?«

»Ein bisschen.«

»Aus der Sache mit Tammela würde er vielleicht rauskommen, aber das mit Tirronen ist schlimmer. Er wurde kurz vor dessen Tod mit ihm gesehen.«

»Stimmt.«

»Glaubst du, dass er es getan hat?«

»Nein.«

»Dann müssen wir wohl Tirronens Mörder finden ... und den Grund, warum der Mann getötet wurde. Ich weiß, das ist viel verlangt, zumal dich die Sache nicht tangiert.«

»Dich etwa?«

»Doch, ich spüre es hier.«

Uki legte die Hand auf die Brust. Er stand auf und bedankte sich für den Kaffee.

»Ich hole das Geld.«

Er ging zu seinem Auto und kehrte mit einer schwarzen Nylontasche zurück. Raid schob sie in den Hohlraum unter den Stufen des Wohnmobils.

»Fällt dir kein besserer Ort ein?«

»Morgen.«

Raid begleitete seinen Gast hinaus. Es war Vollmond und am Himmel waren ein paar blasse Sterne zu sehen.

Uki schob die Schiffermütze aus der Stirn und betrachtete den Mond.

»Ein Sternenhimmel ist schön, selbst wenn man ihn von einer Müllkippe aus betrachtet.«

Raid nickte.

21.

Jansson fuhr den Wagen und Huusko saß neben ihm. Normalerweise war es umgekehrt, aber diesmal hatte Jansson extra darauf bestanden zu fahren. Seine Bewegungen waren weiträumig und bedächtig. Huusko wiederum strebte stets auf dem kürzesten Wege von Punkt A nach Punkt B, ob es sich nun um eine Autofahrt oder um eine Frau handelte.

»Wie war sie?«, fragte Jansson.

»Wer?«

»Du weißt schon.«

»Was meinst du mit ›wie‹?«

»Du weißt schon.«

Janssons Stimme klang freundlich, fast sanft, wie die eines Vaters, der seinen Sohn, der gerade der Pubertät entwachsen ist, nach seiner ersten Freundin ausfragt.

»Schön.«

»Nenn noch mehr Adjektive.«

»Schön, gescheit, nett, sexy – und die Exfrau eines Ganoven.«

»Die Witwe«, stellte Jansson richtig.

»Die Witwe ist eine Exfrau.«

»Nein, nicht ganz.«

»Sie hat eine achtjährige Tochter.«

»In dem Alter sind die Kinder am nettesten.«

Huusko betrachtete Janssons gedrungenes Profil.

»Was soll das heißen?«

»Du weißt schon.«

Sie überholten ein Paar auf Fahrrädern. Beide hatten auf dem Gepäckträger ein Riesenpaket Toilettenpapier liegen. Huusko drehte sich nach den Papiergroßkonsumenten um.

»Das ist mein Albtraum. Meine Frau und ich stellen uns morgens um acht vor dem Supermarkt an, damit wir zum Superbilligpreis ein Superriesenpaket superextraweiches Toilettenpapier für unsere acht Superkinder abkriegen.«

»Es gibt schlimmere Albträume.«

Huusko wurde für einen Moment ernst.

»Ich befand mich bereits auf dem besten Wege dorthin, aber zum Glück kriegte ich eine Kugel ins Herz, und so hatte ich Zeit, über andere Alternativen nachzudenken.«

»War der Auslöser wirklich die Kugel?«

»Wenn nicht direkt, dann doch indirekt. Jetzt im Nachhinein sage ich mir manchmal, dass man Jäppinen hätte belohnen müssen, anstatt ihn ins Gefängnis zu stecken.«

Jansson bremste an der Kreuzung und studierte die Straßenschilder.

»Ich bin Tirronens Frau damals begegnet, als Eki und Lare ihren Mann bedrohten. Sie hat ihm nicht erzählt, dass sie mit einem Polizisten darüber gesprochen hatte ... Wir konnten nicht viel machen, aber immerhin habe ich Lare im Gefängnis aufgesucht.«

»Du? Warum?«, wunderte sich Huusko.

»Vielleicht hat mich die Frau ebenso beeindruckt wie dich.«

»Wie nahm Lare es auf?«

»Er begriff, worum es mir ging, und versprach, die Familie in Ruhe zu lassen, empfahl ihnen aber wegzuziehen. Ich sagte es ihr und sie befolgte den Rat.«

»Und Eki?«

»Lare versprach, mit ihm zu reden. Im Allgemeinen hielt er sein Wort.«

Huusko überlegte kurz.

»Was meinst du mit dem Eindruck, den Tirronens Frau auf dich gemacht hat?«

»Genau das. Wenn ich Junggeselle gewesen wäre, hätte ich Herzklopfen gekriegt. Es ist acht Jahre her. Sie ist sicher immer noch schön?«

»Ja, das ist sie.«

»Du hast Feuer gefangen, oder?«

»Sieht man es?«

»Zumindest klopfst du keine Sprüche.«

Huusko schüttelte den Kopf und rieb sich die Stirn.

»Verflixt, was einem alles so widerfährt. Ein Polizist verliebt sich in die Frau eines Kriminellen. Das ist ungefähr so, als würde sich die Katze in eine Maus verlieben.«

»In die Witwe!«

»Ist egal. All unsere Leute wissen, dass sie die Exfrau eines Ganoven ist. Man darf sie bumsen, wenn es die Arbeit erfordert, aber sich in sie verlieben ...«

»Ich würde mich eher für das Bumsen als für das Verlieben schämen.«

Huusko zog einen Stadtplan heraus, den er aus dem Telefonbuch gerissen hatte, und studierte ihn: »Die Nächste rechts und dann gleich wieder nach links.«

Sie befanden sich in Espoo, mitten in einem Gebiet mit alten Einfamilienhäusern und ganz nahe am Meer. Ringsum lagen gepflegte Vorplätze und Gärten. Einige der alten Häuser waren abgerissen worden und an ihrer Stelle wurden mit viel Geld regelrechte Paläste errichtet. Die Gegend war sehr gefragt und die Preise pro Quadratmeter für den Normalverbraucher unerschwinglich. Der gute Ruf der Gegend hatte allerdings ein wenig gelitten, als die Polizei hier einen Drogenring ausgehoben hatte, in den gerade die besseren Kreise verwickelt gewesen waren.

»Da vorn nach links.«

Jansson bremste und bog nach links ab, wobei er eine hohe Weißdornhecke streifte.

»Hier ist die Zwei, also ist die Zwölf auch auf der linken Seite«, sagte Huusko.

Die Straße führte zum Meer. Als sie oben die Anhöhe erreichten, konnten sie es hinter hinter den Bäumen sehen.

»Halt!«, rief Huusko und zeigte auf die gesuchte Hausnummer.

»Heinjoki muss geerbt haben. Von seinem Polizistengehalt hat er sich das Anwesen jedenfalls nicht gekauft.«

Das Haus war weiß und von der Sorte, wie es moderne Architekten gern für sich privat errichten. Die Südwand bestand ganz aus Glas. Ringsum standen Apfelbäume und Sträucher, die ein wenig verwildert wirkten. Als Jansson und Huusko näher kamen, sahen sie, dass das Haus schon ziemlich alt war, es stammte vermutlich aus den Sechzigerjahren.

Der Putz auf den Ziegelwänden begann zu bröckeln, auch der Anstrich der Fensterrahmen blätterte.

Jansson klingelte. Drinnen ertönte Hundegebell, dann eine Männerstimme, die beruhigend auf den Hund einsprach, und die Tür wurde geöffnet.

Oberkommissar Heinjoki war in jungen Jahren ein sehr gut aussehender Mann gewesen. Er war groß und schlank und hatte immer noch dichtes, wenn auch ein wenig ergrautes Haar. Sein schmales Gesicht war gefurcht, dennoch wirkte es irgendwie jugendlich. Vielleicht machten das die hellen, scharf blickenden Augen.

Die Männer begrüßten sich und Heinjoki führte seine Gäste ins Wohnzimmer. Die Wand aus Glas ging zum Meer, das in der Frühjahrssonne schimmerte und einen überwältigenden Anblick bot.

An den Wänden hingen riesige und teuer wirkende Ölgemälde, in einer Ecke stand ein großer Kamin.

»Ein schönes Haus und ein herrlicher Ausblick«, sagte Jansson.

»Ihr fragt euch sicher, wie man sich das vom Gehalt eines Polizisten leisten kann«, sagte Heinjoki amüsiert.

»Zugegeben«, bestätigte Huusko.

»Man muss eine reiche Frau heiraten, so einfach ist das.«

Der Hund, ein kleiner Terrier, wuselte um Huuskos Beine. Plötzlich sauste er in den Flur und kam mit einem zerbissenen Tennisball zurück. Er stupste mit der Schnauze gegen Huuskos Hand und sah ihn erwartungsvoll an.

»Wirf den Ball bloß nicht, sonst kannst du das stundenlang machen.«

Huusko versuchte, sich durch den Blick des Hundes nicht erweichen zu lassen.

»Ich habe Kaffee aufgesetzt, inzwischen ist er sicherlich fertig.«

Über dem Kamin hing eine Gemälde, auf dem eine junge Frau im Abendkleid und mit schwerem Schmuck posierte.

»Deine Frau?«, fragte Jansson.

»Ja ..., ich bin seit elf Jahren Witwer.«

»Dann wohnst du ganz allein in diesem Palast?«

»Leider. Die Kinder sind längst aus dem Haus, die Tochter wohnt in den Staaten und der Sohn in Portugal. Beide haben bereits Familie. Das Haus und das Grundstück sind so groß, dass ich es nicht mehr schaffe, beide so in Ordnung zu halten, wie sie es verdienten. Ich habe bereits erwogen zu verkaufen, aber es hängen so viele Erinnerungen daran, gute Erinnerungen ... Und die Kinder kommen wenigstens im Sommer mit ihren Familien her.«

Heinjoki goss den Kaffee in eine Thermoskanne und trug sie auf dem vorbereiteten Tablett in sein Arbeitszimmer.

»Hier ist es bequemer.«

Heinjokis Hobbys waren unschwer zu erraten. An der Wand hing ein Elchgweih, an dem ein Gewehr mit Zielfernrohr und eine Flinte baumelten. Ferner gab es einen Ständer mit mehreren teuer aussehenden Ruten zum Fliegenfischen. An den Wänden hingen Fotos, die den Hausherrn beim Fischen und Jagen in den verschiedensten Teilen der Welt zeigten.

»Du bist Jäger«, sagte Jansson.

»Heute gehe ich nur noch selten in den Wald. Es ist komisch, aber ich bin so weichherzig geworden, dass ich es nicht einmal mehr übers Herz bringe, einen Hasen zu schießen.«

Er setzte das Tablett auf dem Rauchtisch ab und schenkte den Kaffee ein.

»Habe ich richtig verstanden, dass ihr mir nicht einfach nur Guten Tag sagen wollt?«

»Stimmt«, bestätigte Jansson. »Wir sind auf einige alte Dinge gestoßen und glauben, dass du uns helfen kannst.«

»Mal sehen. Worum geht es denn?«

Huusko öffnete einen Umschlag und entnahm ihm ein dünnes Protokoll. Er reichte es Heinjoki, der es kurz überflog.

»Ach so, natürlich. Ein Journalist oder Regisseur erkundigte sich unlängst danach.«

Huusko wechselte einen Blick mit Jansson.

»Erinnerst du dich an seinen Namen?«

»Ja, irgendwo habe ich ihn notiert.«

»Spielt keine Rolle«, sagte Jansson. »Wie es scheint, hat man damals versucht, die Sache rasch zu den Akten zu legen. Erzähl genauer, was da passiert ist.«

»Nachdem der Regisseur angerufen hatte, fiel mir alles wieder ein. Die Sache hat mich seinerzeit sehr geärgert, ich habe versucht, sie zu vergessen ...«

»Sie kann aber wichtig sein«, spornte Huusko ihn an.

»Das Geld lagerte im Panzerschrank der Abteilung und der stand in meinem Zimmer. Der Schlüssel wurde an einer bestimmten Stelle aufbewahrt, aber nur drei Personen wussten, dass sich zu dem Zeitpunkt Geld im Schrank befand, im Allgemeinen war keines drin. Dass das Geld weg war, merkte ich erst, als es ans Staatskontor übergeben werden sollte. Wahrscheinlich war es schon mehrere Tage vorher entwendet worden. Ich habe den Vorfall natürlich meinem Vorgesetzten gemeldet, der eine Untersuchung einleitete. Wir wurden alle drei vernommen, aber da nach Meinung meines Vorgesetzten der Schuldige nicht ermittelt werden konnte, mussten wir gemeinschaftlich die Summe zurückzahlen.«

»Befand sich das Geld in einer Kassette oder einem anderen Behälter?«

»In einem Briefumschlag unserer Behörde. Die Aufschrift lautete: *Beschlagnahme Vainio,* dahinter stand das Datum.«

Jansson kramte in seiner Mappe und reichte Heinjoki einen Briefumschlag, der in einem Plastikbeutel steckte.

»Erkennst du ihn wieder?«

Heinjoki setzte die Brille auf, die er an einem Band um den Hals trug, und musterte den Umschlag.

»Das ist er, es ist meine Handschrift! Woher in aller Welt ...«

»Wer hatte das Geld genommen?«

Bei Janssons Frage bekam Huusko ein Kribbeln im Bauch.

Heinjoki räusperte sich. »Ich kann wohl darauf vertrauen, dass du inoffiziell fragst?«

»Das verspreche ich.«

»Die Sache ist ziemlich klar. Hannus war ein absolut korrekter Mann, er hätte nie im Leben anderer Leute Geld genommen. Alaniemi war von anderem Kaliber ..., er war gerade geschieden und trieb es ziemlich toll, saß jeden Abend in der Kneipe. Kaum zu glauben, wenn man ihn heute sieht und seine Reden hört. Offenbar wird er bald Innenminister, ein Mann aus den eignen Reihen, anscheinend das Beste, was der Polizei passieren kann.«

»Aber ein Beweis wurde nie gefunden?«

»Ich hatte den Eindruck, dass man gar keinen finden wollte. Alaniemi war der Liebling des obersten Chefs ... und natürlich wollte man auch sonst jedes Aufsehen vermeiden. Die Presse hat tatsächlich nichts erfahren. Inzwischen ist es schon eine alte Geschichte.«

»Sie ist nie wieder hervorgeholt worden?«

»Bis jetzt. Nun bist du dran, zu erzählen, wie und warum.«

Jansson erzählte es ihm.

»Kanntest du Lare Lehtinen und Eki Eerola?«, fragte Huusko.

»Natürlich. Jeder Polizist kannte die beiden. Ist Lare nicht kürzlich gestorben?«

»Stimmt, und wir suchen Eki. Er wird des zweifachen Totschlags oder Mordes verdächtigt, und wie es scheint, hängen beide Fälle zusammen. Der gemeinsame Faktor sind Lare und Alaniemi. Vor einer Woche wurde ein ehemaliger Krimineller namens Tammela getötet, gestern wurde ein Ganove namens Tirronen tot aufgefunden. Beide waren früher Lares Freunde.«

»Ich kann mich an beide erinnern. Hat Tirronen nicht als Zeuge gegen Lare ausgesagt?«

»Stimmt. Und wir haben erfahren, dass Tammela wiederum den Beweis für Lares zweiten großen Einbruch lieferte.«

»Beide Fälle wurden aufgeklärt, kurz bevor sie verjährten, ich erinnere mich gut.«

»Wir vermuten, dass Alaniemi die Zeugen gekauft hat, damit Lare verurteilt werden konnte.«

»Das habe ich damals bereits selbst vermutet, aber es zu beweisen, war eine andere Sache. Die Abteilung wurde für die Aufklärung der beiden Fälle dermaßen mit Lob überschüttet, dass es quasi Heiligenschändung gewesen wäre, unangenehme Dinge hervorzukramen.«

»Hast du Alaniemi deinen Verdacht mitgeteilt?«

»Ziemlich direkt. Der Kerl hatte immer ein dickes Fell, er hat sich nur amüsiert. Mir schien, dass er sich sogar einbildete, ich fände seinen Streich gut. Seine Untergebenen waren aus demselben Holz geschnitzt und ich glaube, dass sie mit seiner Erlaubnis machten, was sie wollten. Einer von ihnen ist jetzt Kommissar, Helenius, und dann war da noch Pekkala. Er war gerade in die Abteilung gekommen und geriet unter schlechten Einfluss. Sonst ist er ein cleverer Kerl.«

Bei dem Stichwort Helenius hakte Jansson ein.

»Nach Helenius wollten wir uns sowieso erkundigen. Was meinst du dazu, wenn ich sage, dass er Lare Informationen verkauft, ihn auf lohnende Einbruchsobjekte hingewiesen hat?«

»Klingt ziemlich unglaublich ... Helenius war auf seine Weise ein guter und tüchtiger Polizist, allerdings bewegte er sich mit seinen Aktionen manchmal in einer Grauzone. Welche Verdachtsmomente habt ihr denn gegen ihn und Alaniemi?«

Huusko schielte zu Jansson.

»Ihre Namen tauchten in einem gewissen Zusammenhang auf, sodass wir ein paar Fakten klären müssen.«

Heinjoki reagierte zum ersten Mal ungehalten.

»Quatsch. Mit mir kannst du offen reden. Ich renne nicht

zu den Chefs, um alles auszuplaudern. Über Alaniemis Moral mache ich mir nicht die geringsten Illusionen. Ich helfe euch, so viel ich kann und wage.«

Jansson nickte.

»Wir vermuten, dass Alaniemi und Helenius auf die eine oder andere Weise in Lare Lehtinens Tod verwickelt sind, egal ob es nun Mord oder Totschlag war. Helenius sollte die Ermittlungen leiten, aber es wurde nicht ermittelt.«

»Und das Motiv hängt mit Alaniemis hässlicher Vergangenheit zusammen, von der Lare zu viel wusste?«

»Ja. Es gibt keinerlei Beweis, nur ein selten gutes Motiv. Über Lare wurde ein Dokumentarfilm gedreht und Alaniemi wird zum Innenminister aufgebaut. Ein gefährliches Zusammentreffen.«

Heinjoki dachte eine Weile nach.

»Ich wusste, dass der Mann ein Arschloch ist, aber das Ausmaß erschüttert mich dann doch.«

Er begleitete Jansson und Huusko zum Auto. Unterwegs blieb er stehen und betrachtete einen vertrockneten Apfelbaum.

»Der Garten verkommt genauso wie ein ungepflegter Mensch. Die Bäume und Sträucher müssten beschnitten werden, aber mir fehlt einfach der Antrieb.«

Als sie am Wagen ankamen, wandte er sich an Jansson.

»Eine Sache noch. Vor zwei Wochen war ich, nach langer Pause, auf einem Treffen pensionierter Kriminalbeamter. Vom Ministerium waren ein paar hohe Herren da und hielten Reden. Nachher saß ich mit ihnen am selben Tisch und hörte, wie sie von Alaniemi redeten, als wäre er ihr Goldjunge. Ich weiß es zu würdigen, dass ihr es wagt, in der Sache zu stochern, aber als alter Ermittler rate ich euch, vorsichtig zu sein. Wenn die Herren vor der Wahl stehen, euch oder Alaniemi zu glauben, so glauben sie ihm, das ist hundertprozentig sicher. Ein eigener Mann an der Spitze des Ministeriums ist für sie die Erfüllung ihrer Träume. Wenn er unaufgedeckte Sünden auf dem Konto hat, umso besser, dann lässt er sich leicht lenken.«

»Danke für die Warnung.«

Es schien, als wäre Heinjoki plötzlich um Jahre gealtert. Sein Gesicht wirkte müde und seine schlanke, vorhin noch aufrechte Gestalt war ein wenig gebeugt.

»Mehr kann ich euch leider nicht helfen … Ein Tipp noch, nehmt euch Pekkala vor, er muss über Alaniemi und Helenius Bescheid wissen.«

Heinjoki drehte sich um und ging davon wie ein alter Mann.

Pekkala versuchte, Jansson und Huusko kühl anzusehen, aber seine Lider begannen zu flattern. Jansson schaltete das Band ab.

»Hast du die Stimmen erkannt?«

»Natürlich, und eine davon gehörte Lare.«

»Was sagst du dazu? Das Ganze ist kein Witz. Wenn Helenius in der Scheiße sitzt, bist du auch nicht mehr weit davon entfernt. Wir treffen morgen den Polizeichef. Was wir dort sagen werden, hängt ganz von dir ab.«

»Und Alaniemi, erzählt ihr von ihm?«

»Das lässt sich kaum vermeiden, da er bis zum Hals mit drinsteckt.«

Pekkala schwieg noch eine Weile, aber man konnte sehen, dass er umdachte. Alle Forschheit war von ihm abgefallen.

»Vielleicht habe ich etwas in der Art vermutet, aber wenn es um einen langjährigen Kollegen und verdammt guten Polizisten geht, will man es nicht wahrhaben. Ich war total unbeleckt, als ich in die Abteilung kam, und Helenius hat mir beigebracht, wie diese Arbeit gemacht wird …«

»Hoffentlich hast du nicht zu gut gelernt«, sagte Huusko trocken.

»Helenius ist ein guter Polizist, ich weiß nicht, was schief gelaufen ist …«

»Erzähl von der Sache mit Lare«, bat Jansson.

»Helenius rief mich zu Hause an und wollte, dass ich mitkomme. Er sagte, dass wir den Fall kriegen, weil wir, besonders er, Lare und die ganze Truppe um ihn herum gut kennen. Ich wunderte mich dann ein bisschen, dass ihr schon da wart.«

»Wie kam Oras zu dem Schluss, dass es sich um einen natürlichen Tod handelte?«

»Jeder wäre zu dem Schluss gekommen. Lare war gerade operiert worden und hatte eine Menge anderer Leiden, Diabetes, einen Leberschaden ... Auf dem Tisch standen bestimmt fünfzig verschiedene Medikamente, ein Wunder, dass er überhaupt noch am Leben war ... Und die Wunden hätte er sich auch beim Sturz zuziehen können. Ich bin losgegangen, um die Nachbarn zu befragen, und währenddessen haben sich Oras und Helenius wohl abgesprochen.«

»Glaubst du, dass es ein natürlicher Tod war?«

»Schwer zu sagen. Die Nachbarn hatten nichts Besonderes gesehen oder gehört ...«

»Hast du Helenius keine Fragen gestellt?«

»Es gab nichts zu fragen. Zwei Experten hatten entschieden, wie der Sachverhalt war.«

»Nicht einmal, als in Lares Kehle der Kronkorken gefunden wurde?«, fragte Huusko verwundert.

»Der hatte den Tod nicht herbeigeführt.«

»Fällt dir jetzt, da du weißt, was dein Freund Helenius getrieben hat, irgendetwas ein?«

»Ich glaube nicht, dass Alaniemi über ihn Bescheid wusste. Er hätte ihn garantiert auffliegen lassen, um den eigenen Ruf zu fördern. Die beiden waren durchaus keine dicken Freunde.«

»Und das gestohlene Geld?«

»Kann sein, dass es stimmt, aber man muss bedenken, dass Lare und Eki sich um jeden Preis an Alaniemi rächen wollten. Und Lare war da sehr erfinderisch.«

Jansson sah durchs Fenster auf das gegenüberliegende Haus.

»Du kannst gehen ... Kein Wort zu Helenius, sonst sitzt du in der Scheiße.«

Pekkala stand auf.

»Okay. Werdet ihr dem Polizeichef etwas über mich sagen?«

»Gibt es einen Grund?«

»Danke ... Eine Sache noch. Wenn Helenius hinter allem steckt, solltet ihr vorsichtig sein. Er ist ein harter Hund.«

22.

Die Maifeier der Abteilung für Gewaltdelikte war schon seit über einem Monat in Vorbereitung. Niemand wusste mehr, wer die Idee gehabt hatte, aber sie hatte uneingeschränkten Beifall gefunden. Ein dreiköpfiges Festkomitee sollte die praktischen Vorbereitungen treffen, das heißt kostenlose Räume und möglichst viele kostenlose Speisen und alkoholische Getränke besorgen.

Die Presse hatte das vielfältige Sponsoring, das die Polizei genoss, im Visier und so musste man bei der Kontaktaufnahme mit potenziellen Partnern vorsichtig sein. Das Festkomitee hatte sich auf folgende Vorgehensweise verständigt: Man würde den Leuten nicht direkt in die Hosentasche greifen, sondern von den Zehen her mit den Streichelbewegungen beginnen.

Zum Glück hatten die zuständigen Ansprechpartner einen feinen Instinkt für diese Dinge und verstanden ein Hüsteln. Die Räumlichkeiten, direkt im Stadtzentrum, wurden von einer Versicherungsgesellschaft zur Verfügung gestellt. Dieselbe Gesellschaft versprach, auch einen Teil der Beköstigung zu übernehmen. Das Komitee fand drei weitere Sponsoren. Ein Wachunternehmen organisierte fünf Kästen Bier und ein Dutzend Flaschen harte Spirituosen, und eine Fleisch verarbeitende Fabrik schickte drei Kisten mit Würstchen, Aufschnitt und Salaten.

Der Form halber musste jeder Teilnehmer zwanzig Mark für ein ›Gedeck‹ berappen.

Die Kunde von dem Fest verbreitete sich im gesamten Polizeigebäude, aber die Mitarbeiter der Abteilung Gewaltdelikte hatten den unumstößlichen Beschluss gefasst, keine Leute aus den anderen Abteilungen nassauern zu lassen. Einzige Ausnahme war ein junger Mitarbeiter des Rauschgiftdezernates, der auf dem Fest mit seiner Band für Unterhaltung sorgen sollte.

Der Beschluss sorgte für Gerede und irgendjemand setzte Polizeidirektorin Hakala von dem geplanten Fest in Kenntnis. Sie verlangte von Tuomela, dem Leiter der Abteilung für Gewaltdelikte, eine Erklärung. Er hatte nur widerstrebend die Beteiligung der Sponsoren gebilligt, hielt jedoch, wie stets, zu seinen Leuten. Die beiden kamen überein, dass die Hakala auf dem Fest erscheinen würde, um ihre Mitarbeiter zu begrüßen und sich gleichzeitig zu überzeugen, dass alles korrekt ablief.

Das Fest fiel passenderweise auf den bislang wärmsten Tag des Frühjahrs. Huusko hatte noch Überstunden abzubummeln, und so beschloss er, den Tag freizunehmen.

Er schlief bis elf Uhr und machte sich einen Kaffee. Die Nacht war kalt gewesen, nahe null Grad, und er hatte trotz einer zusätzlichen Decke gefroren. Der Morgen war jedoch schön und die Luft erwärmte sich schnell. Huusko trank seinen Kaffee und aß ein Stück vertrocknetes Weißbrot.

Da der Wasservorrat zur Neige ging, holte sich Huusko aus dem Wasserhahn draußen vor der Hütte Nachschub. Anschließend erwärmte er auf dem Elektrokocher einen großen Kessel Wasser und wusch sich draußen auf der Treppe. Am Fenster hing ein Thermometer, es war bereits fünfzehn Grad warm in der Sonne.

Die Tür der Nachbarhütte öffnete sich und ein alter, grauhaariger Mann trat heraus. An der Wand der Hütte lehnte ein ramponiertes Fahrrad. Der Mann war am Morgen gekommen. Er betrachtete Huusko interessiert.

»'n Tag.«

»Tag.«

»Haben wir einen neuen Nachbarn bekommen?«

»Nein, ich habe nur einem Freund versprochen, ein bisschen auf seine Hütte aufzupassen.«

»So, Kolehmainens Freund also. Hat Pekka etwa Angst, seine Hütte könnte geklaut werden? Hast du hier übernachtet?«

»Ja.«

»Es war bestimmt kalt, oder? Die Temperatur ist heute Nacht fast bis auf null gesunken.«

»Ja, ziemlich kalt.«

»Bist du ein Kollege von Pekka oder einfach nur sein Freund?«

»Ein ehemaliger Kollege.«

»Ein Polizist also. Willst du länger hier wohnen? Du musst nicht antworten, es geht mich ja eigentlich nichts an.«

Huusko goss sein Waschwasser unter einen Strauch.

»Eine Weile. Solange meine eigene Wohnung renoviert wird.«

»Ich könnte dir ein elektrisches Heizgerät borgen, kommende Nacht soll es wieder kalt werden.«

Huusko war schon im Begriff abzulehnen, änderte aber seine Meinung.

»Danke, das nehme ich gern an.«

Der Mann verschwand in seiner Hütte und kam mit dem Heizgerät zurück.

»Warum soll man frieren, wenn man es vermeiden kann«, sagte er.

Huusko schenkte ihm den Rest seines Kaffees ein. Der Mann sah sich prüfend um.

»So eine Hütte ist wie ein Boot – wenn der Frühling kommt, hat man das Bedürfnis, daran herumzuwerkeln. Meine Frau und mich hat das Fieber schon im Jahre 1962 gepackt. Ein richtiges Sommerhaus konnten wir uns nicht leisten, und als uns dies hier angeboten wurde, haben wir trotz anfänglicher Bedenken zugegriffen. Und wir haben es gut getroffen. Als die Kinder klein waren, haben sie sich hier draußen wie auf dem Land gefühlt, sie haben geangelt, gebadet, sind im Wald umhergestreift. Sie haben schöne Erinnerungen mitgenommen.«

»Das glaube ich.«

»Diese Kolonie ist wie ein kleines Dorf, wir haben einen Laden, eine Gemeinschaftssauna und im Gutshaus gibt es Feste und Tanzveranstaltungen. Früher hatten wir hier draußen sogar eine eigene Tanzbühne, und jetzt haben wir einen eigenen Polizisten.«

Huusko merkte, dass der Mann das Bedürfnis hatte, seine Erinnerungen, die sich mit der Hütte verknüpften, zu erzählen. Da sie über einen Zeitraum von vierzig Jahren reichten, waren es zu viele. Er stoppte den Redestrom höflich, aber nachdrücklich.

»Jetzt muss ich mich beeilen, sonst komme ich zu spät zur Arbeit.«

Der Mann erhob sich.

»Entschuldigen Sie das Gefasel eines alten Mannes. Wenn man den ersten Tag wieder draußen ist, überfallen einen einfach die Erinnerungen.«

Nachdem der Mann gegangen war, rasierte Huusko sich und zog seine besten Sachen an. Zu Ehren des schönen Wetters beschloss er, seine persönliche Terrassensaison zu eröffnen. Gleichzeitig könnte er sich für das Fest in Stimmung bringen.

Obwohl es bis zur Gaststätte nur ein Fußweg von gut einem Kilometer war, scheuerte sich Huusko in seinen neuen Turnschuhen unterwegs die Hacken auf. Am Ziel angekommen, lockerte er die Schnürsenkel, um den Schmerz zu lindern.

Die Terrasse war von einer Hecke umgeben, die den Wind abhielt. Huusko streckte die Beine aus und schloss die Augen. Die Sonne wärmte angenehm und er hätte am liebsten ein Nickerchen gemacht. In der Birke über ihm sang laut ein Vogel, den er als Buchfink identifizierte. Die neue Generation der Buchfinken hatte mit alten Traditionen gebrochen und kam schon sehr zeitig im Frühjahr.

Huuskos Handy klingelte. Es steckte in der Brusttasche seines Jeanshemdes und er brauchte eine Weile, ehe er sich von seinen Gedanken getrennt und das Handy gefunden hatte.

»Hauptwachtmeister Huusko?«, fragte eine Männerstimme.

»Ja.«

»Hier Pekka Lahnala von *Cowboy Films.* Können Sie reden?«

»Schießen Sie los.«

»Haben Sie Lares Unterlagen besorgt?«

Huusko hatte die ganze Sache vergessen.

»Ich hatte noch keine Zeit, in der Angelegenheit etwas zu unternehmen. Wenden Sie sich doch an Lares Bruder, da Sie ja ohnehin mit ihm zusammenarbeiten. Als Angehöriger kann er die Unterlagen einsehen, wenn er möchte.«

»Er hat nur das Obduktionsprotokoll bekommen. Mich interessieren die Informationen und Fotos vom Tatort.«

»Ja, klar.«

»Wollten wir nicht zusammenarbeiten? Ich habe Ihnen die Bänder gegeben, habe aber noch nichts dafür bekommen.«

»Ich bin gerade in Eile, werde aber darüber nachdenken.«

»Suchen Sie immer noch nach Eki?«

»Wieso?«

Huusko begann, sich zu ärgern. Vor ihm stand ein kühles Bier und die Sonne schien. Er hatte nicht die geringste Lust, gerade jetzt über dienstliche Dinge zu reden.

»Außerdem habe ich heute meinen freien Tag. Lassen Sie uns morgen oder übermorgen auf die Sache zurückkommen.«

»Sie sind immerhin Polizist.«

»Nicht der einzige.«

»Ich bitte um nichts Illegales oder Außergewöhnliches.«

Huusko leerte sein Glas und machte der Bedienung ein Zeichen, ihm ein neues zu bringen.

»Ich dachte, Eki interessiert Sie.«

»Tut er auch, aber nicht heute.«

»Und morgen?«

»Morgen ist ein neuer Tag.«

»Eki hat mich angerufen.«

Huusko wurde aufmerksam und wartete auf die Fortsetzung.

»Sind Sie jetzt interessiert?«

»Erzählen Sie.«

»Er will mich treffen ..., will mir etwas Interessantes zeigen, und das Ganze soll gefilmt werden.«

»Habt ihr schon einen Treffpunkt ausgemacht?«

»Er will mich wieder anrufen und den Ort nennen.«

»Hat er angedeutet, was so interessant ist?«

»Er hat gesagt, dass er Alaniemi damit fertig macht.«

»Was schlagen Sie vor?«

»Wenn die Verabredung steht, rufe ich an und nenne euch Ort und Zeit. Ihr folgt ihm, nachdem wir uns getrennt haben. Dann, natürlich erst in gesichertem Abstand, trefft ihr ganz zufällig auf ihn und nehmt ihn fest. Was sagen Sie dazu?«

»Nicht schlecht.«

»Ich bekomme die Fotos und Informationen vom Tatort und ihr bekommt Eki.«

»Abgemacht.«

Das Fest war bereits in vollem Gange, als Huusko eintraf. Er ging geradewegs an den Bartresen, nahm eine Bierflasche in jede Hand und ließ den Blick schweifen. Jemand winkte ihm zu, es war Sanna Susisaari. Sie saß neben Polizeidirektorin Hakala und Abteilungschef Tuomela. Bei ihnen waren alle Plätze besetzt und so zeigte Huusko auf einen freien Tisch. Sanna Susisaari sagte etwas zu ihren Nachbarn, nahm ihr Glas und kam zu ihm.

»Hat die Hakala eine gute Rede gehalten?«

»Das übliche Gesülze, dass das Sicherheitsgefühl der Bürger vom Niveau der Aufklärung von Gewaltdelikten abhängt und so weiter.«

»Wie läuft das Studium?«

»Ich müsste mit der Abschlussarbeit anfangen.«

»Wie lautet das Thema?«

»Hab mich noch nicht entschieden.«

Sie trug ihr Haar kürzer. In ihrem blauen Blazer mit dem Seidentuch wirkte sie noch energischer als sonst.

»Ich brauche dein kühles Urteilsvermögen«, sagte Huusko. Die Biere hatten seine Zunge schwer genug gemacht, dass auch Sanna Susisaari es bemerkte.

»Nur zu.«

Huusko erzählte von Eki, von Lares Tod, von Helenius und Alaniemi. Sanna Susisaari hörte interessiert zu.

»Was sagst du?«, fragte Huusko nach kurzem Schweigen.

»Ein starkes Ding. Ich muss gestehen, dass ich so etwas noch nie gehört habe ... Und Tuomela?«

»Jansson und ich haben vereinbart, ihm nichts zu erzählen, zumindest vorläufig. Tuomela ist ein kranker Mann ..., wir treffen morgen den Polizeichef.«

»Er wird nicht erfreut sein, darauf wette ich. Alaniemi ist der Favorit des Ministeriums.«

»Ab morgen nicht mehr.«

»Kommt Jansson nicht?«, fragte Sanna Susisaari.

»Er hatte Herzrhythmusstörungen. So was lässt einen Mann leise werden, besonders nach Tuomelas Operation.«

»Es ist hoffentlich nichts Ernstes?«

»Das kann man nicht wissen.«

»Ich habe jetzt einen Monat frei, um die Abschlussarbeit zu schreiben. Ich könnte dir helfen ..., aus rein persönlichem Interesse.«

»Besten Dank. Was würdest du an meiner Stelle machen?«

»Ich würde mir die Aussage von Tirronens Frau schriftlich geben lassen. Danach würde ich mir Tirronens Zeugenaussage vornehmen – wenn es eine Drogengeschichte gab, mit der er erpresst wurde, muss sich da irgendein Hinweis finden, zumindest muss die Begründung für die Festnahme erwähnt sein ... Wenn dann noch die anderen Beweise dazukommen, hast du schon einiges zu bieten.«

Huusko schlug so heftig mit der Faust auf den Tisch, dass sich die Kollegen am Nebentisch umdrehten.

»Was für ein Mist, dass sich Eki ausgerechnet jetzt selber so tief in die Scheiße reiten musste.«

»Nimm es gelassen. Die Worte eines Mannes mit seiner Vergangenheit wiegen ohnehin nicht viel, schon gar nicht, wenn er einen zukünftigen Innenminister und zwei Polizisten gegen sich hat ... Und jetzt lass uns nicht mehr von dienstlichen Angelegenheiten reden. Ich komme am Donnerstag in die Abteilung, dann gehen wir das Material durch. Besorg bis dahin die Protokolle und den Bericht über die Festnahme.«

Die Band, die inzwischen ihre Instrumente gestimmt hatte, spielte das erste Stück. Sanna Susisaari fasste Huusko bei der Hand und zog ihn auf die Tanzfläche. Auch einige andere erhoben sich.

Vom Rest des Abends blieben Huusko nur dunkle Erinnerungen. Tanz, ein paar Bier, Tanz, einige Schnäpse, Tanz, Verbalattacken gegen die Hakala, dann ein kleiner Streit mit ein paar biederen Kollegen. Er erinnerte sich, dass Tuomela ihn irgendwann beiseite genommen und gebeten hatte, sich zu entfernen. Obwohl er völlig betrunken gewesen war, hatte er Tuomelas Bitte respektiert.

Auf dem Heimweg war er mehrmals eingekehrt, bis er nur

noch auf unfreundliche Türsteher stieß, die behaupteten, dass er zu betrunken sei. Er erinnerte sich, dass er zu Fuß bis nach Hakaniemi gegangen war, wo er am Kiosk Würstchen gegessen und sich dabei mit Senf und Ketchup beschmiert hatte. Anschließend war er in den Nachtbus gestiegen, der in östliche Richtung fuhr.

Von dem, was danach geschehen war, wusste er nichts mehr, seine Erinnerungen setzten erst wieder ein, als er in den frühen Morgenstunden erwachte.

Sein erster Gedanke war, dass das geliehene Heizgerät tatsächlich sehr stark war. Ihm war warm, regelrecht heiß. Er träumte, dass die Sonne mit voller Kraft vom Himmel schien und er nackt auf einem heißen Felsen lag. In der Nähe schimmerte das Meer und die Sonne glühte.

Er wollte die Decke wegschieben, konnte sie aber nicht greifen, hilflos tastete er umher.

»Heiß …«

Die Sonne kam näher. Sie bedeckte den ganzen Himmel von Ost bis West, sie lebte und loderte wie glühende Lava.

»Meine Haut verbrennt!«

Huusko öffnete die Augen. Er hatte vor Schmerz geschrien.

Er war noch betrunken und vor seinen Augen drehte sich alles wie ein seltsames Lichtermeer. Er versuchte, aufzustehen, fiel dabei aber aus dem Bett und stieß sich die Rippen.

»Scheiße, verfluchte!«

Er setzte sich auf, und die Erkenntnis brach sich in seinem benebelten Kopf Bahn: »Feuer!«

Vorder- und Rückwand standen in Flammen.

»Löschen!«

Der Wassereimer fiel ihm ein und er fand ihn tatsächlich. Der Eimer war nur halb voll, aber Huusko schüttete den ganzen Inhalt auf die Flammen, die aus der Tür stiegen. Sie wurden kleiner, erloschen aber nicht. Huusko griff sich die Decke vom Bett und wickelte sie um den Körper, dann ging er zur Tür und fasste an die Klinke. Sie war glühend heiß und verbrannte ihm die Hand. Die Tür ließ sich nicht öffnen. Er warf sich mit der Schulter dagegen, aber auch das half nicht, die Tür war und blieb verschlossen.

Huusko merkte, wie er in Panik geriet. Er versuchte, sich zu beruhigen, trat zurück und hielt Ausschau nach einem neuen Fluchtweg.

»Das Fenster!«

Das Fenster war geschlossen. Er zerbrach das Glas, aber der mehrfach unterteilte Rahmen gab nicht nach. Überall waren Flammen. Sie krochen an den Wänden hoch wie lebende Wesen, wie flinke Echsen.

»Ist dort jemand?«

Durch das Rauschen und Knistern der Flammen hörte Huusko den Ruf nur ganz schwach.

»Öffnen Sie die Tür!«, schrie er.

»Die steht in Flammen. Ich versuche es am Fenster!«

Huusko sah, wie der Rahmen bebte. Ein erneuter Schlag und er bebte stärker. Wieder ein Schlag und splitterndes Holz fiel nach innen.

Huusko sah draußen eine Gestalt, dann zersprangen auch die restlichen Scheiben.

»Pass auf das Glas auf!«

Huusko wickelte die Decke um seine Hände und brach die gefährlichsten Glasspitzen ab. Dann holte er den Schlafsack vom Bett, legte ihn über das Fensterbrett, warf noch die Decke drüber und schob sich nach draußen. Ein seitlich im Rahmen steckender Glassplitter schnitt ihm in die linke Schulter, aber er merkte es nicht. Jemand fasste ihn unter die Achseln und zog ihn heraus.

Im Schein der Flammen erkannte Huusko den Nachbarn.

»Danke«, stammelte er.

Er machte wankend ein paar Schritte und drehte sich um. Die Hütte stand in hellen Flammen.

»Das war knapp«, sagte der Nachbar.

Im selben Moment ertönte in der Nähe die Sirene eines Feuerwehrautos.

»Ich habe die Feuerwehr und die Ambulanz alarmiert.«

Der Nachbar führte Huusko zu seiner eigenen Hütte.

»Nun ist die Nacht doch nicht so kalt geworden wie angekündigt.«

23.

Ekis Exfrau wohnte in einem alten Wohnhaus in Vallila. Die Klappe des Briefschlitzes an der Tür hing lose in ihren Angeln, unter dem Spion war eine Delle, wahrscheinlich von einem Faustschlag. Raid stellte sich vor den Spion und klingelte. Die Tür wurde geöffnet. Es war zwölf Uhr mittags, aber die Frau schien gerade erst aufgestanden zu sein. Ihr Make-up wirkte wie aufgeklatscht und ihr Haar stand wirr nach allen Seiten ab. Sie trug einen roten Hausmantel.

»Der Gentleman persönlich. Hast du die Grüße ausrichten können?«

»Ja, hab ich.«

Sie machte Platz und Raid trat ein. Im Flur schlug ihm starker Parfümgeruch entgegen.

Die Wohnung war klein und dunkel, aber sauberer, als Raid erwartet hatte. Die Frau hatte offenbar noch nicht völlig resigniert. Vor dem Schlafalkoven hing ein gestreifter Vorhang, dahinter war ein ungemachtes Bett zu sehen. Die Frau schloss schamhaft den Vorhang.

»Hat Eki versprochen, seine Schulden zu bezahlen?«

»Ja, mit Zinsen.«

»Es geschehen noch Zeichen und Wunder ... Hat der Herr vielleicht Lust auf einen Kaffee?«

»Ja, danke.«

Sie füllte den Kessel mit Wasser und stellte ihn auf den Herd.

»Wo steckt er?«

»Schwer zu sagen. Er zog gerade um, als wir uns trafen.«

Die Frau stellte Tassen auf den Tisch und füllte sie mit siedendem Wasser.

»Ich trinke nur Nescafé, ich hoffe, es ist so recht.«

Raid füllte Kaffeepulver in seine Tasse und rührte mehrmals um.

»Und was hat der Herr für ein Anliegen?«

Raid kostete vorsichtig von seinem Kaffee.

»Eki und ich brauchen Hilfe.«

»Meine Hilfe?«

»Ja.«

»Und was heißt das genau?«

Raid erzählte es ihr. Sie hörte wortlos zu.

»Alaniemi und Helenius sind beide Arschlöcher, das heißt, Helenius ist vielleicht kein ganz so großes, und mir ist scheißegal, was ihnen passiert, aber insgesamt kommt mir die Sache ziemlich riskant vor. Und ich soll aus purer Menschenfreundlichkeit mitmachen?«

»Eki glaubt, dass Helenius Lare getötet hat.«

Die Frau überdachte die eben gehörten Worte.

»Warum sollte er das getan haben?«

»Das kannst du Eki später fragen.«

»Gibt es noch andere Gründe?«

Raid holte den Trauring heraus, den er in Ekis Tasche gefunden hatte, und hielt ihn der Frau hin. Sie erkannte den Ring sofort und griff danach.

»Woher hast du ihn?«

»Von Eki. Er trägt ihn immer bei sich.«

Die Frau betrachtete den Ring und wischte sich die Augenwinkel.

»Außerdem bekommst du das hier.«

Raid zog ein Bündel Scheine aus der Tasche und legte es vor sie auf den Tisch. Sie griff vorsichtig zu und zählte das Geld.

»Zehn, elf, zwölf, dreizehn, eine ziemliche Menge. Wie viel ist es insgesamt?«

»Zwanzigtausend. Und wenn alles gut geht, kriegst du nochmal so viel.«

»Hat Eki einen reichen Onkel in Amerika beerbt?«

»So ungefähr.«

Die Frau starrte immer noch verwirrt auf das Geld.

»Wann soll ich es machen?«

»Jetzt gleich.«

Sie zögerte noch einen Moment, entschied sich dann, griff nach ihrem Handy und tippte die Nummer ein, die Raid ihr gab. Er rückte näher, um mitzuhören.

»Helenius.«

»Hei, hier Virpi Laurila, wie geht es dir?«

»Danke, und selbst?«

»Wie immer ... Ein gewisser Kommissar Helenius trägt anscheinend die Nase sehr hoch, weil er diese Lady gar nicht mehr anruft.«

»Sorry, ich bitte die Lady um Verzeihung. Ich hatte immer mal vor, anzurufen und ein bisschen zu plaudern, aber wie es halt so geht, die Arbeit gönnt einem keine Pause ... Wirklich nett, dass du dich meldest ... Du hast bestimmt von Eki und Tammela gehört?«

»Ja, hab' es in der Abendzeitung gelesen. Ich kapiere nicht, was mit Eki los ist ..., deswegen rufe ich eigentlich an ...«

»Weißt du, wo er ist?«

»Gewissermaßen ..., oder ich kriege es wahrscheinlich raus, wenn alles klappt. Er hat mich angerufen und um Hilfe gebeten ...«

»Er will Geld, oder?«

»Nee, komischerweise nicht, er scheint selber einen Haufen Kohle zu haben. Er hat mir zehntausend versprochen, wenn ich ihm helfe ... Ich soll ein paar Sachen für ihn besorgen, eine Flinte, eine Schiffskarte nach Deutschland und so was alles, außerdem Klamotten ...«

»Woher hat er das Geld?«

»Das hab ich ihn auch gefragt. Er schuldet mir mehrere Tausender und nie hat er was rausgerückt, aber jetzt schwimmt er im Geld. Er behauptet, dass Lare irgendein großes Ding gedreht hat, und weil der tot ist, kriegt er jetzt dessen Anteil.«

»Was für ein Ding?«

»Er hat einen Tresor geknackt ...«

Helenius gab sich Mühe, kein allzu großes Interesse zu verraten.

»Genaueres weißt du nicht?«

»Vielleicht erfahre ich was ... Übrigens, falls seine Geschichte stimmt, glaubst du, dass eine gewisse Lady eine Prämie kriegt, wenn das Geld an den rechtmäßigen Besitzer zurückgegeben wird? Du kriegst bestimmt raus, woher es stammt ...«

»Ich glaube, dass die Lady eine gute Prämie zu erwarten hat, wenn die Sache aufgeklärt wird. Es hängt davon ab, wie groß die Summe ist.«

»Eine Mille, glaub' ich. Ich hab' ihn nämlich gefragt, wohin er abhauen will, und er hat gesagt, er weiß es noch nicht, aber mit einer Mille käme man ziemlich weit. Rufst du mich an, wenn du rausgekriegt hast, wo der Bruch stattgefunden hat?«

»Ich glaube, ich weiß es schon.«

»Ja?«

»Kürzlich wurde in einer Anwaltskanzlei eingebrochen und der Tresor geknackt. Die Summe, die gestohlen wurde, entspricht ungefähr deinen Angaben. Ich denke, das Geld stammt von dort. Bestimmt sind die Leute dankbar, wenn sie ihr Geld zurückbekommen.«

»Kannst du sie fragen, wie dankbar, in Mark ausgedrückt?«

»Ich rufe gleich zurück. Wie erreiche ich die Lady?«

»Auf meinem Handy.«

»Bist du zu Hause?«

»Ja.«

»Rühr dich nicht weg. Ich rufe sofort wieder an.«

Sie beendete das Gespräch und sah Raid an.

»Wie lief es?«

»Hervorragend.«

»Er hat die Sache anscheinend geschluckt, klang richtig gierig. Ich kenne den Kerl ...«

»Es lief ganz prima.«

»Ich hätte es auch für weniger gemacht, sogar umsonst, wenn du mich nett gebeten hättest. Was glaubst du, wie oft ich dem Kerl meinen Arsch hinhalten musste, damit er Eki in Ruhe lässt. Das war nicht nur ein oder zwei Mal ...«

»Von wem sprichst du?«

»Von Alaniemi. Helenius hatte immerhin eine gewisse Moral, er machte die Arbeit, aber Alaniemi bestimmte, wo es langging. Der Kerl gilt immer als Unschuldslamm, dabei hat er jede Menge Dreck am Stecken ... Glaubst du mir nicht?«

Sie nahm ein Foto von der Wand, auf dem sie mit Eki am Strand posierte, aus der Bademode zu schließen, vor dreißig Jahren. Eki war gut gebaut und muskulös, sie sah schön und verliebt aus.

»Ich war damals ein heißer Feger, auch wenn ich das selbst sage.«

»Stimmt.«

Sie betrachtete das Foto wehmütig.

»Eki war zehn Jahre älter als ich. Ich war so verliebt, wie es eine Frau nur sein kann. Eki war die große Liebe meines Lebens, obwohl das alles auch seine schlechten Seiten hatte ...«

Ihr Handy klingelte.

»Virpi.«

»Ich bin's. Alles klar. Sie haben fünf Prozent der zurückerstatteten Summe versprochen.«

»Wie viel ist das?«

»Wenn sie von Eki eine Million bekommen, dann kriegst du fünfzigtausend.«

»Oho.«

»Nicht schlecht, oder?«

»Und ich werde auf keinen Fall in die Sache reingezogen?«

»Wir beide haben schon oft zusammengearbeitet und ich habe dein Vertrauen noch nie enttäuscht, stimmt's?«

»Nein, hast du nicht, aber Eki bringt mich um, wenn er was erfährt ...«

»Das wird nicht passieren. Wir sichern alles ab, vertrau mir.«

»Und ich kriege das Geld sofort?«

»Sowie ich die Summe in der Hand halte, lege ich den Anteil für eine gwisse Lady beiseite.«

Sie lachte zufrieden.

»Die Lady hat für das Geld jede Menge Verwendung.«

Helenius wurde ungeduldig.

»Hat Eki dir seine Telefonnummer oder irgendeine Adresse gegeben?«

»Seine Nummer, sonst nichts. Ich soll ihn anrufen, wenn ich das ganze Zeug für ihn besorgt habe, dann wollen wir uns treffen.«

»Wann ist das?«

»Meinetwegen gleich, ich muss bloß ein bisschen Farbe aufschmieren und mir was anziehen.«

»Beeil dich damit ..., wie lautet die Nummer?«

»Ich weiß nicht, ob ich sie dir jetzt schon geben soll ...«

»Virpi, du musst mir jetzt einfach vertrauen, du hast mein Wort, dass ich nichts unternehme, was nicht mit dir abgesprochen ist ...«

Sie gab ihm die Nummer.

»Ich erledige hier alles, und du rufst mich an, sowie du mit Eki gesprochen hast. Ist das klar?«

»Ja, Herr Kommissar.«

Sie schaltete das Handy aus und wandte sich fragend an Raid: »Was nun?«

»In einer Stunde rufst du ihn an und gibst ihm diese Adresse. Und du sagst, dass er sich in der Halle verstecken und auf Eki warten soll, der wird bald dorthin kommen.«

Er gab ihr die Adresse von Ukis Bootshalle.

»Und wenn er will, dass ich mitkomme?«

»Du weigerst dich. Du sagst, dass du dich nicht traust. Am besten, du verlässt die Wohnung, damit er dich nicht findet.«

»Und wenn er alleine nicht hingeht?«

»Das muss er, wenn er das Geld haben will.«

»Was passiert hinterher mit Eki?«

»Das hängt von ihm selbst ab.«

»Hilf ihm.«

»Ich versuche es.«

»Ich glaube dir …, Gentleman.«

Sie küsste Raid auf die Wange.

Eki saß auf dem Sofa in Raids Wohnmobil. Er sah müde aus.

»Was muss ich machen?«, wollte er von Raid wissen.

»Du bist einfach du selbst mit deinem ganzen überwältigenden Charme.«

»Was sollte ihn veranlassen, herzukommen?«

»Das Geld und seine Gier, eine unfehlbare Kombination. Und außerdem rechnet er sich vielleicht Chancen aus, dich bei der Gelegenheit loszuwerden.«

»Sehr tröstlich. Wenn er mich nun gleich bei der Begrüßung erschießt?«

»Das tut er nicht. Er muss erst rauskriegen, wo das Geld ist.«

»Hauptsache, du machst deinen Job.«

Eki fuhr eine Stunde lang mit seinem Mietwagen durch die Stadt und kehrte dann zur Halle zurück. Niemand war zu sehen. Er hielt vor dem Tor und stieg aus, um den Riegel zu öffnen, da hörte er eine Stimme hinter sich:

»Hallo Eki, schön, dich nach langer Zeit mal wieder zu sehen.«

Er drehte sich langsam um. Helenius stand da mit der Waffe in der Hand und lächelte ihn an.

»Die verdammte Hure hat mich also verpfiffen!«, fluchte Eki.

»Zermartere dir darüber nicht das Gehirn. Die Waffe!«

Eki zog die Waffe unter dem Gürtel hervor und legte sie behutsam auf den Boden.

»Mach die Tür auf!«

Eki schloss auf und schob den Riegel zur Seite, dann öffnete er die Schiebetür, die laut knirschte. Helenius machte ihm ein Zeichen mit der Waffe.

»Licht!«

Eki betätigte den Schalter und trat ein. Helenius folgte ihm und sah sich kurz um.

»Wem gehört das Ding?«

»Uki.«

»Ach nein! Und Uki hat den Tresor geknackt, stimmt's? Deshalb hat er auch mit Lare telefoniert.«

»Welchen Tresor?«

»Den, den Lare wegen seiner Operation nicht selbst knacken konnte. Falls du es nicht wissen solltest: Ich hatte einen Deal mit ihm. Er schuldet mir eine halbe Million.«

»Dann nichts wie ran ans Erbe. Willst du, dass ich dir seine neue Adresse gebe? Er ist gerade umgezogen, in eine kleine, aber ruhige Kammer.«

»Lare hat dir seinen Anteil gegeben und du gibst mir davon die Hälfte, das ist nur recht und billig.«

»Ist es nicht. Du hast sicher irgendeinen schriftlichen Vertrag oder einen Schuldschein?«

Helenius tippte sich mit dem Zeigefinger an die Stirn.

»Ja, hier.«

»Lass hören.«

»Du weißt genau, wie es gelaufen ist. Ich habe Lare die Koordinaten gegeben und er bezahlt mich dafür. Es ist ganz einfach, versuch nicht, die Dinge zu verkomplizieren.«

»Weshalb soll ich für das Vergnügen, dass ich in den Knast wandere, auch noch bezahlen?«

»Unter Ehrenmännern läuft das anders. Gib mir das Geld und du kannst gehen, aber nur dieses eine Mal. Wenn ich dich ein zweites Mal sehe, verhafte ich dich.«

»Seit wann bist du ein Ehrenmann?«

»Ich habe Kurse besucht. Nun?«

»Das Geld ist im Wohnmobil.«

Eki nickte in Richtung des Wagens.

»Dann lass es nicht warten.«

Helenius war ein Profi, er folgte Eki in zwei Metern Entfernung. Eki blieb neben dem Wohnmobil stehen.

»Hinter der Treppe.«

»Hol es raus, aber nur das Geld.«

Eki bückte sich und tastete in dem Hohlraum, in dem die Treppe während der Fahrt untergebracht wurde. Er holte eine schwarze Nylontasche heraus.

»Wirf sie her.«

Eki warf Helenius die Tasche vor die Füße. Der beugte sich runter und zog den Reißverschluss auf. Er holte ein Bündel Scheine heraus und schnupperte daran. Dann steckte er das Geld wieder in die Tasche, zückte sein Handy und sprach ein paar kurze Worte.

»Ich habe es, komm her.«

Eki blickte wild um sich.

»Was soll das bedeuten?«

»Alles okay, es ist mein Vertrauensmann.«

Die Hintertür der Halle wurde geöffnet und Pekkala kam mit ausgestreckter Waffe herein.

»Nimm es als Ehrenbezeugung vor deinen professionellen Fähigkeiten. Deine Tasche muss geprüft werden. Wir zählen das Geld jetzt in aller Ruhe, du nimmst deinen Teil und wir nehmen den unseren. Dann verabschieden wir uns und gehen in verschiedene Richtungen auseinander. Als alter Freund gebe ich dir einen kostenlosen, aber trotzdem guten Rat: Du solltest weit weg gehen. Hier wirst du geschnappt.«

»Und wenn ich mich stelle?«

Helenius war von Ekis Vorschlag völlig überrascht.

»Warum solltest du?«

»Tammela hat mich mit dem Messer angegriffen, es handelte sich höchstens um Notwehr. Dafür sitzt man nur ein paar Monate.«

»Das mit Tirronen war aber keine Notwehr.«

»Ich habe Tirronen nicht getötet.«

»Wer dann?«

Pekkala streckte die Hand aus und ließ sich von Helenius Ekis Pistole aushändigen.

»Ich jedenfalls nicht. Wir hatten den alten Streit beigelegt und Tirronen sollte mir bei einer Sache helfen, deshalb war ich in der Hütte, aber ich habe ihn nicht getötet.«

Pekkala nahm die Tasche auf und untersuchte das Geld. Er wirkte nervös.

»Lass uns die Sache zum Abschluss bringen und gehen.«

»Und Lare?«, fragte Helenius.

»Das müsstest du besser wissen. Als ich von ihm wegging, lebte er noch. Ich dachte, dass ihr den Krankenwagen gerufen habt.«

»Wieso wir?«

»Vor dem Haus bin ich ja fast mit dem Typen zusammengestoßen.«

Eki nickte in Pekkalas Richtung.

Helenius kratzte sich mit dem Pistolenlauf die Stirn.

»Als ich in die Wohnung kam, war Lare tot wie ein Stein, und du behauptest, er lebte noch, als du weggingst?«

Helenius wandte sich Pekkala zu.

»Du warst ungefähr eine Stunde vor mir dort.«

»Lare war tot, als ich kam, das habe ich dir doch gesagt.«

Helenius fixierte ihn und seine Miene verfinsterte sich.

»Tirronens Exfrau hat mich angerufen und mir erzählt, dass du bei ihr warst und nach ihrem Mann gefragt hast, warum?«

»Wegen des Films. Tirronen wollte darin auspacken.«

»Na und? Das ist Alaniemis Problem. Ich habe ihm gesagt, er soll seinen Mist selber bereinigen, und ich bereinige meinen ...«

Pekkala hob die Waffe und zielte auf Helenius. Er trat ein paar Schritte zurück, um auch Eki in Schach zu halten.

Helenius zeigte mit dem Finger auf ihn.

»Du willst dich unter Alaniemis Fittiche begeben, stimmt's? Ich habe dir alles beigebracht und aus dir einen Polizisten gemacht, und du wechselst während der Fahrt das Pferd.«

Pekkala tauschte seine Dienstwaffe gegen Ekis Waffe aus, was Helenius nicht entging.

»Lass mich raten. Ein Heldenpolizist namens Helenius stellt einen bösen Räuber namens Eki Eerola. Dieser erschießt Helenius, aber Helenius schießt noch mit letzter Kraft zurück und legt Eerola um. Und wieder kann eine neue Marmorplatte an der Wand der Polizeischule angebracht werden.«

»So ungefähr.«

»Du hättest Lare nicht zu töten brauchen. Alaniemi hätte sowieso in der Scheiße gesessen.«

»Lare kam zu sich und fing sofort an, mich anzupflaumen ..., da habe ich ihm sein großes Maul mit der Bierflasche gestopft.«

Pekkala hob die Waffe und zielte auf Helenius' Brust.

Die Kugel traf Pekkala in die Schläfe, unmittelbar über dem linken Ohr. Sie durchschlug den Schädel und prallte vom Fußboden gegen die Wand. Pekkala fiel auf den Rücken. Helenius drehte sich um und sah Raid hinter dem

Lüftungsrohr hervortreten, in der Hand hielt er ein Gewehr mit Zielfernrohr. Helenius musterte ihn eine Weile und wandte sich dann dem am Boden liegenden Pekkala zu, beugte sich über ihn und nahm ihm Ekis Pistole aus der Hand.

»Schade. Du hättest noch viel von mir lernen können.«

Dann richtete er sich auf und reichte Eki die Waffe. Er sah auf Raids Gewehr.

»Das 2.22er.«

Mit Blick auf Pekkalas Leiche konstatierte er: »Einschuss an der Schläfe, über dem linken Ohr.«

Er wandte sich Eki und Raid zu.

»Viele Fragen liegen in der Luft. Am besten, wir setzen uns zusammen und denken uns die passenden Antworten aus. Ein bisschen guter Wille und jeder von uns ist aus dem Schneider.«

24.

Die Miene des Polizeichefs war verschlossen, als er sich hinter seinem Schreibtisch erhob und Jansson und Huusko entgegentrat. Er begrüßte beide mit Handschlag und lud sie mit einer Geste an den Beratungstisch, wo zum Kaffee eingedeckt war.

»Ein verspäteter Frühstückskaffee, wenn es den Herren recht ist.«

Er öffnete die Thermoskanne und goss erst seinen Gästen und dann sich selbst ein. Huusko nahm ein Blätterteigstück und biss hinein. Teile der Kruste rieselten ihm auf die Hose und er wischte die Krümel mit der Hand ab.

Der Polizeichef legte seine gepflegten Hände auf den Tisch und musterte seine Gäste. Am Zeigefinger seiner rechten Hand steckte der goldene Siegelring des Juristen und an der silbergrauen Krawatte schimmerte eine goldene Nadel.

Er war bekannt dafür, dass er stets gut und der Situation entsprechend gekleidet war. Er hatte Stil, bis hin zum ergrauten Haar und der schmal geränderten Brille.

Er rückte die mit schwarzen Steinen besetzten Manschettenknöpfe zurecht und räusperte sich.

»Denkt bitte daran, dass es sich hier um ein inoffizielles Gespräch handelt und dass nichts von dem, was in diesem Raum gesagt wird, für fremde Ohren bestimmt ist. Abgemacht?«

»Abgemacht«, sagte Huusko.

»Was ist mit fremden Ohren gemeint, auch unsere eigenen Leute im Haus?«, fragte Jansson.

»Alle außerhalb dieses Raumes, sofern nicht anderweitig entschieden wird. Ist damit alles klar?«

»Alles klar.«

»Ich weiß, dass ihr unzufrieden seid, weil Helenius in Absprache mit seinem Mitarbeiter und gestützt auf das Urteil des Gerichtsmediziners entschieden hat, die Ermittlungen in dem Todesfall eines bekannten Kriminellen einzustellen.«

Er blätterte in seinem Notizblock.

»Dies ist keine Stellungnahme, es sind eher laute Überlegungen. Wenn ich mich nicht irre, bescheinigte der Gerichtsarzt trotz einiger Besonderheiten eine natürliche Todesursache. Zuvor hatte die Polizei sämtliche Nachbarn befragt und die in einem unklaren Todesfall üblichen Untersuchungen vorgenommen.«

Es hörte sich an, als ob er seine lauten Überlegungen vom Blatt ablas.

»Außer einigen Wunden gab es nichts, was auf ein Gewaltverbrechen hindeutete, weder auf Totschlag noch auf Mord, ja nicht einmal auf fahrlässige Tötung. Der mit der Tatortuntersuchung beauftragte Beamte ist erfahren und gilt als gewissenhaft, ebenso der verantwortliche Kommissar. Der Gerichtsarzt ist nicht minder erfahren und zählt zu den besten des Landes. Sind wir einer Meinung?«

»Ja, sind wir.«

Der Polizeichef blickte von seinen Papieren auf.

»Kritisch zu sein steht einem Polizisten gut zu Gesicht. Es stimmt mich jedoch bedenklich, dass ihr den Abgeordneten Alaniemi mit der Sache in Verbindung bringt. Er hat nach meiner Auffassung glaubhaft erklärt, wie seine Fingerabdrücke in Lehtinens Wohnung gekommen sind. Dass diese Abdrücke aus dem Untersuchungsmaterial herausgenommen wurden, gehört zum normalen Procedere. Auf die gleiche Weise wurden auch eure Fingerabdrücke eliminiert, nicht wahr?«

»Stimmt, aber der Unterschied ist, dass unsere Spuren erst nach der Tat entstanden«, sagte Huusko. »Die Polizei darf nicht Spuren eliminieren, die in einem möglichen Zusammenhang mit der Tat stehen.«

»Alaniemis Spuren waren mehrere Tage vor Lare Lehtinens Tod entstanden«, konstatierte der Polizeichef.

Janssons Miene begann sich zu verfinstern.

»So behauptet er selbst.«

»Auch sein Mitarbeiter hat das bestätigt. Der Mann hatte vor dem Haus im Auto gewartet, als Alaniemi den Lehtinen besuchte. Das geschah, bevor Lehtinen in die Klinik ging«, sagte der Polizeichef.

»Nichts hat ihn daran gehindert, ein weiteres Mal hinzugehen.«

»Dazu möchte ich gerade kommen, zu dem Motiv nämlich. Die Behauptungen zweier bekannter Krimineller, Alaniemi habe Dreck am Stecken und wolle das vertuschen, klingen in der Tat nicht glaubhaft, zumal beide einen Groll gegen ihn hegen. Und selbst wenn er in der Vergangenheit gegen das Gesetz verstoßen haben sollte, wäre die Sache bereits verjährt. Alaniemi ist ein geachteter Polizeibeamter und ein Reichtagsabgeordneter, der seine Aufgabe bisher tadellos erfüllt hat. Es wäre absolut ungerechtfertigt, diesen Behauptungen, die gegen seine Person gerichtet sind und seiner politischen Laufbahn erheblich schaden könnten, Glauben zu schenken, ohne dass ein wirklich stichhaltiger Beweis vorliegt. Aus meiner Sicht existiert ein solcher Beweis nicht.«

Der Polizeichef machte eine Pause. Jansson sah, dass seine Hand, die die Papiere hielt, leicht zitterte.

»Das eben Gesagte darf nicht so interpretiert werden, dass Alaniemi unter besonderem Schutz stünde und dass die normalen Spielregeln für ihn nicht gelten. Aber die Situation ist nun mal die, dass die zuständigen Beamten und der Gerichtsarzt keinen Grund sehen, in dem Fall zu ermitteln, oder, wie Helenius sagte, dass es genug wirkliche Verbrechen gibt.«

Jansson und Huusko schwiegen.

»In der Regel mische ich mich als Polizeichef nicht in kriminalpolizeiliche Ermittlungen ein und kann das auch nicht tun, denn das würde als Illoyalität empfunden. Falls ich mich einmischen würde und die Öffentlichkeit erführe davon, würde es gegen mich ausgelegt werden, egal welche Absicht dahinter gesteckt hat. Aber da ich euch beide als Ermittler schätze und da dieser Fall die Glaubwürdigkeit unseres ganzen Apparates tangiert, halte ich es für richtig, die Sache von Grund auf zu klären. Es darf nicht der geringste Zweifel bleiben.«

»Dafür sind wir dankbar«, sagte Jansson, aber sein Ton passte nicht zum Inhalt der Worte.

Der Polizeichef sah ihn an, die gebräunte Stirn in Falten gelegt. Er ergriff die Thermoskanne und fragte: »Noch Kaffee?«

»Nein danke.«

Auch Huusko lehnte dankend ab.

»Ihr seid dran.«

Jansson und Huusko hatten eine Arbeitsteilung vereinbart und Jansson begann.

»Zunächst einmal sind wir der Meinung, dass unter die Sache kein Schlussstrich gezogen werden darf, ehe unser Fall, der damit in direktem Zusammenhang steht, abgeschlossen ist. Huusko war als Erster am Tatort, und da er außerdem den so genannten Hammermord untersucht, wäre es natürlich gewesen, dass er auch Lares Fall bearbeitet. Aus irgendeinem Grunde tauchten jedoch Hauptwachtmeister Pekkala und Kommissar Helenius auf und verkündeten, dass ihnen der Fall auf Veranlassung von Polizeidirektorin Hakala übertragen worden ist.«

»Ihr kennt die Begründung«, sagte der Polizeichef.

»Ja, die kenne ich und ich fand sie nicht ausreichend. Wir hätten uns ohnehin mit den beiden beraten und auf ihre Kenntnisse zurückgegriffen. Das ist völlig normal in solchen Fällen, deswegen muss noch lange nicht das andere Team beauftragt werden.«

Huusko räusperte sich, er war an der Reihe.

»Es ergibt sich die Frage, warum sich die beiden den Fall hinter unserem Rücken zugeschanzt haben. Wenn sie ein Interesse an dem Fall hatten, wäre das normale Vorgehen gewesen, dass sie sich direkt an uns gewandt und sich nicht erst Rückendeckung bei der Hakala geholt hätten. Jede Abweichung von der gängigen Praxis wirft Fragen auf, zumindest bei Leuten wie uns und besonders dann, wenn hohe Herren im Spiel sind.«

»Ist auch ein Reichstagsabgeordneter ein hoher Herr?«, fragte der Polizeichef.

»Ja, wenn er Kandidat für den Posten des Innenministers ist.«

Huusko gab Jansson ein Zeichen, er möge fortfahren.

»Unserer Meinung nach hängt Lehtinens Tod, ob er nun ein Verbrechen war oder nicht, mit dem Fall Tammela zusammen. Möglicherweise war Lares Tod einer der Gründe dafür, dass Eki Eerola zu Tammela in die Wohnung ging – mit bedauerlichen Folgen.«

»Wie kommt ihr zu dieser Annahme?«

»Laut Telekomauszug hat Alaniemi diesen Tammela kurz vor Lehtinens Tod mehrmals angerufen. Einen weiteren Anruf gab es, kurz bevor Tammela starb. Er war einer von Alaniemis früheren Spitzeln und hatte ihm mehrfach geholfen, Lehtinen und Eerola zu überführen.«

»Es ist kein Verbrechen, seinen früheren Informanten anzurufen. Diese Beziehungen können unter Umständen sehr eng sein, wie du weißt.«

»Stimmt, aber außerdem wurde von Lehtinens Handy kurz vor dessen Tod eine Nachricht an Eerola geschickt, in der er aufgefordert wurde, umgehend in Lehtinens Wohnung zu kommen. Wir vermuten, dass die Nachricht nicht von Lehtinen selbst stammte, sondern jemand anderes den Verdacht auf Eerola lenken wollte – was angesichts dessen Vergangenheit nicht schwierig war.«

»Aber Eerola wurde gar nicht verdächtigt.«

»Nein, aber zu jenem Zeitpunkt war es noch wahrscheinlich, dass die Polizei mindestens von fahrlässiger Tötung ausgehen würde. In dem Fall brauchte man einen Schuldigen.«

»Gut, fahr fort.«

»Huusko kann erzählen, er weiß am besten Bescheid«, sagte Jansson.

Huusko hatte sich bis in die Nacht hinein auf seinen Bericht vorbereitet. Er wollte beweisen, wie professionell und besonnen er an die Sache heranging.

»Wenn es recht ist, erzähle ich ohne Umschweife, worum es unserer Meinung nach bei der Sache geht.«

»Deshalb sitzen wir hier zusammen.«

»Es ist keine schöne Geschichte.«

»Das sind Verbrechen selten.«

Der Polizeichef hielt den Kugelschreiber bereit.

»Alaniemi tötete Lehtinen, wenn nicht absichtlich, dann auf jeden Fall fahrlässig. Er hatte den Mann vermutlich aufgesucht, um ihn zu überreden, in einer TV-Dokumentation nichts auszusagen, was Alaniemi schaden könnte. Lehtinen wollte sich darauf nicht einlassen, obwohl Alaniemi einen Teil seiner Operationskosten übernommen hatte. Alaniemi bekam einen Wutanfall und ging auf Lehtinen los. Dieser war noch geschwächt von der Operation und konnte sich nicht wehren. Alaniemi ließ ihn bewusstlos liegen, später starb er.«

»Das ist tatsächlich keine schöne Geschichte. Ich möchte jetzt hören, welche Beweise ihr habt.«

»Zunächst einmal zum Motiv. Im Diebstahldezernat verschwanden im Jahre dreiundachtzig dreißigtausend Mark aus dem Panzerschrank. Alaniemi war einer der Verdächtigen. Lehtinen behauptete, beweisen zu können, dass Alaniemi das Geld genommen hatte. Ich habe mit dem Produzenten des Dokumentarfilms gesprochen, Lehtinen hatte ihm Material angekündigt, nach dessen Veröffentlichung Alaniemi seine Ministerträume würde begraben müssen.«

»Aber vorläufig gibt es keinen Beweis?«

»Doch. Jansson und ich haben auch Alaniemis früheren Vorgesetzten aufgesucht, und der hielt ihn ebenfalls für den Schuldigen.«

»Heinjoki«, ergänzte Jansson. »Er war sich sicher, dass Alaniemi das Geld aus dem Panzerschrank gestohlen hatte. Er glaubt außerdem, dass Alaniemi Zeugen gekauft hat.«

»Ich meinte einen konkreten Beweis.«

»Wir auch«, sagte Huusko.

Jansson nahm den Briefumschlag aus dem Plastikbeutel und übergab ihn dem Polizeichef.

»Heinjoki hat den Umschlag wiedererkannt. Darin hatte das beschlagnahmte Geld gelegen.«

Die Miene des Polizeichefs erstarrte.

»Woher habt ihr den?«

»Er wurde uns zugestellt, zusammen mit einem anderen Beweis. Wir wissen, dass der Umschlag an dem Abend in Lehtinens Hände gelangte, an dem Alaniemi das Geld gestohlen hatte. Alaniemi saß zusammen mit Eki Eerola, Lare Lehtinen und einem gewissen Tirronen in einer Kneipe nahe der Dienststelle. Als ihm das Geld ausging, sagte er, er wolle Nachschub holen und verschwand. Nach einer Viertelstunde kam er zurück, nahm das Geld aus dem Umschlag und warf ihn anschließend in den Papierkorb. Lare fischte ihn später wieder heraus, da er seine Vermutungen hatte.«

»Ist der Umschlag untersucht worden?«

»Ja, es sind Alaniemis Fingerabdrücke drauf.«

»Ich war noch nicht ganz fertig«, bemerkte Huusko. »Als Alaniemi begriff, dass er Lehtinen getötet hatte, nutzte er seine Verbindungen zu unserem Haus und sorgte dafür, dass die Ermittlungen in die richtigen Hände gelangten, nämlich in die von Helenius und Pekkala. Beide sind frühere Mitarbeiter von ihm und waren an einer vollständigen Aufklärung ohnehin nicht interessiert, weil sie, wenn unsere Informationen stimmen, selbst in die Mauscheleien mit den gekauften Zeugenaussagen verstrickt waren.«

»Das sind ziemlich schwere Anschuldigungen«, sagte der Polizeichef mit hartem Blick.

»Wir haben eine Zeugin, die bereit ist, vor Gericht auszusagen, dass ihr Mann auf Alaniemis Geheiß einen Meineid geschworen hat.«

»Die Ehefrau. Und der Mann selbst sagt nicht aus?«

»Er ist tot.«

Der Polizeichef drehte an seinem Juristenring.

»Tote sind verdammt schlechte Zeugen.«

»Er wurde vor ein paar Tagen umgebracht, und ich vermute, dass die Fälle zusammenhängen.«

»Lastest du das auch Alaniemi an?«

»Noch nicht.«

»Gibt es noch etwas?«

»Auf Huusko wurde ein Anschlag verübt«, sagte Jansson.

»Ich habe es so verstanden, dass es sich um eigene Fahrlässigkeit handelte … Der Brandexperte vermutet, du hast ein Kleidungsstück auf dem elektrischen Heizgerät liegen gelassen. Du warst stark betrunken …«

Huusko hatte das Gefühl, als sei er auf einmal der Beschuldigte.

»Ja, ich war betrunken, aber das Feuer wurde gelegt. Die Tür war von außen verschlossen.«

»Die Hütte war den ganzen Winter unbenutzt und die Tür hatte sich verzogen, so wurde mir gesagt.«

Huusko sah, wie Janssons Lippen eine lautlose Frage bildeten: Pekkala?

Er schüttelte den Kopf.

Der Polizeichef stand auf und trat ans Fenster. Er sah eine Weile hinaus und kam dann wieder an den Tisch zurück, blieb aber stehen.

»Gibt es sonst noch etwas?«

»Ja. Der Umschlag war das Beste, aber dies ist fast ebenso gut.« Huusko holte einen kleinen Rekorder aus der Tasche und schaltete ihn ein. Der Polizeichef setzte sich und beugte sich über das Gerät.

»… um mich zu entscheiden, muss ich Genaueres wissen …«

»Lehtinens Stimme«, erklärte Huusko.

»… so ein Leckerbissen wird dir nur ein Mal im Leben geboten. Ich besorge dir den Code für die Haustür, mit der Eingangstür zum Büro und dem Tresor natürlich musst du selber fertig werden. Es ist ein alter Heteka, für dich ein Klacks, du hast zig von den Dingern geknackt. Keine Alarmanlage, gar nichts …«

»Kommissar Helenius«, sagte Huusko glücklich.

»… und die Summe?«

»Zwischen drei und fünf Millionen. Alles Schwarzgeld, jede einzelne Mark. Sie können den Einbruch nicht anzeigen.«

»Können sie uns auf die Schliche kommen? Es gibt bestimmt nicht viele Leute, die diese Informationen besitzen.«

»Ausgeschlossen.«

»Wann müsste es gemacht werden?«

»Noch diese Woche. Die Arbeitsgruppe für Geldwäsche will am Montag in der Kanzlei zuschlagen.«

Huusko schaltete den Rekorder aus. Jansson und er sahen den Polizeichef an. Der wirkte gequält und rieb sich die Schläfen.

»Wie hatte Helenius von dem Geld erfahren?«

»Wir glauben, dass Alaniemi ihm davon erzählt hat. Die Arbeitsgruppe für Geldwäsche war vor drei Wochen bei ihm im Reichstag zu Gast. Über die Sache wurde abends in der Sauna gesprochen.«

»Glaubst du, dass Alaniemi wusste, was Helenius plante?«

»Das kann ich nicht einschätzen, aber wenn Lare Lehtinen und Helenius gemeinsame Sache machten, würde das erklären, warum es für Helenius wichtig war, als Erster in Lares Wohnung zu gelangen. Er wollte alle Spuren beseitigen, die auf eine Komplizenschaft hindeuten könnten.«

Der Polizeichef erhob sich.

»Ich muss sagen, dass ich nicht weiß, wie ich mich zu alledem verhalten soll. Ich hatte mir unsere Begegnung ein wenig anders vorgestellt … Das, was jetzt geschieht, mag nach dem eben Gesagten unloyal erscheinen, aber glaubt mir, dass eine gute Absicht dahinter steckt.«

Er beugte sich über das Haustelefon. »Alaniemi kann kommen.«

Jansson und Huusko wechselten einen Blick.

Der Reichstagsabgeordnete Alaniemi kam forsch herein. Wenn er besorgt oder ängstlich war, so war ihm das zumindest äußerlich nicht anzumerken. Er lächelte geschmeidig und reichte erst dem Polizeichef, dann Jansson und Huusko die Hand. Huusko zögerte zunächst, erwiderte dann aber die Begrüßung.

»Kaffee?«, fragte der Polizeichef.

»Vichywasser reicht, danke.«

Alaniemi öffnete die Flasche, füllte ein Glas und nahm einen kleinen Schluck.

»Ich habe den Abgeordneten Alaniemi eingeladen, damit er gleich an Ort und Stelle auf eure Fragen antworten kann.«

»Ihr könnt mir jede Frage stellen.«

Alaniemi saß selbstsicher in seinem Sessel.

»Oder fangen wir einfach von vorn an. Ich bin mit euch einer Meinung, dass es ungeschickt war, euch den Fall wegzunehmen. Es ging jedoch nicht darum, etwas zu vertuschen. Als ich von Lares Tod hörte, erzählte ich Helenius, dass ich einige Tage zuvor in dessen Wohnung gewesen war und man dort meine Fingerabdrücke finden würde. Ich war selbst ein wenig verwundert, als ich hörte, dass er eines natürlichen Todes gestorben war. Ich kannte Lare und war sicher, dass er eines gewaltsamen Todes sterben würde.«

»So wie Tammela und Tirronen. Du kanntest beide«, sagte Jansson scharf.

»Stimmt, ich kannte beide. Aber um die Fälle rankt sich ja wohl kein Geheimnis. Wird nicht Eki Eerola in beiden Fällen verdächtigt? Meines Wissens gibt es sogar Augenzeugen.«

»Wie gut kanntest du Tammela und Tirronen?«, fragte Jansson.

»Ziemlich gut. Beide haben mir manchmal nützliche Tipps gegeben. Mit Tammela hatte ich bis zuletzt Kontakt, habe gelegentlich seine Telefonrechnung bezahlt und ihm bei Kleinigkeiten geholfen, Dienste mit Diensten vergolten. Von Tirronen hatte ich seit Jahren nichts gehört.«

»Mithilfe der beiden hast du seinerzeit Lare und Eki überführt«, erinnerte Jansson ihn.

»Vor allem mit Tirronens Hilfe. Er hat gegen Lare ausgesagt ... Ich weiß, welche Geschichten Lare und Eki darüber verbreitet haben, dass die Beweise fingiert waren, weil ich sie sonst nicht hätte überführen können. Sie mussten sich eine Erklärung ausdenken, um ihr Gesicht zu wahren. Die Wahrheit ist, dass beide Fälle mit harter Arbeit und einer gehörigen Portion Glück aufgeklärt wurden.«

Die Jahre in der Politik hatten bei Alaniemi Wirkung gezeigt. War er schon als Polizist aalglatt gewesen, so hatte sich das jetzt noch um ein Vielfaches gesteigert.

»Gibt es sonst noch etwas?«

»Das Band«, bat der Polizeichef.

Huusko spulte das Band zurück und schaltete den Rekorder ein. Alle lauschten reglos. Als Huusko das Gerät ausschaltete, schlug Alaniemi mit der Faust auf den Tisch.

»Unerhört! Es sei denn ..., Helenius hat Lare eine Falle gestellt.«

»Ich habe die Sache überprüft. Die Arbeitsgruppe für Geldwäsche wollte in der Kanzlei zuschlagen ..., oder vielmehr, sie hat es auch getan, aber zu spät. Da stand kein Heteka-Tresor mehr, sondern ein ganz nagelneues Modell. Auch die Türschlösser waren ausgewechselt worden. Und natürlich wusste niemand etwas von einem Einbruch«, konstatierte Jansson trocken.

»Ihr glaubt also, dass Lare den Tresor in der Kanzlei geknackt hat?«

»Nein, das war jemand anderes. Lare war zu dem Zeitpunkt im Krankenhaus.«

»Unglaublich. Habt ihr mit Helenius gesprochen?«

»Noch nicht. Hast du ihm eigentlich von der Sache erzählt?«, fragte Jansson.

»Wieso?«

»Die Kollegen von der Geldwäsche waren unlängst bei dir im Reichstag zu Gast. Wurde der Fall dort besprochen?«

»Ich erinnere mich nur, dass von einem aktuellen Fall von Geldwäsche die Rede war, aber Einzelheiten weiß ich nicht mehr ... Ich glaube, wir waren schon in der Sauna und hatten bereits ein paar Kisten Bier und anderes konsumiert. Womöglich ging es gerade um den fraglichen Fall? Was Helenius betrifft, so möchte ich aus Loyalität gegenüber einem früheren Arbeitskollegen keine Stellung beziehen. Ich kann nur Gutes über ihn sagen. Warum habt ihr ihn nicht selbst nach diesen Dingen gefragt?«

»Wir haben die Kassette erst gestern bekommen.«

»Woher eigentlich, und warum gerade jetzt?«

Alaniemis Ton war geringschätzig und anzüglich zugleich. Huusko konnte seinen Zorn nicht verbergen.

»Ist es nicht egal, woher wir das Band haben? Viel wichtiger ist es, die Schuldigen zu stellen. Wenn Helenius mit Lehtinen gemeinsame Sache gemacht hat, ist er kein Stück besser als dieser.«

»Wieso monierst du den Zeitpunkt?«, fragte Jansson.

»Ich meinte, warum gerade jetzt, da man mich zum Innenminister vorgeschlagen hat? Es handelt sich um uralte Gerüchte, die wieder aufgewärmt wurden.«

»Glaubst du, dass Huusko und ich Politik machen?«

»Das meine ich nicht, ich wundere mich nur, warum diese alten Dinge gerade jetzt wieder hochkochen. Und was Helenius betrifft, so ist schwer vorstellbar, dass ..., nun ..., aber schließlich ist alles möglich ...«

Huusko verspürte einen Stich in der Magengrube. Alaniemi wehrte jeden Schlag mit teuflischem Geschick ab.

»Als du Anfang der Achtzigerjahre im Diebstahldezernat gearbeitet hast, wurden dort dreißigtausend Mark beschlagnahmtes Geld entwendet. Erinnerst du dich daran?«

Alaniemi lachte wissend.

»Darauf habe ich fast schon gewartet. Ich werde den Vorfall nie vergessen. Heinjoki, Hannus und ich mussten die Summe gemeinsam erstatten, dabei hätte jeder andere auch die Möglichkeit gehabt, das Geld zu nehmen. Alle hatten davon gewusst und alle wussten, wo der Schlüssel des Panzerschrankes aufbewahrt wurde.«

»Der Mann, der mit der Untersuchung beauftragt worden war, kam aber nur auf euch drei.«

»Ein Idiot, wenn ich das mal so sagen darf.«

»Und was, wenn wir den Täter überführen können?«

»Dann wäre ich tatsächlich überrascht, das Ganze ist so lange her ... Ich habe meine eigenen Vermutungen hinsichtlich des Täters, aber wenn es keinen Beweis gibt, dann gibt es eben keinen.«

Jansson zeigte ihm den Briefumschlag.

»In diesem Umschlag steckte das gestohlene Geld und es sind Fingerabdrücke drauf. Ahnst du, wessen?«

»Aus der Einleitung zu schließen vermutlich meine.«

Der Polizeichef sah Alaniemi ernst an.

»Wie erklärst du das?«

»Wenn es sich wirklich um den Umschlag handelt, der das Geld enthielt, fällt mir eigentlich nur eine Erklärung ein. Ich muss ihn im Büro in der Hand gehabt haben. Oder …, ja, so muss es gewesen sein …, in dem Panzerschrank wurden auch andere Beweisstücke aufbewahrt, kleinere Drogenmengen und dergleichen. Ich habe wahrscheinlich etwas aus dem Schrank genommen oder hineingelegt und dabei den Umschlag beiseite geschoben.«

Alaniemi war deutlich erleichtert über seine schlaue Eingebung.

»Mich würde interessieren, woher ihr den Umschlag habt.«

»Von einer Person, die ausgesagt hat, dass er von dir stammt. Du hast Geld herausgenommen und den Umschlag dann in den Papierkorb geworfen.«

»Wahrscheinlich hegt die fragliche Person irgendeinen Groll gegen mich.«

Alaniemi sah auf die Uhr.

»Gibt es sonst noch etwas? In einer halben Stunde beginnt die Sitzung des Verfassungsausschusses …«

Jansson sah Huusko an. Der zuckte die Achseln.

»Wundert es dich gar nicht, wie dieser Kriminelle mit dem Groll gegen dich an den Umschlag gekommen ist?«, fragte Jansson.

»Offen gesagt, nein. Falls es sich um Lare handelt, so ist alles möglich.«

Alaniemi stand auf.

»Wir befassen uns derzeit im Reichstag mit einigen Gesetzesinitiativen, die die Befugnisse der Polizei zum Inhalt haben. Ich würde dazu gern die Meinung erfahrener Beamter hören, eure zum Beispiel. Es wäre mir überhaupt ein Vergnügen, ausgewählten Kollegen das Haus zu zeigen und sie natürlich auch in die berühmte Sauna des Reichstags einzuladen ...«

Alaniemi schüttelte wieder allen die Hand und ging ebenso energisch, wie er gekommen war, ohne dass sein Schutzschild auch nur den kleinsten Kratzer bekommen hatte.

Alle drei standen schweigend da. Dann räusperte sich der Polizeichef.

»Mehr kann ich im Moment nicht tun. Ihr versteht sicher, dass Alaniemi aus Sicht der Polizei ein außerordentlich wichtiger Mann ist. Es wäre wie ein Lottogewinn, jemanden auf dem Posten des Innenministers zu haben, der die Polizeiarbeit aus dem Effeff kennt und genau weiß, was sie ist beziehungsweise nicht ist ...«

»Wie hoch ist der Lottogewinn?«, fragte Jansson.

»Es ist der Jackpot ... Das bedeutet jedoch nicht, dass nicht ermittelt wird. Ihr macht weiter wie bisher und haltet mit mir Kontakt.«

»Das wird der Hakala nicht gefallen«, sagte Huusko.

»Was ihr gefällt oder nicht, ist jetzt meine geringste Sorge ...«

Die Sekretärin des Polizeichefs klopfte an die Tür und lugte herein.

»Da ist ein wichtiges Telefongespräch, Polizeidirektorin Hakala ...«

Er hob den Hörer ab.

»Hei – Ja, ein wenig. – Wann? Ist das ganz sicher? – Am besten, wir treffen uns vorher. – natürlich. – Gut.«

Er legte auf und sah Jansson und Huusko an.

»Pekkala hat sich erschossen, man hat ihn am Ufer von Kyläsaari in seinem Auto gefunden. Er hatte Helenius auf dem Handy eine Nachricht hinterlassen, dass er keinen anderen Ausweg sehe, weil er so viel Unheil angerichtet hat … Er hat zugegeben, Tirronen getötet zu haben. Was für ein Schlamassel!«

»Und Helenius?«, fragte Jansson.

»Er hat der Hakala seinen sofortigen Rücktritt mitgeteilt … Es ist das Beste für alle, aber ich fürchte, dass sich die Medien damit nicht zufrieden geben werden.«

Der Polizeichef zog ein Stofftaschentuch heraus und wischte sich die Stirn.

»Was für ein Schlamassel. Was Alaniemi betrifft, ändert sich jedoch gar nichts. Wenn nur ein einziges falsches Wort an die Öffentlichkeit dringt, kann das die Karriere eines zumindest bislang als unbescholten geltenden Mannes zerstören. Schon die Information, dass sich seine Fingerabdrücke in der Wohnung gefunden haben, kann eine Lawine auslösen. Falls sich später herausstellt, dass er unschuldig ist, haben wir einen irreparablen Schaden angerichtet. Das versteht ihr doch?«

»Und wenn die Presse nach dem Grund für Helenius' Rücktritt fragt?«

»Helenius' Fall wird gesondert untersucht. Sollte er Kriminellen gegen Bezahlung wirklich polizeiliche Informationen geliefert haben, ist das eine sehr ernste Sache. Alaniemi wird da jedoch nicht mit hineingezogen, sofern nicht neue Beweise gegen ihn auftauchen.«

»Und wenn Helenius schmutzige Dinge über Alaniemi ausplaudert?«, fragte Huusko.

»Dann tut ihr das, was die Polizei zu tun pflegt. Wie ich schon sagte, es geht nicht darum, Alaniemi eine Sonderbehandlung zukommen zu lassen, sondern darum, die heikle Situation zu berücksichtigen, in der wir uns befinden.«

Jansson und Huusko gingen zunächst eine Weile schweigend nebeneinander.

»Wir haben Alaniemi unterschätzt«, sagte Jansson.

»Und Helenius ist ein harter Hund, ich glaube nicht, dass er Alaniemi reinreitet«, knurrte Huusko.

Jansson blieb stehen, Huusko sah ihn fragend an.

»Was sagte der Polizeichef noch gleich von einem einzigen falschen Wort?«, wollte Jansson wissen.

»Dass es eine Lawine auslösen kann.«

Jansson knöpfte seinen Mantel zu, denn vom Meer her wehte ein kalter Wind.

»Ich habe mich immer gewundert, woher die Journalisten all ihre Informationen beziehen«, sagte er und sah Huusko ausdruckslos an.

»Stimmt. Manchmal hat man das Gefühl, dass sie ihre Augen und Ohren überall haben.«

25.

Loimukoski schob die Pakete mit den Papierhandtüchern beiseite und machte Huusko Platz im Putzmittellager.

»Ist dies wirklich ein sicherer Ort?«, fragte Huusko.

Loimukoski sah in der Situation nichts Komisches.

»Das hier ist kein Witz. Es ist der letzte Dienst, den ich dir erweise, danach sind wir quitt, in Ordnung?«

»Habe ich dich um Dienste gebeten?«

»Und Tirronen?«

»So etwas zu melden ist allgemeine Bürgerpflicht, kein Dienst.«

»Von jetzt an fragst du mich nicht mal nach meiner Schuhgröße, falls ich das Thema nicht selbst zur Sprache bringe. Einverstanden?«

»Deine Schuhgröße interessiert mich nicht, außerdem kenne ich sie. Wir sollten zusehen, dass wir vorwärts kommen, sonst überrascht uns noch jemand und missversteht die Situation.«

»Helenius hat nur einen Teil der Dinge getan, derer er verdächtigt wird.«

»Und welche davon?«

»Er hat Lare mit Informationen versorgt, Anteile an den Brüchen kassiert und Alaniemi daran beteiligt, aber er hat niemanden getötet ... Und dass Lare und Eki in den Knast wanderten, ging voll auf Alaniemis Kappe. Er hat Tammela und Tirronen erpresst. Helenius musste wegschauen, weil er mit Alaniemi irgendwelche gemeinsamen Geschäfte laufen hatte. Ich weiß, dass er sie nicht gebilligt hat, die beiden haben deswegen sogar einen bösen Streit gekriegt.«

»Helenius hatte gerade Grund, zu moralisieren.«

»Vielleicht nicht, aber jeder hat seine Grenzen, der Räuber genau wie der Gendarm.«

»Pfiffig ausgedrückt.«

»Nach dem letzten Bruch in der Kanzlei ging alles irgendwie schief. Helenius hatte den Job an Lare vermittelt, aber der musste ins Krankenhaus und konnte ihn nicht machen. Er gab den Job an einen anderen weiter, ohne Helenius Bescheid zu sagen. Lare sollte Helenius eigentlich einen Anteil geben, aber dann starb er.«

»Er wurde getötet«, korrigierte Huusko.

»Damit fing alles an. Helenius hat mir erzählt, wie alles gelaufen ist. Alaniemi rief ihn übers Handy an und sagte ihm, dass er bei Lare gewesen war und dass sie Krach gekriegt hatten. Lare hatte gedroht, Alaniemis Machenschaften in dem Film zu enthüllen. Alaniemi hatte die Nerven verloren, Lare verprügelt und ihn bewusstlos liegen lassen.«

»Ein bisschen mehr Tempo«, sagte Huusko.

»Alaniemi bat Helenius, in Lares Wohnung zu gehen und die Spuren zu beseitigen. Helenius war zu dem Zeitpunkt gerade in seiner Hütte und konnte nicht gleich hinfahren. Er rief einen seiner Mitarbeiter an, beauftragte ihn damit und versprach, so schnell wie möglich nachzukommen. Helenius musste nämlich unbedingt hin, weil er Angst hatte, dass Lare irgendwelche Notizen über ihn gemacht hatte und dass die bei den Ermittlungen gefunden würden.«

»Und gab es welche?«

»Nein. Helenius war schon fast an Ort und Stelle, als sein Mitarbeiter ihn anrief und ihm sagte, dass Lare tot ist. Helenius ging trotzdem in die Wohnung, sah sich um und ging wieder weg. Später wurdet ihr über den Fund der Leiche informiert und du fuhrst hin. Helenius konnte aber durchsetzen, dass er den Fall kriegte ...«

Huusko hob die Hand, um den anderen zu stoppen.

»Warum in aller Welt hätte Helenius dir das alles erzählen sollen?«

»Der Name hat dich nicht stutzig gemacht, nein?«

»Was?«

»Meine Frau hat dir ihre Visitenkarte gegeben. Erinnerst du dich nicht, was draufstand?«

»Putz-Liisa, Geschäftsführerin Liisa Helenius-Loimukoski.«

»Meine Frau ist seine Schwester.«

Huusko fluchte lautlos vor sich hin.

»Und der Bierflaschenverschluss?«

»Der wurde erst bei der Obduktion gefunden. Helenius fragte Alaniemi danach, aber der schwor, dass er Lare das Ding nicht in die Kehle gesteckt hatte.«

»Wer dann?«

»Warte, ich gehe chrokono ... chronologisch vor. Helenius wunderte sich selber darüber und fragte überall rum. Er bat Tammela, sich über Eki umzuhören, aber Eki verstand das falsch und es gab ein böses Ende.«

»Und Tirronen?«

»Der war froh, dass Lare ihm die alten Sünden vergeben und ihm sogar eine kleine Aufgabe im Zusammenhang mit dem Job zugeschanzt hatte. Tirronen war bereit, sonst was anzustellen, um Lares Vertrauen zurückzugewinnen, und Ekis ebenfalls ... Lare hat schließlich Eki dazu gebracht, Tirronen wieder die Hand zu reichen ...«

»Was hat Eki in der Waldhütte gemacht?«

»Das war eine Falle, Eki sollte zum Sündenbock gemacht werden ...«

»Bitte ein bisschen mehr Tempo in deiner Chronologie.«

»Hetz mich nicht! Helenius fing an, sich ernsthaft zu wundern, warum Eki jedes Mal der Verdächtige war, zumal er wusste, dass der im Grunde genommen ein ruhiger Typ war. Es gelang ihm, über Ekis Exfrau Kontakt mit ihm aufzunehmen, und er kriegte eine interessante Geschichte zu hören. Danach war ihm alles klar.«

Draußen auf dem Gang waren Schritte zu hören, Loimukoski verstummte und legte die Hand auf die Türklinke. Die Schritte entfernten sich und er atmete auf.

»Jetzt müssen wir einen kleinen Schritt zurückgehen. Bevor Alaniemi Lares Wohnung verlassen hatte, hatte er sich eine ganz fiese List ausgedacht. Er hatte Eki von Lares Handy eine Nachricht geschickt und ihn gebeten, sofort zu kommen. Eki sollte, wenn er auftauchte, als Schuldiger dastehen. Eki ging tatsächlich hin und fand Lare bewusstlos und halbtot vor. Er kapierte, was es bedeuten würde, wenn man ihn dort anträfe, und haute ab, draußen wollte er einen Krankenwagen rufen. Unten im Haus stieß er dann fast mit dem anderen Bullen zusammen, der auf dem Weg in Lares Wohnung war.«

Huusko rieb sich die Stirn.

»Willst du sagen, dass der Polizist Eki gesehen hat, als der das Haus verließ?«

»Genau. Dadurch wurde Helenius der ganze Ablauf klar.«

Auch Huusko begriff. Ihm gingen innerhalb kürzester Zeit so viele Gedanken durch den Kopf, dass ihm fast schwindelig wurde.

Jansson fühlte seinen Puls und sah Huusko an.

»Genau solche Geschichten muss ich vermeiden. Sie verursachen mir Herzrasen und Herzrhythmusstörungen.«

Huusko musterte ihn, zweifelte offenbar am Ernst der Worte.

»Kleiner Scherz. Mit meinem Herzen ist alles in Ordnung. Der Arzt hat mich angerufen, während du deinen Informanten getroffen hast. Ein ganz gewöhnliches Stresssymptom.«

»Herzlichen Glückwunsch.«

»Darf ich fragen, wer dein Informant ist?«

»Nein, aber jetzt habe ich alles lückenlos beisammen. Ich war auf dem Holzweg, aber jetzt ist jedes Teilchen an seinem Platz.«

»Wirklich jedes?«

»Ich begreife jetzt, warum Alaniemi beim Polizeichef so selbstsicher war. Er wusste, dass die Spuren beseitigt worden waren und dass die Beweise nicht ausreichten. Mein Fehler bestand darin, dass ich von Anfang an vom großen Wild, Alaniemi und Helenius, fasziniert war und Pekkala ganz und gar vergessen habe. Er war Helenius' Vertrauter und gelehriger Schüler und somit in die ganze Geschichte involviert.«

Huusko bemerkte, dass Jansson die Stirn runzelte.

»Pekkala war unmittelbar nach Eki Eerola und noch vor Helenius in Lares Wohnung. In dieser Zeit starb Lare. Das bedeutet, dass Pekkala ihn getötet und ihm den Bierflaschenverschluss in die Kehle gestopft hat.«

»Warum?«

»Weil er Alaniemi, den künftigen Innenminister, in der Hand haben wollte. Solange sich Alaniemi für Lares Mörder hielt, hatte Pekkala ihn fest im Griff. Und Eki wollte er natürlich loswerden, weil der gesehen hatte, wie er in die Wohnung ging. Eki durfte auf keinen Fall mit der Polizei, nicht einmal mit Helenius, sprechen.«

»Und Tirronen?«

»Pekkala hat alles so arrangiert, dass Eki als sein Mörder galt. Gleichzeitig wurde er Tirronen los, der ein Risiko darstellte, weil er Eki getroffen und einiges gehört hatte. Pekkala zwang Tirronen, Eki anzurufen und ihn in die Waldhütte zu bestellen, daher die Folterspuren an seinem Körper. – Kannst du mir folgen?«, fragte Huusko.

»Ein Kommissar kann einem Wachtmeister stets folgen. Aber mal ganz was anderes, Eki ist aufgetaucht.«

»Lebend?«

»Ist selbst bei uns unten reinmarschiert und hat sich in der Sache Tammela gestellt. Es scheint Notwehr gewesen zu sein. Tammela hat ihn mit dem Messer angegriffen. Das kann sogar stimmen, denn das Blut an Tammelas Messer stimmte mit Ekis Blutgruppe überein.«

»Kann ich fortfahren?«

»Ja, mach nur.«

»Als Nächstes versuchte Pekkala, mich umzubringen, indem er das Gartenhaus anzündete. Ich war ein Risiko, weil ich in alten und schmutzigen Geschichten wühlte, die Alaniemi auf dem Weg zum Ministerposten hätten aufhalten können. Ohne Macht wäre Alaniemi für Pekkala nutzlos gewesen. Als der Mordversuch missglückte, ließ er sich etwas anderes einfallen. Er kam zu mir und schwärzte Helenius bei mir an.«

»Hol mal zwischendurch Luft«, schlug Jansson vor.

»Ha! Pekkala hatte alles schlau eingefädelt und es gab für ihn nur noch ein Hindernis: Helenius. Der war ein alter Fuchs und stand im Begriff, Pekkala auf die Schliche zu kommen, er hätte garantiert sein eigenes Süppchen gekocht. Pekkala versuchte, uns einzureden, dass Helenius der Böse war, und hängte ihm alles an. In seiner Darstellung war Helenius der Kommissar und er, Pekkala, nur ein Mitarbeiter, dem es nie in den Sinn gekommen wäre, dass sein Vorgesetzter schmutzige Geheimnisse hatte.«

»Schön gesagt«, bemerkte Jansson.

»Wenn das Spiel erfolgreich verlaufen wäre, hätte das kleine Wölfchen endlich aus dem Schatten des großen Wolfes heraustreten können. Helenius' Posten wäre verfügbar gewesen, also zunächst Kommissar, dann Inspektor im Innenministerium, später Abteilungsleiter und dann Polizeidirektor.«

»Ich bin beeindruckt, aber ein Steinchen fehlt noch, nämlich Helenius. Pekkala ist tot, aber Helenius lebt und erfreut sich bester Gesundheit.«

»Es gibt eigentlich nur eine Möglichkeit: Helenius war noch durchtriebener, als Pekkala geglaubt hatte, und er durchschaute den Plan seines Mitarbeiters.«

»Willst du behaupten, Helenius hätte Pekkalas Selbstmord inszeniert?«

»Pekkala starb einfach zu passend, aus Helenius' Sicht betrachtet.«

»Pekkala war auf jeden Fall ein Mörder, Helenius nur ein unehrlicher Polizist. Das wirft eine komplizierte moralische Frage auf«, sagte Jansson langsam.

»Welche?«

»Wenn ein durchtriebenes, aber kleineres Arschloch ein dümmeres, aber größeres Arschloch reinlegt, ist das dann für die Moral ein Sieg oder eine Niederlage?«

»Stell mir nicht solche Fragen, davon kriege ich Herzklopfen.«

»Das hat sicher ganz andere Ursachen.«

»Dabei fällt mir ein, leihst du mir für einen Abend dein Auto? Ich muss nach Kerava.«

»Natürlich. Das ist meine Pflicht als guter Vorgesetzter! Wo wohnst du jetzt, nachdem die Hütte abgebrannt ist?«

»Das wird sich heute Abend herausstellen.«

»Ich weiß eine freie Mietwohnung, zwei Zimmer, falls du Interesse hast.«

»Wenn sie nicht schweineteuer ist.«

»Ein mäßiger Preis.«

»Das hört sich verdächtig an.«

»Wieso? Der Eigentümer ist nur zufällig kein Ausbeuter.«

»Wo ist die Wohnung?«

»In Herttoniemi.«

»Gut, und die Kaution?«

»Keine.«

»Oho, sag deinem Freund unbedingt, dass ich interessiert bin.«

»Mach ich.«

26

Die Frau stand an der Endhaltestelle des Busses. Sie wartete bereits länger als zehn Minuten, wobei sie immer wieder auf die Uhr geschaut hatte. Der Abend war kühl und sie trug einen dicken Pullover und einen warmen Anorak, an den Füßen derbe Sportschuhe.

Die Frau war jung, noch keine dreißig, dunkelhaarig und schön. Um die Zeit totzuschlagen, trat sie an die Anzeigentafel, die sich neben der Haltestelle befand, und studierte die angepinnten Zettel.

Am Ende der Straße tauchte ein Bus auf. Die Frau ging ein paar Schritte zur Seite und sah dem Bus entgegen.

Die Bremsen quietschten und die Hydraulik fauchte, als der Bus anhielt. Etwa zehn Personen stiegen aus, die Frau schaute zu und entdeckte dann den Mann, auf den sie wartete. Der Mann war groß und schlank. Er stieg elastischen Schrittes aus dem Bus und eilte zu ihr. Sie umarmte und küsste ihn.

»Nochmal zu Merja. Sie hat einen neuen Freund, die beiden sind Arbeitskollegen ...«

Der Mercedes schnurrte so leise, dass es kaum zu hören war. Raid drückte ein wenig aufs Gas und folgte den beiden Verliebten. Sie wichen einer Frau aus, die vier Schäferhunde an der Leine führte.

Die beiden blieben an einem Kiosk stehen und kauften zwei Illustrierte und eine Packung Eis, dann setzten sie Hand in Hand ihren Weg fort.

Das Haus, aus echten Ziegeln gebaut, stand nahe am Meer, gegenüber befand sich ein Spielplatz. Es war dreistöckig, hatte große Fenster und wirkte sehr solide.

Das Paar trat ein, der Mann hielt der Frau die Tür auf. Raid sah, wie die beiden die Treppe hochstiegen und hinter dem Treppenabsatz verschwanden.

Hinter einem Fenster im zweiten Stock flammte Licht auf. Die Frau öffnete das Lüftungsfenster, blieb stehen und schaute hinaus. Raid sah, wie ihr Blick kurz auf dem Mercedes verharrte, der direkt vor dem Haus stand. Er zog sich in die Tiefen des Wagens zurück.

Auch der Mann kam ans Fenster und legte seine Hand auf die Schulter der Frau, gemeinsam schauten sie raus.

Die Frau sagte etwas zu ihm und er entfernte sich. Sie blickte noch einmal zu dem Wagen, und Raid sah, dass sie lächelte. Dann trat auch sie vom Fenster zurück.

Es ist besser, wenn du Merja nicht mehr triffst. Sie hat ihr Gleichgewicht wiedergefunden und …

Raid startete den Wagen und fuhr davon. Er sah in Gedanken ihr Lächeln und wusste, dass es ihm gegolten hatte.

Epilog

Name des Toten: Kari Sakari Pekkala (070259-133F)
Sektionsnummer 996/2000/B1

Zusammenfassung der wichtigsten Sektionsbefunde:
In der linken Schläfe befindet sich der Einschuss, verursacht durch eine Handfeuerwaffe Kaliber 9 mm. Austritt an der rechten Schläfe, etwa 3 cm rechts vom äußeren Lidwinkel. Die Defekte von Schädeldach und harter Hirnhaut im Einschussbereich können beide von einem 9-mm-Geschoss stammen.
Die Kugel hat das Gehirn durchschlagen, der Schusskanal bildet eine blutige Masse mit einem Durchmesser von 3 cm.
Der Schussbruch des Schädeldaches am Einschuss hat die typische, sich nach innen erweiternde trichterförmige Öffnung, der Schussbruch des Ausschusses ist analog geformt.
Die Röntgenaufnahme des Schädels zeigt im Schusskanal und in seinem Umfeld kleine Knochensplitter, aber keine von einem Projektil stammenden Bleistücke, was darauf hindeutet, dass es sich um ein Vollmantelgeschoss handelte.
Die Haut um die Austrittswunde ist typisch grobfetzig aufgerissen und die Wunde ist größer als das runde Einschussloch an der linken Schläfe.
Das Einschussloch an der Schläfe spricht für einen Nahschuss. Um das Einschussloch herum gibt es den für einen aufgesetzten Schuss typischen Stanzabdruck, der mit der am Tatort gefundenen Waffe übereinstimmt.

Seppo Oras
Bezirksgerichtsarzt

Krimis von Felix Thijssen

Cleopatra
Max Winters erster Fall
Aus dem Niederländischen von Stefanie Schäfer
Deutsche Erstausgabe ISBN 3-89425-504-8
»Felix Thijssen ist ein guter Erzähler, er nimmt sich Zeit für seine Figuren und für die Motivationen der Bösen wie der Guten; nichts gerät ihm aus den Fugen und nichts gibt er zu früh preis. Dafür hat man ihm völlig zu Recht den holländischen Krimipreis gegeben.« (Heilbronner Stimme)

Isabelle
Max Winters zweiter Fall
Aus dem Niederländischen von Stefanie Schäfer
Deutsche Erstausgabe ISBN 3-89425-513-7
»Max Winter und CyberNel sind ein tolles Gespann, und was die beiden im Falle von Isabelle und Ben herausbekommen, ist verdammt spannend … Ein Roman voller Sympathie für seine Figuren und ein Krimi mit einer packenden Handlung, die bis zum Schluss Überraschungen bereithält.« (WDR)

Tiffany
Max Winters dritter Fall
Aus dem Niederländischen von Stefanie Schäfer
Deutsche Erstausgabe ISBN 3-89425-520-X
»Erfrischend natürliche Dialoge, erfrischend glaubwürdige und witzige Charaktere, eine erfrischend packende Handlung mit erfrischend unerwarteten Wendungen – mehr davon!« (Rhein-Zeitung)

Ingrid
Max Winters vierter Fall
Aus dem Niederländischen von Stefanie Schäfer
Deutsche Erstausgabe ISBN 3-89425-524-2
»Max Winter ist ein sympathischer Privatdetektiv vom Typ Matula, der sich selbst nicht allzu ernst nimmt und mit einer gehörigen Portion Selbstironie ausgestattet ist.« (krimi-couch.de)

Caroline
Max Winters fünfter Fall
Aus dem Niederländischen von Stefanie Schäfer
Deutsche Erstausgabe ISBN 3-89425-530-7
Max Winter und CyberNel lernen im Urlaub Caroline kennen. Wenig später ist das ›hässliche Entlein‹ verschwunden. Carolines bildschöne Mutter beauftragt Max mit der Suche.